KATHARINA EIGNER

Oliva
del Garda

KATHARINA EIGNER

Oliva del Garda

GARDASEE-KRIMI

GMEINER

Immer informiert

Spannung pur – mit unserem Newsletter informieren wir Sie
regelmäßig über Wissenswertes aus unserer Bücherwelt.

Gefällt mir!

Facebook: @Gmeiner.Verlag
Instagram: @gmeinerverlag

Besuchen Sie uns im Internet:
www.gmeiner-verlag.de

© 2024 – Gmeiner-Verlag GmbH
Im Ehnried 5, 88605 Meßkirch
Telefon 0 75 75 / 20 95 - 0
info@gmeiner-verlag.de
Alle Rechte vorbehalten
1. Auflage 2024

Lektorat: Claudia Senghaas, Kirchardt
Herstellung: Mirjam Hecht
Umschlaggestaltung: U.O.R.G. Lutz Eberle, Stuttgart
unter Verwendung der Fotos von: © aleksa__ch / shutterstock.com
und Sina Ettmer / stock.adobe.com
Druck: GGP Media GmbH, Pößneck
Printed in Germany
ISBN 978-3-8392-0634-8

*Gib dem Menschen eine Aufgabe
und er wird daran wachsen*

Lieblingsspruch meiner Patentante Rosina

1. KAPITEL

Erzählt von Bigoli, von Glitzer-Anzügen und Hanteln. Es geht um die Vorgeschichte, meine Ideenlosigkeit und die Flucht nach vorn. Rosina hat mich am Haken, überrascht mich und beginnt zu erzählen. Ich trinke Limoncello, schäme mich für meinen Vornamen und denke an Balkendiagramme. Dass ich alles aufschreibe, soll sie nie erfahren.

Bräuten stiehlt man nicht die Show. Von allen Benimmregeln für Hochzeitsgäste ist dies die Allerwichtigste. Am schönsten Tag ihres Lebens darf die Hauptperson einer Hochzeit – zweifellos die Braut – von nichts und niemandem überstrahlt werden. Von keiner Schwiegermutter, die sich ins Epizentrum des Gruppenfotos drängt, von keinem Alleinunterhalter im Glitzer-Anzug und schon gar nicht von einem Mord.

Ich frage mich, ob die Hochzeit und der Ronchetti-Fall anders verlaufen wären, wenn es Rosina nicht gäbe. Beziehungsweise, ob man jene Vorkommnisse überhaupt als »Fall« bezeichnet hätte, wenn sie nicht eingegriffen und sie zu einem solchen gemacht hätte. Aber der Reihe nach.

Das Ermittler-Debut meiner besten Freundin Rosina lag erst wenige Wochen zurück (wir erinnern uns: Sie hatte den Raub des Susanna-Gemäldes und den Mord an Salvatore aufgeklärt). Und jetzt: Fall Nummer zwei. Mehrere Tote am Gardasee innerhalb eines Sommers, was sage ich: innerhalb eines Monats. Sollte mir das zu denken geben? Die Häufung von Todesfällen in Rosinas Umgebung ist nicht zu übersehen. Für die Statistik wären ihre Fälle ein gefundenes Fressen; wo immer sie auftaucht, ist das Verbrechen nicht weit. Wir kennen uns zwar seit unserer Schulzeit in Salzburg, trotzdem ist mir ihre magnetische Wirkung auf Kriminalfälle bisher nie aufgefallen. Seit wir allerdings beide am Gardasee leben, lässt sich das nicht mehr ignorieren. Mord und Totschlag, Diebstahl, Raub: Die Kriminalistik umschwirrt meine beste Freundin wie eine Schmeißfliege, stets darauf bedacht, nicht erwischt zu werden.

Rosina hat – neben feinen Antennen und unschlagbarer Logik – noch zwei weitere Eigenschaften im Gepäck, um es mit dem Verbrechen aufzunehmen: den Blick für Details und Ausdauer.

»Das wirklich Wichtige sieht man immer erst auf den zweiten Blick«, sagte sie neulich an einem lauen Abend Anfang September, als wir vor ihrem Wohnmobil saßen. Sie hatte mich mit der Aussicht auf Bigoli con le sarde del Garda und einen Bericht über die Ronchetti-Hochzeit aus meiner Taschenwerkstatt gelockt, hatte mich also am Haken. Meistens hole ich mir aus Signora Baldinis Laden neben der Werkstatt gefüllte Focaccia oder Tramezzini. Mindestens zweimal pro Woche rühre ich eine fertige Risotto-Mischung an, und für den absoluten Not-fall greife ich tief in die Tiefkühltruhe zur Fertigpizza. Obwohl ich seit fünf Jahren am Gardasee lebe, hat mich die italienische Küche noch nicht erreicht. Zumindest konsumiere ich sie bis jetzt nur passiv, wenn ich eingeladen werde. Fürs Kochen fehlt mir die Motivation, außerdem bin ich komplett ungeeignet für jegliche Form der Nahrungszubereitung. Rosinas Einladungen sind demnach die kulinarischen Highlights meiner Woche, zumal in Kombination mit einem Bericht über die Promi-Hochzeit, zu der sie am Tag zuvor geladen war. Und da ich ideenmäßig momentan sowieso auf der Stelle trat, saß ich brav und hungrig eine Stunde später bei ihr am Campingtisch und ließ mir die Bigoli schmecken. Ein typisches Pastagericht aus der Gardasee-Küche. Eingesalzen und in Öl konserviert kauft man die Gardasee-Sardinen am Bauernmarkt in Calmasino, und nur dort. Nach der Pasta hatte Rosina Perlhuhn mit Ricotta als Hauptgang und anschließend frische Feigen mit Marsala-Creme serviert, dazu gab es caffè.

Satt und zufrieden saß ich vor Rosinas neuer Residenz und war froh, mich zumindest heute Abend nicht mit meinen vertrackten Entwürfen herumschlagen zu müssen. Abendliche Kühle umfing mich gnädig; Balsam gegen die Temperaturen in meiner Werkstatt, die mich den ganzen Tag weich gekocht hatten. Statt an der idealen Umhängetasche zu tüfteln, mit der ich demnächst den Markt erobern wollte, sah ich dem Treiben am Seeufer zu. Surfer zerrten ihre Boards aus dem See, aus den Lokalen ringsum hörte man Gläser klirren, Sessel im Kies rücken und Besteck scheppern. Vor mir am Campingtisch brannte eine *Zitro-*

nella-Kerze und vertrieb Tigermücken und Feuerwanzen. Ein typischer Spätsommerabend an Italiens größtem See. Was für ein wunderbares Stückchen Erde, dachte ich und betrachtete Rosinas neues Zuhause. Dezente Lichterketten betonten die Kanten des schwarzen Wohnmobils und spendeten schummriges Licht. Das maßgeschneiderte Gefährt lag neben mir im Dunkeln wie ein ankerndes Schiff, bereit, noch bei Morgennebel in See zu stechen und Kontinente zu erobern. Stellte ich mir zumindest vor. Im Inneren öffnete Rosina eine Tür und dann den Kühlschrank. Gläser klirrten. Als sie über die Stufen zurück nach draußen kam, schwenkte sie eine Flasche *Limoncello* in der einen, zwei winzige Gläschen in der anderen Hand. Sie nahm mir gegenüber Platz, betrachtete die Flasche zufrieden und öffnete sie schließlich mit großer Geste. Zitronenduft waberte mir entgegen.

Das wirklich Wichtige sieht man immer erst auf den zweiten Blick. Ich kam auf ihren Satz von vorhin zurück.

»Ich dachte, für den ersten Eindruck gibt es keine zweite Chance?«, zitierte ich einen ihrer Grundsätze und drehte mein leeres Glas auf der Tischplatte. Meine beste Freundin, muss man wissen, ist die Großmeisterin des *ersten* Eindrucks. Sowohl was die eigene Erscheinung betrifft als auch bei der Beurteilung anderer. Eine ihrer Schwachstellen, würde ich sagen. Ihrem Scannerblick entgeht zwar kein Detail, aber für den zweiten Blick fehlt ihr meist die Geduld.

In Sachen Auftreten und Outfit dagegen überlässt sie nichts dem Zufall. Niemals. Rosina ist die Schaumgeborene des Stylings. Sie greift zielsicher zu den idealen Farben und Schnitten, kombiniert mühelos Muster und weiß, was ihr steht. Ich dagegen trage seit Jahren Jeans und schwarze T-Shirts mit mehr oder weniger originellen Aufdrucken. Alles andere ist mir zu kompliziert.

»Ach, das hast du dir gemerkt?« Rosina strich eine imaginäre Fluse von ihrem perfekt sitzenden Sommerkleid und betrachtete mich kritisch. Dann grinste sie und deutete auf mein Oberteil. »Schwarz geht immer« war in fetten Lettern drauf gedruckt. Über die Jahre waren die weißen Buchstaben allerdings ergraut und brüchig geworden. Vom Saum hing ein langer schwarzer Faden, den Stoff an der Schulter hatten hungrige Motten bearbeitet. Nicht gerade das Highlight meiner Garderobe, aber ein Klassiker, fand ich.

»Für die Werkstatt reicht's«, murmelte ich und zuckte verlegen die Schultern. Ich kam mir vor wie Aschenputtel.

»Es würde auch *dir* nicht schaden, ein bisschen am ersten Eindruck zu arbeiten!« Sie beugte sich über den Campingtisch und füllte *Limoncello* in beide Gläser. Etwas skeptisch starrte ich auf das gelbe Getränk. Der *Limoncello* und ich sind nicht unbedingt beste Freunde; seit meinem ersten Kontakt mit dieser seifig schmeckenden Flüssigkeit mache ich einen großen Bogen darum, wann immer es geht.

»Hab ich mit den Zitronen aus Canale di Tenno angesetzt«, erklärte sie. »Na los, probier'!«

Also kein Entrinnen. Dies war nicht irgendein *Limoncello*, sondern ein Meilenstein. Die Flüssigkeit markierte ein abgeschlossenes Kapitel aus Rosinas Leben, war quasi ein Destillat ihrer Vergangenheit, und ich ahnte, dass sie ihn für einen besonderen Moment aufgehoben hatte.

Dass dieser Moment ausgerechnet jetzt gekommen war, stimmte mich misstrauisch. Hatte sie mir etwas zu beichten? Womöglich das desaströse Ende einer gerade entflammten Liebe? Denn dass auf der Hochzeit gestern Abend etwas Besonderes vorgefallen war, konnte ich zu diesem Zeitpunkt noch nicht ahnen. Ein weiteres Fiasko aus Rosinas Liebesleben war wesentlich wahrscheinlicher.

Vor nicht einmal einem Monat hatte sie ein entzückendes Häuschen samt Garten am Nordufer des Gardasees an einen Hochstapler verloren, war quasi in die Obdachlosigkeit geschlittert. Der Umzug in ihr Wohnmobil war die einzig logische Konsequenz gewesen. Diesen speziellen *Limoncello* zu trinken war also eine Art Vergangenheitsbewältigung: eine Sache abschließen und Platz machen für Neues. Sie hob das kleine Glas und prüfte die Farbe des Likörs.

»Merke: Man kann selbst einen guten Eindruck hinterlassen und *trotzdem* seine Umgebung kritisch betrachten. Hinter Fassaden blicken und sich nicht blenden lassen, verstehst du? Das eine schließt das andere nicht aus!«

Sich nicht blenden lassen – das war neu. Ich betrachtete sie kritisch. Rosina prostete mir zu, leerte ihr Glas auf ex und wartete gespannt.

»Na?« Sie nickte aufmunternd.

Ich starrte den *Limoncello* an wie einen Feind, den es zu vernichten galt, atmete tief durch, trank beherzt und – war überrascht. Statt synthetischem Zitronenaroma und klebriger Süße breitete sich fruchtige Milde auf meiner Zunge aus. Angenehm samtig und kein bisschen seifig. Dieser *Limoncello* war eine Offenbarung.

Rosina lächelte zufrieden. »Manchmal schlummern Überraschungen in Dingen, die du schon abgehakt hast. In der Liebe wie beim *Limoncello*.« Sie zwinkerte mir zu. »Du musst dich nur darauf einlassen.«

Ich ahnte, worauf sie abzielte: Lukas. Ich hatte mich vor Kurzem in den feschen Schweizer Gardisten verschaut und die Sache ernster genommen als er. Daher hatte ich auch erst spät bemerkt, dass ihm seine blonde Ex-Freundin, ein nordisches Gewächs mit Beinen bis zum Hals, in letzter Zeit auffallend oft »zufällig« über den Weg gelaufen war. Ich hatte kampflos aufgegeben und mich zurückgezogen. Aktuell dümpelte ich also in einem Mix aus Verzweiflung und Selbstmitleid und haderte mit meinem Liebesleben.

»Und selbst?«, wagte ich die Flucht nach vorn und stellte mein Glas einen Tick zu laut auf dem Tisch ab. »Ich meine, amoremäßig?«

»Das sieht dir wieder ähnlich.« Rosina musterte mich kopfschüttelnd. »Kneifen, wenn's ans Eingemachte geht. So wird das nie was mit dir und der Liebe.«

»Eigentlich wolltest *du mir* etwas erzählen!«, versuchte ich, sie zum eigentlichen Thema zurückzulotsen. Rosina schenkte sich *Limoncello* nach, leerte auch dieses Glas auf ex und ließ ihren Blick in die Ferne schweifen. Vom Gardasee klatschten kleine Wellen an die Mole.

»Vielleicht,« begann sie, hielt kurz inne und suchte nach den richtigen Worten, »wäre auf der Hochzeit gestern gar nichts passiert, wenn ich allein hingegangen wäre.« Rosina sah mich an. »Ohne Mario.«

Zur Erinnerung: Gemeint war Mario Ivic, seines Zeichens Ex-Kardinal, der seinen Job im Vatikan erst vor

Kurzem an den Nagel gehängt und seinen Lebensmittelpunkt an den Gardasee verlegt hatte. Ein Mann der Kirche mit Vorliebe für Hanteln und Tätowiernadeln, sprich: ein Unikat. Gut ein Dutzend biblische Motive zierten seine gestählten Muskeln, die Presse in Rom feierte ihn als Revoluzzer, als Helden, der gegen den zähflüssigen Strom der katholischen Kirche schwamm. Mario Ivics weltliche Prinzipien harmonierten nicht mit Pomp und Pathos im Vatikanstaat, das sah sogar ein Blinder mit Krückstock, aber gerade darin lag die Faszination, die dieser Mann ausübte. Mario holte die Jugendlichen von der Straße, er war der Don Bosco des 21. Jahrhunderts. Ein Kardinal zum Angreifen. Er lud die Armen und Bedürftigen nicht zu sich, sondern suchte den Weg zu ihnen. Er pfiff auf Konventionen und Berührungsängste, streifte durch Roms verwahrloste Randbezirke und überschritt dabei sämtliche moralische Grenzen. Mario trainierte in verranzten Hinterhofstudios und war mit den Tätowierern der Stadt auf Du und Du. Er trank seinen caffè nicht hinter den sicheren Mauern des Vatikans oder bei hippen Baristas in Roms Zentrum, sondern bei zwielichtigen Typen mit Dreck unter den Fingernägeln und Fluppe im Mundwinkel. Jeder in Rom kannte IL TATUATO. Wo immer der trainierte Mittfünfziger mit den stechend blauen Augen auftauchte, zerbröselten soziale Barrieren wie jahrtausendealtes Gemäuer auf dem Forum Romanum und tauten eisige Mienen auf. Er brachte verstockte Gemüter zum Reden, ohne selbst viel zu sagen. Mario konnte gut zuhören, das war sein Geheimnis, und was man ihm anvertraute, behielt er für sich. Es war ein schmaler Grat zwischen Loyalität und Gesetzesbruch, auf dem er balancierte, aber das war ihm egal. Mario krempelte die Ärmel hoch, nutzte seine Verbindungen und half Bedürftigen, wo er konnte. Mit den Jahren hatte er ein soziales Netz geknüpft, das Jugendliche aus den Gewässern der Kriminalität fischte und ihnen Halt auf dem Weg in die Normalität gab. Mario Ivic war der Rockstar des Vatikans, ein Anker, der Halt gab. Auf einen Mann wie ihn konnte man zählen. IL TATUATO musste nicht predigen, um abtrünnige Schäfchen zurück auf die katholische Weide zu führen. Er setzte auf Taten statt Worte. Die *Yellow Press* liebte ihn, Herzen und Telefonnummern flogen ihm zu, und die PR-Abteilung des Vatikans hatte alle Hände voll zu tun, seine TV-Termine zu koordinieren und Groupies abzuwimmeln. Was irgendwann zum Problem wurde. Denn sogar das christlichste Handeln zieht Neid und Missgunst der Mitstreiter auf sich, wenn es von Erfolg gekrönt ist. Ein zutiefst menschliches Verhalten, das auch vor dem Stuhl Petri nicht Halt macht. So sehr sich die Ordensmänner gegen Kirchenaustritte stemmten und verzweifelt versuchten, den Glauben in das 21. Jahrhundert zu führen: Für eine Reform »à la Mario« waren sie noch nicht bereit.

Der Wind im Vatikan drehte. Man ließ IL TATUATO deutlich spüren, dass diese Art von Popularität nicht erwünscht war. Die Stimmung fror ein, Geldhähne für soziale Projekte wurden abgedreht. Man kann sagen, dass Mario ein Opfer seines eigenen Erfolgs wurde. Und so hatte er kurzerhand die Reißleine gezogen, seinen Dienst auf unbestimmte Zeit quittiert und war an den Gardasee gewechselt. Wo meine Freundin Rosina ihn beinahe überfahren und ihn dann für ein paar Tage in ihrem Wohnmobil aufgenommen hatte.

Den Kunstdiebstahl aus der Villa Martinelli hatten Mario und Rosina gemeinsam geklärt – eine heikle Angelegenheit, denn Herkunft und Erwerb des Bildes hätten den Besitzer in echte Schwierigkeiten bringen können. Das Ganze musste also ohne polizeiliche Hilfe über die Bühne gehen, die wenigen Eingeweihten – mich eingeschlossen – waren zu absolutem Stillschweigen verpflichtet. Trotzdem – man kennt das – waren kurz darauf Details an die Öffentlichkeit gedrungen und Informationen durchgesickert. Wobei der Diebstahl, gemessen an den mehr oder weniger prominenten Ermittelnden, in den Hintergrund rückte.

Man wusste nun, dass IL TATUATO in Riva weilte. Erste Pressevertreter belagerten seine neue Bleibe und waren scharf auf Interviews, denn die Frau an seiner Seite – Rosina – war attraktiv. Zu attraktiv, um nicht laut über ein Verhältnis mit dem Kirchenmann nachzudenken oder sie sogar zum Grund für seinen radikalen Schnitt mit dem Vatikan zu machen. Keine italienische Zeitung, nicht einmal das seriöseste Blatt, lässt sich eine handfeste *Dornenvögel*-Geschichte entgehen, und so ist auch meine beste Freundin seit Mitte August jenes Jahres eine kleine Berühmtheit am Nordufer des Gardasees. Die eine oder andere Zeitung interessierte sich sogar für den eigentlichen Fall und berichtete, dass »l'Austriaca«, die Restauratorin Rosina Gamper mit österreichischen Wurzeln, ein gestohlenes Gemälde aufgespürt hatte. Ohne polizeiliche

Hilfe, dafür mit dem feschen Ex-Kardinal an ihrer Seite. Was die Gerüchteküche angeheizt hatte.

»Die brauchen etwas, um das Sommerloch zu füllen«, gab sich Rosina betont bescheiden, als ich ihr den Bericht unter die Nase hielt. Aber ich kannte sie besser: In Wirklichkeit schmeichelte ihr die wohlwollende Berichterstattung.

Mittlerweile ist viel Neues passiert, und Rosina kann eine Aufklärungsrate von fast 100 Prozent vorweisen und auf zig Fälle zurückblicken. Einige davon skurril, andere wiederum einfach nur unglaublich. Jedenfalls zu schade, um in Vergessenheit zu geraten, also habe ich beschlossen, sie für die Nachwelt festzuhalten. Nüchtern auf Zahlen heruntergebrochen ließe sich das mittels Balkendiagrammen erledigen: Morde, Diebstähle und Betrugsfälle am Gardasee, leicht verdaulich und für das Auge schnell zu erfassen, in quietschbunten Farben in eine *Excel*-Tabelle gehämmert. Aber mein Verhältnis zu Zahlen, Tabellen und der Mathematik war immer schon schwierig, also habe ich mich für eine andere Herangehensweise entschieden: Ich schreibe Rosinas Fälle auf. Dabei ist Tempo angesagt, denn das Verbrechen ist auf der Überholspur, und Rosina fallen die Morde schneller zu, als ich mitschreiben kann. Ich muss also auf dramaturgische Finessen verzichten weil mir schlicht die Zeit fehlt, alles auszuschmücken. Es geht nur darum, das Geschehene so gut es geht festzuhalten.

Rosina weiß übrigens nichts davon, und so soll es auch bleiben. Ich bin keine routinierte Schreiberin, kritzle nur hier und da nach meiner Arbeit in der Werkstatt etwas in mein Notizbuch, damit mir die Erinnerungen nicht entgleiten. Dabei versuche ich, mich auf das Wesentliche zu konzentrieren. Es sind also eher Notizen als Geschichten, die ich hier zu Papier bringe, und es wäre mir schrecklich peinlich, sie jemals vorlesen zu müssen. Öffentliche Auftritte oder gar das Vortragen von Texten sind nicht mein Ding, dazu fehlt es mir schlicht an Courage. Ganz abgesehen davon, dass mein exotischer Vorname eine glamouröse Autorenkarriere sowieso ausschließt. Ich weiß nicht, was in meinen Eltern damals vorgegangen ist, als sie mir diese Art von Stempel aufgedrückt haben. Kein Verlag der Welt wäre bereit, so einen Namen auf ein Buchcover zu drucken. Aber ich schweife ab. Zurück zu jenem Spätsommerabend in Riva del Garda und Rosinas zweitem Fall.

2. KAPITEL

Erzählt von Oliven und Karma, von Klippen und einem großen Dichter. Es geht um Entscheidungen, um Abschied und Erleichterung, außerdem um Sozialprojekte, Knabberzeug und Insekten. Rosina trägt rot und ist trotzdem nicht der Mittelpunkt. Sie trinkt Dirty Martini und zitiert Rilke. Ich will helfen und nehme mich aus dem Rennen.

Das Kuvert mit der Einladung lag seit Wochen auf Rosinas Arbeitstisch. »Fast hätte ich vergessen hinzugehen«, gab Rosina zu, »ich war während der letzten Wochen schwer beschäftigt.«

Sie lehnte sich zurück und wartete auf meine Frage, womit. Aber den Gefallen tat ich ihr nicht, also fuhr sie, leicht pikiert, fort.

Eugenio Ronchetti, ein langjähriger Kunde, in dessen Villa sie schon Deckenfresken und den Altar der hauseigenen Kapelle restauriert hatte, lud zu einem Fest auf die Burg Arco. 50 handverlesene Gäste waren geladen, um im engsten Kreis die Hochzeit seiner Enkelin Bianca zu feiern. »Nur 50?«, unterbrach ich sie beeindruckt, denn die Ronchetti-Hochzeit war seit Wochen *das* Thema am Nordufer des Gardasees, und viele B- und C-Promis hatten spekuliert, dabei sein zu dürfen. Anscheinend hatten sich sogar ein älterer, blond gelockter Showmaster aus Deutschland und ein Spross aus dem monegassischen Fürstenhaus angekündigt.

»Und du mittendrin–- was für eine Ehre!« Ich war beeindruckt.

Aber Rosina winkte lässig ab. »Besser, wenn ich geschwänzt hätte. Die Ronchettis sind eine alteingesessene Familie mit einem Stammbaum bis ins Mittelalter.« Sie verzog verächtlich den Mund. »Angeblich«, sagte sie und machte Gänsefüßchen mit Zeige- und Mittelfingern in der Luft. Rosina hielt zwar viel auf Traditionen, verachtete jedoch Angeber. »Unter ihren Vorfahren waren Raubritter und Geschäftsleute. Vor ein paar Generationen haben sie auf Landwirtschaft umgesattelt und leben seither vom Olivenanbau.«

Sie öffnete ein Säckchen mit gesalzenen Pistazien und leerte einiges davon in eine Keramikschale am Tisch.

»Die Ronchettis gehören zu den größten Olivenöl-Produzenten in Norditalien.« Rosina knackte ein paar Pistazienschalen und steckte die Kerne in den Mund. »In Sachen Marketing haben sie's drauf«, knabberte sie, »das muss man ihnen lassen. Die Ronchettis sind Eins-A-Geschäftsleute. Die Ronchetti-Öle werden sogar in den Buckingham-Palast geliefert.«

»Ins britische Königshaus?«, wunderte ich mich. »Oliven auspressen und in Flaschen füllen – das bekommen andere auch hin. Was machen die Ronchettis so Besonderes? Die können doch auch nur mit Wasser kochen.«

»Da merkt man wieder, dass du für Lebensmittel nichts

übrig hast. Auspressen und abfüllen – ein bisschen komplizierter ist es dann schon.« Rosina seufzte vielsagend. »Auf das Wesentliche heruntergebrochen stimmt das zwar«, gab sie zu, »aber die Ronchettis sind halt gute Strategen und Netzwerker. Eugenio kennt Gott und die Welt.«

»Der, der dich eingeladen hat?«

Rosina nickte. »Das Familienoberhaupt. Il Capo, sozusagen. Hat die Familie fest im Griff. Eugenio hat den familieneigenen Landsitz ausgebaut und renoviert. Ein schönes Haus, Jahrhunderte alt, aber dort fließt keine gute Energie.« Sie seufzte und griff erneut in die Schale mit den Pistazien.

»Warum nicht?«

Rosina ließ sich mit der Antwort Zeit, öffnete eine Schale nach der anderen und starrte jede einzelne Pistazie an. Als ob die Antwort auf diese komplexe Frage in einer von ihnen versteckt wäre. Eine Motte umschwirrte das Licht und flatterte gefährlich nahe an die *Zitronella*-Kerze heran.

»Weil die Familie kein Glück hat«, sagte Rosina schließlich und starrte auf das Insekt, das die Gefahr nicht erkannte. »Nicht im wirtschaftlichen Sinn, die Geschäfte laufen wie geschmiert. Aber das Schicksal schlägt bei den Ronchettis häufiger zu als bei anderen.« Sie sah mich an. »Zu viel Drama für eine einzige Familie, wenn du mich fragst.«

Die Motte verbrannte mit einem leisen Zischen in der Flamme.

»Ein Familien-Fluch?«

»Blödsinn!« Rosina wischte Pistazien-Krümel vom Tisch. »Wer an Flüche und bösen Zauber glaubt, ist nur zu faul für Ursachenforschung.« Sie schüttelte energisch den Kopf. »Aber wenn in einer Familie nur der messbare Erfolg zählt, vergiftet das auf Dauer die Atmosphäre. Die Ronchettis haben alles ihrem Erfolg untergeordnet. Ihr Leben ist bestimmt von Selbstdarstellung, Verkauf und Ellbogentechnik. Und das hat Ornella auf Dauer nicht mehr verkraftet.«

»Wer?« Ich griff jetzt ebenfalls in die Schale – leer. »Ornella Ronchetti. Die Schwester der Braut.« Rosina griff zum Säckchen und schüttete erneut Pistazien in das kleine Gefäß. »Die ist ganz anders gestrickt als ihr Großvater. Ornella hat Kunstsinn und Empathie. Ein wirklich feiner Charakter. Fällt praktisch aus der Reihe. Das hat natürlich zu Reibereien mit dem Familienoberhaupt geführt. Eugenio ist ein Patriarch. Ein Diktator, wenn man so will, der die Fäden innerhalb der eigenen Familie zieht und keine Meinung zulässt außer der eigenen. Wer sich nicht für das Geschäft interessiert, ist draußen.«

Rosina schob ein Häufchen Pistazienschalen hin und her.

»Bianca ist aus demselben Holz wie ihr Großvater geschnitzt«, fuhr sie fort, und ihre Stimme kühlte sogleich um einige Grad ab. »Sie weiß um ihren Platz in der Gesellschaft. Sind mir zutiefst unsympathisch, die beiden. Außerdem ist es schwachsinnig, auf einer Burgruine zu heiraten, da gibt es weiß Gott geeignetere Orte. Mauern mit einer dermaßen blutigen Vergangenheit haben ganz schlechtes Karma. Kein guter Start für ein lebenslanges Bündnis.«

Rosinas Verhältnis zu Hochzeiten kannte ich ja bereits.

Ein amtlich besiegelter Liebesschwur auf Lebenszeit war – zumindest im Fall meiner besten Freundin – immer schon der Quell aller Probleme. Was ihr eigenes Liebesleben betraf, sowieso, aber neuerdings auch ermittlungstechnisch. Der Susanna-Fall nahm ebenfalls auf einer Hochzeit seinen Anfang, man erinnert sich. Vielleicht wäre es also das Klügste gewesen, dem Fest einfach fernzubleiben, schlussfolgerte ich.

»Wenn du weder die Braut noch das Familienoberhaupt leiden kannst – warum bist du dann hingegangen?«, fragte ich also verständnislos, erntete aber nur tadelndes Kopfschütteln.

»Du meinst, ich hätte kneifen sollen? Dem Schicksal einfach aus dem Weg gehen und hoffen, dass es nicht ausschert und mir nachläuft?«

Ich zuckte halbherzig die Schultern. »Wäre eine Möglichkeit gewesen.«

»Ganz kurz habe ich das tatsächlich gedacht.« Sie nickte. »Aber glaubst du, das, was ich dir gleich erzählen werde, wäre dann nicht passiert?« Eine rhetorische Frage; sie ließ mir gar keine Zeit zum Antworten. »Ich glaube eher, es war andersherum. Nämlich, dass das Schicksal mich extra zu dieser Hochzeit hin gelotst hat. Es hat mich gerufen.«

Die Mauern des Castello di Arco, zumindest das, was davon übrig ist, thronen auf steilen Felswänden oberhalb des Städtchens Arco.

Befestigte Anlagen an strategisch günstigen Orten waren schon immer heiß begehrt, daher rissen sich Einheimische blauen Geblüts den Berg mit der fabelhaften Aussicht unter den Nagel und nutzten ihn schon um das Jahr 1000 als Burg. Federico von Arco machte den Besitz vor mehr als 800 Jahren durch seine Familie mit Brief und Siegel amtlich. Die Burg war im Lauf der Jahre im Besitz der Ghibellinen, der Scaliger und des Grafen Meinhard von Tirol, fiel aber wie eine Pralinenschachtel, die mehrmals weiter verschenkt wird und irgendwann wieder zum Ausgangspunkt zurückfindet, wieder an das Adelsgeschlecht der Grafen Arco. Die glamourösen Zeiten der Burg sind allerdings Geschichte.

Zwischen einem Steineichen-Wäldchen und dem Sarcatal ragt der Turm der ehemaligen Anlage in die Luft wie ein Zahn. Der kümmerliche Rest des einst bedrohlich gefletschten Gebisses, das Eroberer einschüchterte, an dem sie abprallten oder in dessen Verlies sie zermalmt und weich gekaut wurden. Von der trutzigen Burg, in der adelige Damen und Herren sich die Zeit beim Schachspiel vertrieben, der Heilige Georg einen Drachen getötet und ein anmutiges Weib Rosengirlanden arrangiert haben soll, ist kaum etwas übrig. Nur mehr ein Turm und Fresken im Inneren der Ruine, die vom früheren Leben innerhalb des Gemäuers erzählen. Schloss Arco ist das Wahrzeichen der gleichnamigen Stadt und ein beliebtes Motiv auf Bildern und Stichen. Albrecht Dürer hat die geschichtsträchtigen Mauern im 15, Jahrhundert auf einem Aquarell verewigt, das sogar im Pariser *Louvre* hängt. Überhaupt hat das Castello di Arco kreative Geister magisch angezogen.

»*Ich weiß ein graues Schloss am See*«, zitierte Rosina mit dunkler Stimme und starrte auf die flackernde Kerze am Tisch,

»drin tiefe Gänge führen.
Mir ist, an allen Türen
Muss ich, du meine ferne Fee
Dein Faltenrauschen spüren
Im grauen Schloss am See.«

Die Wellen klatschten leise an die Mole. Ich ließ die Worte nachhallen, sah aber keine Verbindung zu Rosinas Erzählung. »Schon mal gehört?«, hakte sie nach.

»Ja«, log ich, »Eichendorff?«

»Da sieht man wieder, dass du von Literatur keine Ahnung hast. Gott sei Dank entwirfst du Taschen und gehörst nicht zur schreibenden Zunft.«

Ich dachte an meine Notizhefte und ließ das unkommentiert.

»Rainer Maria Rilke«, stellte sie klar. »Der hat einige Male seine Mutter am Gardasee besucht, als sie hier auf Kur war. Und da hat er eben ein Gedicht über Schloss Arco verfasst.«

»Nimm's mir nicht übel«, sagte ich, »aber ist das nicht ein bisschen zu pathetisch? Ich meine, du warst auf einer Promi-Hochzeit, nicht auf einer Geister-Beschwörung!« Sie hatte mich lange genug zappeln lassen, fand ich. Zeit für Fakten.

Rosina musterte mich scharf. »Gute Geschichten peitscht man nicht vor sich her wie ein Rennpferd, die brauchen Zeit, Umwege und Details am Wegrand. Also hetz mich nicht und hör aufmerksam zu!«

»Botschaft angekommen«, ächzte ich, »ich bin ganz Trommelfell.«

Dass Rosina die Hochzeit nur besucht hatte, weil sie dem Ruf des Schicksals gefolgt war, stimmte natürlich nicht ganz. In Wahrheit war es die erste Gelegenheit, sich ganz offiziell an der Seite von IL TATUATO zu präsentieren. Irgendeine glückliche Fügung hatte dafür gesorgt, dass sich Rosinas und Marios Wege kreuzen, oder besser gesagt: dass zwei Welten aufeinander prallen. Es gibt quasi nichts, was die beiden gemeinsam haben. Hier die Restauratorin mit dem Hang zu Medizinern, Glamour und Selbstdarstellung, dort der Geistliche mit Kontakten zur Unterwelt, der die Welt verbessern will. Zwei Pole, die einander zwangsläufig abstoßen und aus rein naturwissenschaftlicher Sicht nie erreichen können. Aber nicht alles im Leben lässt sich mit Gesetzen der Physik erklären. Manchmal braucht die Logik eine Verschnaufpause und winkt andere Kräfte heran, um das Steuer zu übernehmen. Die Liebe, zum Beispiel. Oder irgendeine Vorstufe davon. Amor hatte noch keinen Pfeil auf Mario und Rosina geschossen, aber er überlegte gerade, ob die beiden als Zielscheibe taugten. Ob es sich lohnte, für zwei stetig auseinanderdriftende Teilchen einen Pfeil aus dem Köcher zu fischen und den Bogen zu spannen. Ich mag zwar in eigener Sache keine Romantik-Expertin sein, aber die Schwingungen zwischen meiner besten Freundin und dem Ex-Kardinal nahm sogar ich wahr. Etwas bahnte sich an, so viel war sicher. Nur was?

»Signora Gamper und Begleitung« war auf der Einladung gestanden. Rosina interpretierte das als reine Vorsichtsmaßnahme der Ronchettis, die im Laufe der Jahre Einblick in ihr Privatleben erhalten hatten. Genauso gut hätten sie auch auf das Kuvert drucken können: »Komm, mit wem auch immer du gerade zusammen bist, Hauptsache du lässt die Finger von Männern, die fix vergeben sind, und machst keinen Ärger.«

Mario und Rosina hielten den Status ihrer Beziehung zwar geheim, sogar vor mir, erschienen aber trotzdem zusammen auf der Hochzeit. Wenn auch aus unterschiedlichen Beweggründen: Rosina wollte die Gelegenheit nutzen, sich wieder einmal mit Ornella zu unterhalten, die vor ihrem Großvater und dem Familienbetrieb nach Verona geflüchtet war. Und Mario war quasi beruflich im Einsatz, denn Eugenio Ronchetti hatte ihn gebeten, die Trauung vorzunehmen.

»Was?«, unterbrach ich Rosina, als sie es mir erzählte. »Das glaub ich einfach nicht!«

Rosina zog die Brauen zusammen. »Warum sollte ein Geistlicher kein Sakrament spenden?«

»Ist normalerweise seine Aufgabe, klar, aber …«, ich suchte nach den richtigen Worten, »Eugenio Ronchetti verkörpert genau das, wogegen Mario ankämpft! Reichtum, Macht und gewinnorientiertes Denken! Ich dachte, deshalb hat er den Vatikan verlassen? Ich dachte, Mario ist ein Idealist?«

»Wer sagt denn, dass sich das geändert hat?« Rosina sammelte einzelne Pistazienschalen ein und warf sie in die Schüssel.

»Außerdem ist er kein Kardinal mehr!«, haute ich das nächste Argument raus, merkte aber, dass es nicht überzeugend klang.

Rosina starrte mich an. »Mario ist dem Heiligen Stuhl nicht mehr direkt unterstellt, aber das Priesteramt hat er nicht niedergelegt. Was bedeutet, dass er immer noch predigen darf. Oder eben eine Trauungszeremonie abhalten. Ein Mechaniker darf auch weiterhin Reifen umstecken, wenn er vorübergehend ohne Arbeitgeber ist.«

Ein seltsamer Vergleich, fand ich, sagte aber nichts.

»Außerdem: Nur weil man zwei Menschen traut, wirft man nicht seine Ideale über Bord«, redete Rosina weiter. »Die Ehe ist ein Sakrament und somit Teil von Marios Arbeit. Außerdem war das Ganze ...«, sie zupfte an ihrem Kleid herum und räusperte sich, »eher ein Deal.«

Ich wurde misstrauisch. »Ein Deal?«

Rosina wackelte verlegen mit dem Kopf. »Eugenio Ronchetti hat Wind davon bekommen, dass IL TATUATO am Gardasee ist, also hat er ihn für die Trauungszeremonie angeheuert, um ein bisschen mit ihm anzugeben. Marios Ideale sind ihm egal, für Ronchetti war das Ganze doch nur ein Gag. Eine Möglichkeit, seine Promi-Gäste zu beeindrucken. ›Das enfant terrible des Vatikans führt eine Trauung durch, und ihr dürft live dabei sein!‹, war die Botschaft. Sag jetzt nichts, ich weiß: Das hat einen fahlen Beigeschmack. Ich war auch nicht gleich Feuer und Flamme. Aber Mario hat das Ganze nicht ohne Hintergedanken gemacht, kannst du dir schon denken! Der Mann ist schließlich nicht blöd.«

Ich überlegte, welchen noblen Zweck Mario wohl verfolgt hatte. Bestimmt etwas mit karitativem Hintergrund.

»Er hat Ronchetti um Kautionsgelder für inhaftierte Jugendliche gebeten?«, versuchte ich es.

»Knapp daneben, aber gar keine schlechte Idee!« Rosina grinste. »Ich sage nur: Jugendzentrum.«

Es dauerte ein bisschen, aber dann verstand ich.

»Er hat Eugenio Ronchetti um Geld angehauen, weil Rom keine Sozialprojekte mehr finanziert?«

»Exakt. Eigentlich wollte Mario am Gardasee seine Ruhe haben. Ein bisschen Kraft tanken, bevor er die nächste Etappe in Angriff nimmt, aber er hat eine Ausnahme gemacht. Als Gegenzug für die Trauung wollte Mario die Firma Ronchetti als Sponsor gewinnen. Um weiterzumachen, wo er in Rom aufhören musste. Notgedrungen.«

»Er *wollte* Ronchetti als Sponsor gewinnen?«, fragte ich misstrauisch. »Ist der Deal etwa geplatzt?«

Rosina wand sich ein bisschen. »Das Ganze ist auf Schiene, aber noch nicht amtlich, also …«, sie legte den Zeigefinger an den Mund, »die Chancen stehen jedenfalls gut, dass Ronchetti einen vierstelligen Betrag springen lässt.«

Ich pfiff leise durch die Zähne. Rosina fegte die letzten Schalen von der Tischplatte in die hohle Hand und kippte sie in das Keramikgefäß.

»Für bedürftige Kinder und Jugendliche zu spenden macht sich immer gut in der Öffentlichkeit. Und in lockerer Atmosphäre öffnen sich Geldtaschen leichter als bei einem Termin im Büro.«

»Er hat die anderen Hochzeitsgäste ebenfalls um Spenden gebeten?«

»Sicher.« Rosina nickte. »Sogar mit Erfolg!«

»Kluger Schachzug.« Anscheinend schlummerte ein Organisationstalent in dem zurückhaltenden Kirchenmann. »Zumal Ronchetti vor seinen Promi-Gästen sicher nicht als Geizkragen dastehen wollte«, fügte ich hinzu.

»Exakt. Kann ich jetzt weitererzählen?«

Für die Trauung waren am ehemaligen Turnierplatz der Burg Sesselreihen arrangiert und ein quadratisches Podest aus Holz aufgebaut worden. Ein weißer Baldachin, an vier Eckpfeilern über dem Bretterboden befestigt, bauschte sich im Wind. Rosina, vorerst allein unter den Gästen, weil Mario sich auf die Trauung vorbereitete, sah sich um. Die Deko ließ keinen Zweifel aufkommen, dass es sich um ein Familienfest der größten Olivenöl-Produzenten der Region handelte: Girlanden aus Rosen und Olivenzweigen rankten sich um den Baldachin. Das Podest war aus Olivenholz gezimmert. Auf den Stehtischen standen Schalen mit aufgemalten Oliven, in denen Olivenöl und Brotstücke als Häppchen bereitlagen, und an den Lehnen der Sessel hingen – Überraschung – Kränze aus Olivenzweigen. In großen Terrakotta-Töpfen, locker zwischen Stehtischchen und am Rand der Sesselreihen verteilt, standen Olivenbäume, um deren Stämme weiße Schleifen gebunden waren.

Rosina, in rotem schulterfreiem Schlauchkleid und hochhackigen Pumps, stand leicht pikiert an einem der Tischchen. Bisher hatte sie Ornella nirgends entdeckt und mit ihr plaudern können. Die anderen Gäste waren zu Small Talk nicht bereit gewesen, überhaupt schien es, als würde niemand Notiz von ihr nehmen. Eugenio Ronchetti hatte sie kurz begrüßt und einem französischen Schauspieler vorgestellt, dann aber wieder sich selbst überlassen. Dermaßen offensichtlich war sie noch nie am gesellschaftlichen Abstellgleis geparkt worden. Rosina straffte sich. Ein wenig mehr Aufmerksamkeit hätte sie sich schon erwartet, schließlich trug sie als Einzige ein kirschrotes Kleid, was ja bekanntlich Signalwirkung hat, nicht nur in der Tierwelt. Das Kleid war am Bein geschlitzt, ihre gebräunten Schultern hatte Rosina dezent mit Bronzepuder betont und die langen Haare in Hollywoodwellen gelegt. An ihren Handgelenken klimperte leise, wie zur Untermalung des zurückhaltenden Gemurmels ringsum, zarter Goldschmuck. Keine Frau also, die man übersieht geschweige denn einfach so als Randerscheinung stehen lässt.

Sie stöckelte missmutig über den Rasen und bestellte sich an der eigens aufgebauten Bar einen *Dirty Martini*. Ein Cocktail, der polarisiert. Man liebt ihn oder hasst ihn – es gibt kein Dazwischen. Franklin D. Roosevelt hat zwar angeblich damit auf das Ende der Prohibition angestoßen, trotzdem hat es der schmutzige Mix in keinen Bond-Film geschafft oder sonst jemals Berühmtheit erlangt. Der Mix aus Wermut, Gin und Olivenlake – direkt aus einem Olivenglas in den Drink gekippt – ist der gebrauchte Slip unter den Cocktails. Schmutzig, weil er ohne gründliches Abseihen eher trüb und unappetitlich daherkommt und zudem würzig riecht. Manche ekeln sich davor, Cocktail-Gourmets ist er sogar ein Dorn im Auge. Niemand beansprucht das Urheberrecht für sich. *Dirty Martini* bestellt man nur, wenn keiner hinschaut. Oder wenn Oliven das Motto der Party sind.

Rosina nahm den Spieß mit drei grünen Oliven vom Glas, nippte an dem herzhaft-salzigen Getränk und sah sich um. Einige der Gäste kamen ihr bekannt vor: eine rothaarige Endfünfzigerin, wahrscheinlich die Ex-Schwägerin von König Charles, unterhielt sich gerade angeregt mit einem Designerduo aus Sizilien. Der großgewachsene, blond gelockte Showmaster fachsimpelte mit einem kleinen österreichischen Politiker über Samt-Anzüge. Kein Zweifel: Eugenio Ronchetti hatte die gesellschaftliche Crème de la Crème eingeladen, und Rosina fragte sich, warum zum Henker sie selbst Teil dieser illustren Runde war. Beziehungsweise, ob auf der Einladung eher »Monsignore Ivic und Begleitung« hätte stehen sollen. Sie überlegte, warum Mario überhaupt eine Einladung bekommen hatte, wenn er doch die Trauung vollziehen sollte. Ob sie nur Mittel zum Zweck gewesen war, damit Ronchetti an Mario herankam. Vielleicht sollte die Anrede auf dem Kuvert eine Botschaft transportieren, schließlich war nicht einmal ihr Vorname erwähnt. Sie war Monsignore Ivics Begleitung, nicht mehr.

Rosina betrachtete den Olivenöl-Magnaten, der mit seinem Schwiegersohn in spe vor dem Baldachin stand. Kein Zweifel, wer hier das Sagen hatte.

Rosina fühlte sich deplatziert; Mario hatte keine Zeit für sie, und unter den Gästen waren weder Ärzte noch andere gut aussehende Herren ohne Begleitung, was ihre Laune gleich noch ein paar Stockwerke tiefer sacken ließ. Sie beschloss, den aufkeimenden Kummer wegzuspülen, und sah sich um.

Kellner mit weißen Handschuhen und Fliege am Kragen huschten lautlos von Tisch zu Tisch und boten Limetten-Sprizz und Spumante an. *Ramazzotti Rosato*, Rosinas Lieblingsgetränk, war nicht dabei, also kippte sie, mittlerweile nicht mehr pikiert, sondern sauer, erst den *Dirty Martini* und dann einen Spumante nach dem anderen weg.

3. KAPITEL

Erzählt von Baldrian, Nervosität und Kontaktauf-
nahme, von Sneakers, Charisma und Blumenmädchen.
Die Temperatur sinkt, Rosina macht ein Geständnis
und ich rede ihr ins Gewissen. Es geht um Sitzreihen,
Stufen und Höhenangst. Mario macht sich Sorgen und
eine Braut steht am Abgrund.

Es wurde heißer. Einige Hochzeitsgäste tupften sich Stirn
und Nacken, fächelten sich Luft zu und drängten sich
unter den Sonnenschirmen an den Stehtischchen zusammen.

Rosina sah auf die Uhr: kurz nach 11.30 Uhr mittags.
Eigentlich hätte die Trauung längst beginnen sollen, aber
weder die Braut noch Mario waren in Sicht. Gemäß seinem
Grundsatz, die Botschaft des Herrn ohne pompöse Mess-
gewänder zu verkünden, war Mario in schlichtem Schwarz
erschienen, unterschied sich, was das Outfit betraf, also
kaum von den übrigen Hochzeitsgästen. Oder doch, wenn
Rosina es sich recht überlegte, denn er trug als Einziger
Sneakers. Sein Anzug war ihm wie auf den Leib gemei-
ßelt und stand ihm ausgezeichnet. Wer auch immer hier
gearbeitet hatte, verstand sein Fach. Bisher hatte Rosina
Mario nur in Cargohosen und kragenlosen Shirts gese-

hen. Manchmal trug er sogar Shorts und Hawaiihemden. Outfits, die man Rosinas Meinung nach Männern nicht durchgehen lassen konnte. Aber heute, in elegantes Tuch gehüllt, war der Ex-Kardinal ein optischer Leckerbissen, fand sie. Die Schneider in Rom hatten ganze Arbeit geleistet. Rosina fixierte die Mauern der Ruine und zupfte gelangweilt an ihrem Kleid. Vermutlich bereitete Mario sich gerade auf die Trauung vor.

Ein bleicher Jüngling, der sich von seinem cremefarbenen Hemd farblich kaum abhob, stand etwas abseits des Baldachins und knetete nervös seine Finger. Eine blassgelbe Rose steckte in seinem Knopfloch. Der Bräutigam, vermutete Rosina. Kaum älter als 25 Jahre. Höchstens. Er trat von einem Bein auf das andere, atmete mehrmals tief durch und schob zum wiederholten Mal seinen Ärmel hoch, um auf die Uhr zu sehen. Klare Anzeichen von vorhochzeitlicher Nervosität. Rosina hatte auf Anhieb Mitleid mit ihm, schließlich hatte sie diese Erfahrung selbst viermal durchgemacht. Sie überlegte, ob sie dem armen Kerl ein paar der Baldriandrops zustecken sollte, die sie immer bei sich trug. Zumindest könnte sie ihm Mut zusprechen, beschloss sie. Immer noch besser als im Eck zu stehen wie eine ungeliebte Bodenvase. Sie schnappte sich ihre Handtasche vom Tisch und wollte soeben den Turnierplatz überqueren.

»Sie werden mich doch nicht allein lassen?«

Ein dunkle Stimme, samtig und bestimmt zugleich. Rosina hielt in der Bewegung inne und drehte sich um. Genau da, wo sie soeben noch alleine Löcher in die Luft gestarrt hatte, stand eine hochgewachsene Gestalt. Im leichten Dusel war ihr gar nicht aufgefallen, dass sie Gesellschaft hatte. Ausgesprochen gut aussehende Gesellschaft sogar, wie sie erfreut feststellte. Der Mann sah jemandem ähnlich, den sie kannte, nur wem? Einem Moderator? Einem Winzer?

»Jetzt, wo ich mich endlich traue, Sie anzusprechen ...«

Ziemlich billige Anmache, fand Rosina. »Ich bin sicher, das können Sie besser«, schnitt sie ihm das Wort ab und blickte noch einmal kurz zum Bräutigam. Sein zukünftiger Schwieger-Großvater stand nun vor ihm und klopfte ihm betont jovial auf die schmalen Schultern. Der blasse Jüngling ging unter den Pranken des Alten fast zu Boden, lächelte aber tapfer. Von der Braut war immer noch keine Spur, und auch Ornella ließ sich nicht blicken. Sie würde sie später suchen. Davor verdiente der schöne Unbekannte an ihrem Tisch eine zweite Chance, fand sie.

»Also?« Ein auffordernder Blick.

Ihr Gegenüber ließ sich nicht aus der Bahn werfen. Er lächelte, und Rosina ging es durch und durch. Dieser Mann brauchte keine Worte, um Eindruck zu schinden. Er trug eine Gala-Uniform der Polizia di Stato. Aufrechte Haltung, breite Brust und ein herzerwärmendes Lächeln, das in den Augen ankam. Dieser Mann hatte Charisma. Keiner, der der Herde folgt. Er zog eigene Schneisen, und vermutlich war es ihm egal, welche Sorte Blicke er dabei kassierte. Das alles erfasste Rosinas erfahrener Scannerblick in Sekundenbruchteilen. Ein Mann mit Rückgrat und Prinzipien. Genau die Sorte braun gebrannte, energiegeladene Männlichkeit, auf die Rosina so stand. Sie war sofort Feuer und Flamme.

»Mit wem habe ich das Vergnügen?«, hauchte sie und griff nach ihrem Glas. Leer.

»Elia Fontanelli.«

»Sie sind Polizist?« Eine überflüssige Frage angesichts der Uniform, aber Rosina stellte sie trotzdem. Nur um sicherzugehen, dass sie nicht wieder in alte Verhaltensmuster kippte. Kein Arzt. Rosina schluckte trocken. Elia Fontanelli passte nicht in ihr Beuteschema, das ihr schon so viele Eigentore beschert hatte. Rosina wertete das als gutes Zeichen.

»Ja und nein.« Mit lässiger Geste griff Fontanelli zum Tablett eines vorbeieilenden Kellners, nahm zwei Gläser und reichte eines davon Rosina. »Ich bin Polizeiarzt.« Er deutete eine Verbeugung an. »Dottore Fontanelli.«

»Soso.« Rosina prostete ihrem Gegenüber zu. »Gamper. Rosina Gamper.« Sie lächelte und schlug kokett die Augen nieder. Vielleicht würde die Feier doch noch eine interessante Wendung nehmen. Dottore Fontanelli nippte und stellte sein Glas dann ab.

»Sind Sie mit dem Brautpaar befreundet, Signora?«

»Nicht wirklich«, antwortete Rosina wahrheitsgemäß, »Biancas Großvater hat mich eingeladen. Ich hatte bereits einige Male mit ihm zu tun.« Sie leerte ihr Glas in einem Zug. »Beruflich.«

»Dann sind Sie auch in der Landwirtschaft tätig?«, schlussfolgerte Fontanelli und wies auf das Schälchen mit Olivenöl auf dem Tisch.

Rosina schüttelte den Kopf. »Ich habe die Fresken in seiner Villa restauriert.«

Fontanelli wirkte überrascht und setzte zu einer Frage

an, aber wie auf ein geheimes Stichwort kam leichte Unruhe in die Hochzeitsgesellschaft. Die Musiker des Streichquartetts nahmen ihre Plätze seitlich des Podests ein, Gäste ließen ihre Getränke auf den Tischchen stehen und schlenderten zu den Sesselreihen, die im Halbkreis angeordnet waren. Kellner sammelten Gläser ein und verschwanden damit so lautlos, wie sie gekommen waren.

»Ich glaube, es geht gleich los.« Rosina sah sich um. Mario trat soeben aus dem Turm ins Freie, in der Hand eine Bibel mit abgegriffenem Ledereinband. Vier Blumenmädchen mit weißen Kleidern und Körben voller Rosenblätter standen auf dem roten Teppich, der durch die Sesselreihen zum Altar führte. Alles war bereit für die Zeremonie, jeder wartete gespannt, welches Kleid die Braut tragen, ob sie von einem Schleier verhüllt oder ihr Haar offen tragen würde. Von Bianca Ronchetti war immer noch nichts zu sehen, auch Ornella war nicht unter den Gästen. Einige reckten ihre Hälse, die britische Herzogin flüsterte dem deutschen Showmaster etwas zu, die sizilianischen Designer zupften am Einstecktuch des jeweils anderen und seufzten dann gelangweilt. Eugenio Ronchetti nickte dem Bräutigam zu, ließ seinen Blick über den Platz schweifen und setzte sich dann auf einen Stuhl in der ersten Reihe.

»Ich dachte, Eugenio führt seine Enkelin zum Altar!«, raunte Fontanelli. »Wäre naheliegend, da ihr Vater tot ist.«

Rosina zuckte ratlos die Schultern. »Vielleicht übernimmt das jemand anderer? Der Bruder des Bräutigams, zum Beispiel.«

»Soweit ich weiß, ist Fabio Einzelkind. Immer für einen

spannenden Auftritt gut, die Ronchettis!«, brummte Dottore Fontanelli.

Die Mutter von Bianca und Ornella saß, mit einigem Abstand zu ihrem Schwiegervater Eugenio, unbeteiligt in der ersten Reihe und starrte ins Leere, als wüsste sie nicht, dass in wenigen Minuten eine Hochzeit stattfinden würde. Lucia Ronchetti war eine gebrochene Frau. Gebeugte Haltung, hängende Schultern, entrückter Blick. Das Schicksal war nicht gerade zimperlich mit ihr umgegangen und hatte Furchen in das einst schöne Gesicht gepflügt. Vermutlich hatte Lucia, um diesen Tag überhaupt zu überstehen, ihre tägliche Dosis an Beruhigungsmitteln erhöht, denn nichts von dem, was um sie herum passierte, schien zu ihr durchzudringen. Ihre Gesichtshaut wirkte wächsern und frei von jeder Mimik. Lucia Ronchetti war eine emotionslose Hülle.

Wie hieß Biancas Bräutigam? Rosina hatte seinen Namen bereits vergessen und kramte, um später in keine peinliche Situation zu geraten, hektisch in ihrer Handtasche nach der Einladung, auf der die Namen der Brautleute gedruckt waren.

»Dort drüben sind noch zwei Plätze frei.« Fontanelli reichte Rosina seinen Arm. »Gehen wir?« Eine etwas zu große Geste für ihren Geschmack, schließlich kannten sie einander erst wenige Minuten. Aber wenn schon ein Gentleman der alten Schule greifbar war, sollte man nicht pingelig sein, fand sie, und hakte sich unter. Der Bräutigam stand kreidebleich unter dem Baldachin, vom Streichquartett waren Stimmgeräusche und Notenrascheln zu hören. Ein Windhauch wehte Fontanellis Aftershave in Rosinas Richtung – würzig-herbe Noten mit einem Hauch Orangenduft. Er führte Rosina zu einer der hinteren Reihen und wartete, bis sie Platz genommen hatte. Erst dann setzte er sich selbst, öffnete den obersten Knopf seines Jacketts und beugte sich zu ihr.

»Ich kenne einen Winzer unten in Arco, der hervorragende Weine zur Verkostung anbietet.« Seine Stimme war rau und ganz nah an Rosinas Ohr. »Darf ich Sie nach der Hochzeit auf ein Glas Vino Santo einladen?«

Genau in diesem Moment spürte Rosina, dass jemand sie anstarrte, und hob den Kopf. Mario. Er stand hinter dem Altar und fixierte sie. Sein Blick war stechend.

»Ich …«, stammelte sie und rutschte auf ihrem Sessel hin und her. Marios Blick war starr auf sie gerichtet, und obwohl etliche Sesselreihen zwischen ihm und Rosina lagen, fühlte es sich an, als ob sein Blick die Temperatur sinken ließ. Als verabschiede sich die Mittagshitze verlegen und mache Platz für frostige Stimmung und Eifersucht.

»Halt, halt, halt!«, unterbrach ich Rosinas Erzählung an dieser Stelle. »Was soll das heißen: Eifersucht? Gibt es da etwas, das ich nicht weiß?«

»Es gibt in meinem Leben einiges, das du nicht weißt, Cara!«, wich Rosina aus, aber so leicht kam sie mir nicht davon.

»Wie war das vorhin: kneifen, wenn's um die Liebe geht?«, erinnerte ich sie streng. »Ich kenne Mario zwar noch nicht lange, aber er scheint nicht der Typ zu sein, der grundlos eifersüchtig wird. Also: beichte!«

»Bist du die Heilige Inquisition?« Rosina richtete sich empört auf, aber ich blieb cool und verzog keine Miene.

»Ihr wart drei Tage lang in einem Wohnmobil unterwegs und habt einen Fall aufgeklärt, so etwas schweißt zusammen.«

»Das war doch nur eine Notlösung, weil er sich aus seinem Haus ausgesperrt hat!«, verteidigte sich Rosina. »Das ist vorbei. Finito. Ab jetzt gehen wir wieder unsere eigenen Wege. Er lebt sein Leben, und ich lebe meines. Basta!«

»Und warum parkst du dein Vehikel dann immer noch in seinem Garten? Es gibt genügend Campingplätze in der Umgebung.«

Ich musste grinsen und deutete mit dem Kopf zu Marios Haus. Die Villa lag im Dunkeln, alle Fensterläden waren geschlossen. Seit heute Früh war das Anwesen unbewohnt. Mario war unterwegs nach England, um Verwandte zu besuchen und weiter auf Spurensuche nach seinem Vater zu gehen. Ein paar Solarleuchten tauchten Hausmauern und Oleanderbüsche in schummriges Licht. Rosinas Wohnmobil stand parallel zur Uferpromenade im Rasen.

»Ich hab versprochen, die Pflanzen zu gießen und den Briefkasten zu leeren, während er nicht da ist.«

»Nehm ich dir nicht ab«, sagte ich, »ich kenne niemanden, der weniger von Pflanzen versteht als du! Außerdem campierst du seit Wochen vor seinem Haus, obwohl du frei und ungebunden sein wolltest, falls du dich erinnerst. Nächster Versuch!«

»Wenn du glaubst, dass ich mich rechtfertigen werde, dann hast du dich geschnitten, Cara!« Sie funkelte mich wütend an. Anscheinend hatte ich ins Schwarze getroffen – warum sonst war sie so angriffslustig?

»Komm schon, Rosina, du bist verknallt! Sag's einfach,

ist doch nicht so schwer!« Ich beugte mich vor. »Oder war da mehr?«

»Es ist … wie soll ich sagen …« Rosina zupfte an ihrem Kleid und seufzte dann abgrundtief. »Er ist anders als normale Männer.«

»Logisch, er ist ja auch Kardinal!«, rief ich einen Tick zu laut und verbesserte mich dann etwas leiser: »Ex-Kardinal.«

Rosina winkte müde ab. »Ich meine seinen Charakter, nicht das Amt. So einen Mann findet man nur selten. Wenn überhaupt.«

Eine Zeit lang schwiegen wir und starrten auf den See. Die Zikaden in Marios Garten zirpten. Ein Pärchen mit Hund schlenderte an der Promenade entlang und blieb dann, eng umschlungen, für ein paar Momente stehen.

»Also, habt ihr …?«, kam ich auf die Kernfrage zurück.

Rosina antwortete nicht gleich. »Es ist passiert, einfach so«, sagte sie schließlich kleinlaut und fuhr mit dem Zeigefinger am Rand ihres Glases entlang. Und noch bevor ich nachfragen konnte: »Weißt du noch, als wir hier im Garten gegrillt und auf den gelösten Susanna-Fall angestoßen haben? Gleich, nachdem ihr alle weg wart, hat er mir sein Haus gezeigt und dann … naja.«

Sie sah mich an. Die Wut von vorhin war verpufft. Sogar im Kerzenschein konnte ich ihre Augen leuchten sehen.

»Der Mann weiß, was er tut! Soll heißen: Entweder er hat schon mehrere Male gegen den Zölibat verstoßen oder er ist ein Naturtalent.«

Das war mehr, als ich wissen wollte, erklärte aber einiges.

»Mario verbringt eine Nacht mit dir«, resümierte ich

und machte eine kurze Pause. »Eine oder mehr.« Rosina reagierte nicht.

»Er geht mit dir zu einer Hochzeit«, fuhr ich fort. »Vergiss nicht, er ist seit Jahren nur die Gesellschaft von Männern gewohnt, zumindest offiziell. Er hat der Erotik abgeschworen, alles dreht sich um Gott, Nächstenliebe und die Kirche. Und dann kommst du. Bäm!« Ich deutete mit den Händen eine Explosion an. »Planänderung, warum auch nicht? Der Vatikan liegt hinter ihm, auf zu neuen Ufern. Mario begleitet eine Frau in rotem Kleid zu einem offiziellen Anlass. Bisher war er umringt von Kardinälen in rotem Ornat, aber jetzt: eine Diva an seiner Seite. Rosina Gamper, an der kein Mann einfach so vorbeigeht. Quasi *Lady in Red*. Er geht aufs Ganze, setzt sich den Blicken und der Kritik anderer Leute aus, riskiert negative Schlagzeilen.«

»Jetzt übertreibst du!«, sagte Rosina, aber ich merkte, dass sie sich geschmeichelt fühlte.

»So etwas ist nichts für Feiglinge«, legte ich nach, »der Mann hat sich öffentlich zu dir bekannt! Und dann muss er sehen, wie du mit einem Dottore Was-weiß-ich flirtest, während er vorne am Alter steht und arbeitet!« Ich atmete tief durch. »Kein Wunder, dass er eifersüchtig ist!«

»Es war *eine* Nacht, nicht mehr!«, rechtfertigte sich Rosina. »Außerdem: Das mit uns hat sowieso keine Zukunft.«

»Warum denn nicht?« Ich schüttelte den Kopf. »Er hat sein Amt in Rom doch niedergelegt!«

»Aber nicht wegen mir«, erklärte Rosina und griff nach der Flasche, »sondern weil man ihn im Vatikan nicht verstanden hat. Mario ist immer noch ein Mann der Kirche.

Er hat sein Amt als Kardinal an den Nagel gehängt, nicht den kompletten Beruf!«

Sie öffnete den Verschluss und goss *Limoncello* in unsere beiden Gläser.

»Na dann …«, ich prostete ihr zu, »willkommen bei *Dornenvögel* reloaded!«

»Danke, gern«, Rosina lächelte Dottore Fontanelli treuherzig an, »aber vielleicht ein anderes Mal!« Sie sah nach vorn und suchte Marios Blick. Seine stechend blauen Augen fixierten sie immer noch finster. Etwas geschmeichelt und zugleich überrascht über Marios Reaktion merkte Rosina gar nicht, wie sehr ihr Sitznachbar mittlerweile den Abstand zwischen ihnen verringert hatte. Im nächsten Moment spürte sie Dottore Fontanellis Hand auf ihrem Knie und seine Schulter an ihrer. Das ging ihr, obwohl sie Flirts im Allgemeinen und Flirts mit Ärzten im Besonderen nicht abgeneigt war, dann doch einen Tick zu schnell. Immerhin war sie der Hochzeitseinladung offiziell in Marios Begleitung gefolgt.

»Wir sollten das Tempo drosseln«, sagte sie, nahm Fontanellis Hand sanft von ihrem Knie und führte sie auf sein eigenes zurück. Dottore Fontanelli protestierte nicht, was Rosina zuerst seinen guten Manieren zuschrieb, aber dann merkte sie, dass seine ganze Aufmerksamkeit in diesem Moment gar nicht ihr galt, sondern Mario. Der Polizeiarzt sah tatsächlich zu Mario, und dieser erwiderte den Blick. Über das kantige Gesicht des Polizeiarztes huschte ein schadenfrohes Grinsen. Eine winzige Geste nur, aber Rosina wusste Bescheid. Aus irgendeinem Grund wollte

Dottore Fontanelli Mario provozieren. Rosina begriff, dass sie soeben in einen Machtkampf hineingezogen worden war, ohne gefragt worden zu sein. Und da reichte es ihr. Umschwärmt zu werden war das eine, Spielball zweier Gockel zu sein das andere. Sie erhob sich mit einem Ruck und strich ihr rotes Kleid glatt.

»Sie entschuldigen mich«, sagte Rosina kühl und drängte sich an Fontanellis Beinen vorbei aus der Sesselreihe, »mir ist es hier zu heiß.« Sehr doppeldeutige Aussage. »Dort drüben, näher beim Altar, ist es angenehmer.«

Der Dottore blickte erstaunt zu ihr auf und setzte zu einer Antwort an, aber der gellende Schrei aus einer Frauenkehle zerriss die hitzeflirrende Luft. Eindeutig Bianca Ronchettis Stimme – oder?

»Die Braut!« Rosina stolperte aus der Sesselreihe, vorbei an den Beinen anderer Gäste. Sie versuchte zu orten, aus welcher Richtung der Schrei gekommen war. Aus dem Turm am Turnierplatz? Nein!

»Das war dort oben!«, rief sie, mehr zu sich selbst, und deutete zum höchsten Punkt der Burgruine. Dort, wo die steinernen Reste eines Turms vor sich hin bröckelten, fiel steil der Felsen ab. Rosina legte eine Hand über die Augen, konnte aber im gleißenden Sonnenlicht nichts erkennen. Sie musste zum Turm!

»Signora Gamper!« Dottore Fontanelli war ebenfalls aufgestanden und fasste sie an der Schulter, aber Rosina riss sich los. Sie raffte ihr Kleid und lief über den Rasen. Besonders weit kam sie allerdings nicht: Ihre hohen Absätze bohrten sich ins Erdreich und bremsten sie aus. Rosina fluchte und schleuderte ihre Pumps von den Füßen. Barfuß sprintete sie über den Rasen Richtung Stufen, die von außen zum höchsten Punkt der Ruine führten. Es waren unebene und schmale Stufen ohne Geländer, an manchen Stellen waren die Steine abgebrochen und scharfkantig. Rosinas Fußsohlen schmerzten, trotzdem lief sie weiter. Einige Hochzeitsgäste folgten ihr, langsamer und unsicher, gaben aber mangels Kondition oder geeignetem Schuhwerk auf.

»Rosina!« Eine vertraute Stimme, wenige Meter hinter ihr. Auch ohne sich umzudrehen wusste Rosina, wer ihr auf den Fersen war. Mario war mit seinen Turnschuhen klar im Vorteil und holte nun auf, dicht gefolgt vom Bräutigam.

»Ruf die Polizei!«, rief Mario, als er an Rosina vorbeirannte. Ein zweiter Schrei, diesmal dumpfer und schmerzerfüllt. Mario nahm jetzt immer zwei Stufen auf einmal und legte noch deutlich an Tempo zu.

Oben bot sich ein Bild des Elends. Der höchste Punkt der Ruine war ungesichert und für Besucher gesperrt. Hinter den Mauern des alten Turms fiel die Felswand steil in die Tiefe, nur ein schmaler Streifen Boden trennte die Besucher vom Abgrund. Ein einziger falscher Schritt konnte hier über Leben und Tod entscheiden. Rosina keuchte, als sie die Stelle erreichte. Die Braut, gefährlich nah am Abgrund hinter der Turmruine, kauerte am Boden. Sie merkte, dass sie nicht mehr alleine war, und hob den Kopf. In ihren Augen war blankes Entsetzen.

»Bianca, was ist passiert?«

»Sie ist gesprungen!«, presste sie hervor, »sie ist einfach so gesprungen!«

»Wer?« Rosina kämpfte gegen ihre Höhenangst und

konzentrierte sich auf die Braut. Biancas Augen waren geweitet. Sie starrte die drei unverwandt an und begann zu schluchzen.

»Bianca!« Rosina näherte sich langsam der jungen Frau, darauf bedacht, nicht in die Tiefe zu sehen.

»Rosina, bleib stehen!« Mario schüttelte heftig den Kopf. »Du könntest abrutschen!«

Kommandos von Männern hatte Rosina noch nie gut vertragen, auch wenn sie wusste, dass Mario besorgt um sie war. Sie ignorierte ihn und tastete sich Schritt für Schritt auf die Braut zu.

Im Tüll des Kleides hatten sich Piniennadeln verfangen. Die Hochsteckfrisur war zerzaust, Klammern hatten sich gelöst und baumelten aus den Locken. Rosina war jetzt nahe genug, um Biancas Schulter zu berühren. Ein paar Steinchen lösten sich unter ihren Tritten und kullerten Richtung Steilwand. Rosina zwang sich, nicht an einen Absturz zu denken. Sie ging langsam in die Knie und setzte sich vorsichtig neben Bianca.

»Wer ist gesprungen?«, fragte sie leise.

Bianca schluchzte. »Ornella!«

4. KAPITEL

Erzählt von Rotkehlchen, Zinksärgen und hohen Schuhen. Ein Mann geht auf die Knie und einer dampft ab. Rosina wird wütend, erzählt von Ornella und einem Unfall auf hoher See. Ich wecke ein Ungeheuer, höre zu und habe keine Ahnung.

Die Bergung der Leiche dauerte bis zum Abend. Das Gelände unterhalb des Burgfelsens war steil und unwegsam; dichter Wald und Felsen machten es den Helfern schwer, überhaupt zur Unglücksstelle vorzudringen. Ornella war aus fast 200 Metern Höhe auf eine Baumkrone gefallen, die Polizei musste Kletterexperten samt Motorsägen anfordern, um ihren Körper zu bergen. Ein Ast hatte sich durch ihren Brustkorb gebohrt und musste abgesägt werden. Der Parkplatz unterhalb des Burgfelsens war komplett abgesperrt worden; Autos der Polizia di Stato und der Rettung standen großzügig über die Fläche verteilt, ein wenig abseits stand ein Leichenwagen.

Rosina war seit Stunden auf den Beinen, immer noch barfuß. Da sie als eine der Ersten an der Unglücksstelle war, hatte sie zwei Polizeibeamten Rede und Antwort stehen müssen. Die Befragung hatte eine gefühlte Ewigkeit gedauert, am

Ende hatten die beiden noch ihre Personalien aufgenommen. Müde und hungrig stromerte sie zwischen den Einsatzfahrzeugen umher, auf der Suche nach Mario. Sie waren gemeinsam in seiner BMW Isetta zur Hochzeit gekommen; war er etwa ohne sie nach Riva zurückgefahren? Rosina hasste es, von Männern abhängig zu sein und verfluchte sich, dass sie nicht selber mit der Vespa nach Arco gefahren war. Notfalls würde sie sich ein Taxi rufen müssen.

Im Inneren eines Rettungswagens saß Eugenio Ronchetti auf einer Bahre. Rosina verachtete zwar, wie er seine Familie behandelte, aber jetzt hatte sie Mitleid mit ihm. Der sonst so stattliche Mann saß vornübergebeugt, starrte auf seine Schuhspitzen und wischte sich immer wieder über die Augen. Nach dem Tod seiner Frau und dem Verschwinden seines Sohnes war dies der nächste Schicksalsschlag. Wie viel würde Eugenio noch verkraften müssen? Ein Sanitäter mit dunklem Vollbart zog eine Spritze auf und schnipste mit den Fingern gegen den Kolben. Ein Beruhigungsmittel, vermutete Rosina.

Bianca Ronchetti wurde gerade von den zwei Polizeibeamten vernommen, die zuvor schon Rosina befragt hatten. Es wirkte so, als hätte Bianca mit den beiden schon öfter zu tun gehabt, wahrscheinlich in einer Angelegenheit mit Tierschützern. Die Polizistin strich ihr über die Schulter, und auch ihr Kollege, der sich bei Rosina betont zugeknöpft gegeben hatte, hatte seine stramme Haltung etwas gelockert. Biancas Bräutigam saß etwas abseits auf einem Klappstuhl und knetete seine Hände.

Am Rand des Parkplatzes, nahe dem Eichenwäldchen, entdeckte Rosina Mario auf einer Bank sitzend. Er hatte sein Jackett ausgezogen und die Ärmel seines Hemdes hochgekrempelt. Links neben ihm saß Lucia Ronchetti. Ihre Augen waren gerötet, ihr Blick emotionslos in die Ferne gerichtet. Die dritte Person auf der Bank hatte Rosina noch nie zuvor gesehen; eine Frau Mitte 40 mit freundlichem Gesicht, ungeschminkt, die Haare früh ergraut. Beim Näherkommen hörte Rosina besänftigendes Gemurmel und Worte wie »Trauer zulassen« und »verarbeiten«. Eine Psychologin, mutmaßte Rosina. Als Mario Rosina sah, nahm er sein Jackett von der Bank, stand auf und kam auf sie zu.

»Sie braucht Hilfe. Von ihrer Familie ist nur mehr die Hälfte übrig«, sagte er und blickte über seine Schulter zurück zu Ornellas Mutter. Dann musterte er Rosina. »Dein Kleid ist kaputt.«

Rosina sah an sich herab. Tatsächlich war der Beinschlitz fast bis zur Hüfte aufgerissen, der Stoff ausgefranst. Das musste beim Sprint über die Steinstufen passiert sein.

»Egal«, winkte sie ab und suchte Marios Blick. Die Kälte aus seinen Augen war verschwunden, aber seine Miene war noch immer hart. Hart vor Sorge, wie Rosina feststellte, nicht vor Ärger. Sie wertete das als gutes Zeichen. Die Ereignisse der letzten Stunden waren in den Vordergrund getreten und hatten Fontanellis Provokation verblassen lassen. Zumindest hoffte das Rosina, und auch Mario wirkte zu ausgelaugt für ein Frage-Antwort-Spiel oder Rechtfertigungen. Rosina hatte sich zwar fest vorgenommen, ihn nach Dottore Fontanelli zu fragen; woher sich die beiden kannten, beziehungsweise auf welche Weise sich ihre Wege gekreuzt hatten. Aber jetzt, inmitten einer weiteren Tragödie der Familie Ronchetti, war der Moment unpassend.

Ein paar Sekunden lang wussten beide nicht, was sie sagen sollten, und standen stumm inmitten des traurigen Trubels aus Einsatzkräften und Familienangehörigen in der einbrechenden Dämmerung. Aus dem Augenwinkel sah Rosina, wie Bianca, immer noch im Gespräch mit den Polizisten, in ihre Richtung zeigte. Die beiden Beamten folgten ihrem Blick, machten sich Notizen und gingen dann zu ihrem Wagen. Offenbar war die Befragung zu Ende. Eugenio Ronchetti kletterte unbeholfen aus dem Rettungswagen, steuerte auf Bianca zu und umarmte sie. Noch nie zuvor hatte Rosina den Patriarchen bei einer herzlichen Geste beobachtet. Vielleicht hatte sie ihn falsch eingeschätzt.

»Sie hatte noch alles vor sich«, presste sie hervor. »Ornella. Ihr ganzes Leben lag noch vor ihr.«

Ihr Hals wurde eng. Während der letzten Stunden hatte sie sich unter Kontrolle gehabt; sie hatte Ornellas Bergung mitangesehen, das Geknatter der Motorsägen gehört, die die Frauenleiche aus dem Baum geschnitten hatten. Sie war Lucia beigestanden, als alle anderen sich entsetzt um den durchbohrten Körper geschart hatten, und geblieben, als der Arzt Ornellas Tod feststellte. Sie war dabei gewesen, als der Bestatter sie einsargte und hatte ihre letzten Baldriandrops an Eugenio und seinen Schwiegersohn verteilt. Aber jetzt, Stunden danach, konnte sie nicht mehr gegen die Tränen ankämpfen. Ihre Augen brannten.

»Kannst du mich bitte in den Arm nehmen?«, sagte sie noch, und dann brachen alle Dämme. Mario nickte und zog sie zu sich heran. Minutenlang hielt er sie fest, während sie schluchzte, und sagte nichts. Stand einfach nur da und gab ihr den Halt, den sie brauchte. Mittlerweile war es fast dunkel.

»Geht schon wieder«, schniefte Rosina irgendwann und löste sich aus Marios Umarmung. Er reichte ihr ein Taschentuch, und sie trocknete ihre Wangen.

Er räusperte sich. »Nach allem, was passiert ist ...«

»Hast du deine Pläne geändert?« Für einen kurzen Moment wünschte Rosina, er würde bleiben, aber Mario schüttelte den Kopf.

»Ich kann hier nichts tun«, sagte er und sah sich um. »Mein Flug geht morgen Früh ab Verona.« Er griff nach ihrer Hand. »Rosina, was ich da heute gesehen habe, das ...«

»Signora Gamper!« Dieselbe Stimme wie zu Mittag, nur einige Nuancen weniger charmant. Dottore Fontanelli eilte im Stechschritt auf sie zu. Rosina schloss genervt die Augen. Der Mann hatte offenbar ein Händchen für den falschen Moment. Trotz der Hitze, die Arco selbst jetzt am Abend noch fest im Griff hatte, war das Jackett seiner Galauniform bis oben zugeknöpft. In der Hand trug er rote Pumps mit hohen Absätzen.

»Sie haben Ihre Schuhe auf dem Turnierrasen vergessen!«

»Wie aufmerksam – danke!« Rosina lächelte säuerlich und streckte ihre linke Hand nach den High Heels aus, ihre rechte hielt ja immer noch Mario fest. Aber Fontanelli dachte nicht daran, ihr seinen Schatz auszuhändigen. Er hielt ihn an die Brust gepresst und ging damit vor ihr auf die Knie.

»Passen sie auch?«, scherzte er und hielt ihr einen Schuh zum Probieren hin wie ein Schuhverkäufer einer kaufwilligen Kundin. Mit treuherzigem Dackelblick sah er von unten zu ihr herauf.

Mit genervtem Schnauben ließ Mario Rosinas Hand abrupt los. Ohne ein weiteres Wort drehte er auf dem Absatz um, verschwand in der Dunkelheit und ließ sie stehen.

»Mario!« Rosina widerstand dem ersten Impuls, ihm nachzulaufen, hatte sich aber gerade noch im Griff. Über genau diesen Fehler war sie schon zu oft gestolpert: Sie hatte nicht erkannt, wann eine Beziehung beendet war. Sie hatte sich das Herz brechen lassen, anstatt selbst einen Schlussstrich zu ziehen. Damit war Schluss, ermahnte sie sich und sah zu Fontanelli hinab, der immer noch vor ihr im Staub kniete. Wut keimte in ihr auf. Langsam hatte sie genug vom gockelhaften Getue der zwei Herren.

»Was soll das?«, zischte sie. Dottore Fontanelli erhob sich und grinste schief.

»Darf man einer Dame nicht behilflich sein?«

»Sie wissen sehr gut, was ich meine«, erwiderte Rosina kühl und riss ihre Pumps an sich. Die Absätze waren von Erdklumpen verkrustet, ein paar Grashalme klebten daran. Mit dem Taschentuch von vorhin säuberte Rosina die Schuhe notdürftig und schlüpfte dann hinein. Sofort fühlte sie sich sicherer. Sie musterte Fontanelli scharf. Alle Anziehung, die noch vor wenigen Stunden die Luft zwischen ihnen zum Flirren gebracht hatte, war verpufft. Der Gentleman Fontanelli hatte sich verabschiedet und nur eine große Portion uniformierter Überheblichkeit zurückgelassen. Rosina fragte sich, was der Grund für diesen Sinneswandel gewesen sein mochte.

»Was läuft da zwischen Ihnen und Mario?«

Dottore Fontanelli wischte die Frage weg wie ein lästiges Insekt. Er würdigte Rosina keines Blickes und nickte einem Kollegen von der Polizia di Stato zu, der sich zum Abschied an die Kappe tippte und in den Einsatzwagen stieg.

»Sehen wir uns morgen?«, fragte Fontanelli, wieder an Rosina gewandt. Sie dachte an den Winzer in Arco, von dem er gesprochen hatte, und schüttelte den Kopf. Auf nichts hatte sie weniger Lust als auf eine Weinverkostung in Fontanellis Gesellschaft. Schade eigentlich. Sie lachte kurz und freudlos auf. »Ich wüsste nicht, wieso.« Dann wandte sie sich zum Gehen. Der Anblick der toten Ornella hatte sie übel mitgenommen; sie wollte einfach nur nach Hause. Als sie gut zehn Schritte von Fontanelli entfernt war, rief er ihr hinterher.

»Rosina!« Bisher hatte er sie mit ihrem vollen Namen angesprochen; falls das ein weiterer Annäherungsversuch sein sollte, misslang er gerade gründlich. Rosina ignorierte ihn.

»Die Polizei interessiert sich für Ihr Naheverhältnis zu Ornella Ronchetti«, rief Fontanelli weiter.

»Wie bitte?« Rosina blieb jetzt doch stehen und drehte sich zu Fontanelli um. Der Polizeiarzt griff sich an den obersten Jackenknopf und ließ seinen Blick über den Parkplatz schweifen. Wie zur Kontrolle, ob auch genügend Ohren in seiner Umgebung aufgesperrt waren.

»Seien Sie übermorgen pünktlich um 10 Uhr am Posten in Riva.« Ein Befehl, keine Bitte. »Ich werde auch da sein.«

»Ein echter Kotzbrocken!«, sagte ich angewidert, als sie es mir erzählte. Mittlerweile waren die Geräusche aus den Lokalen ringsum verstummt, die Uferpromenade leer gefegt. Eine Wolke hatte sich vor den Mond geschoben. Aus dem Wachs der *Zitronella*-Kerze ragte nur noch ein winziger Rest Docht.

»Dabei hat alles so charmant angefangen!«

»Vom Charme war plötzlich nicht mehr viel übrig!« Rosina seufzte und lehnte sich in ihrem Sessel zurück. »Bin gespannt, wie der Termin morgen wird.«

»Du gehst tatsächlich zur Polizia di Stato? Warum?«

»Was soll ich denn machen?« Rosina zuckte mit den Schultern. »Ich bin zum Posten beordert worden, dagegen kann man sich nicht wehren. Das heißt: kann man doch, aber das macht alles nur noch schlimmer.«

»Du bist beordert worden – von wem? Dem Polizeiarzt? War Fontanelli überhaupt befugt, dich vorzuladen? Der ist doch für Befragungen gar nicht zuständig!«

»Nicht direkt.« Rosina zog eine Packung Zigaretten aus der Rocktasche ihres Kleides und klopfte damit dreimal auf den Tisch, was ja immer ein Zeichen dafür ist, dass ihr etwas an die Nieren geht oder sie etwas Wichtiges zu sagen hat.

Eigentlich hatte sie vor Jahren, nach einer düsteren Prognose des Lungenfacharztes, mit dem Rauchen aufgehört. Aber eine letzte Packung und dieses Ritual – Schachtel betasten, dreimal damit auf den Tisch klopfen, Zigarette entnehmen – hatte sie beibehalten. Wahrscheinlich eine Art Ersatzhandlung mit beruhigender Wirkung. Harmlos, solange kein Feuerzeug im Spiel war und sie rückfällig wurde.

»Ich hab mich natürlich sofort über Fontanelli schlaugemacht, als ich zurück in Riva war.« Sie zog an ihrer nicht angezündeten Zigarette und deutete dann damit auf ihr Wohnmobil.

»Und?« Ich setzte mich auf. »Was hast du rausgefunden?«

Rosina erzählte mir von ihrer Online-Recherche und den Kanälen, die sie spätabends noch angezapft hatte. Demnach stammte Dottore Elia Fontanelli aus Arco. Er hatte sich aus einfachen Verhältnissen hochgearbeitet, Medizin studiert und in Florenz mit zwei Kollegen eine Praxis gegründet. Danach hatte er ein paar Jahre lang eine römische Privatklinik geleitet. Ein fleißiger Mann, der sein Privatleben der Karriere geopfert hatte. Zweimal geschieden. Die Tochter aus erster Ehe lebte bei ihrer Mutter in Florenz. Vor ein paar Jahren bewarb er sich schließlich in Arco um die Stelle als Polizeiarzt für die Region Trentino. Er bekam den Posten und kehrte zurück in seine Heimat.

»Das hast du alles an nur einem einzigen Abend rausgefunden?« Ich war beeindruckt.

»Ein gutes Netzwerk ist das A und O«, sagte sie, gab aber ihre Quellen nicht preis. »Momentan hat er jedenfalls keine eigene Praxis, sondern arbeitet für den Staat: Er ist Polizeiarzt und nebenbei noch gerichtlich beeideter Gutachter.«

Rosina blies imaginären Rauch in die Luft. Ich dachte an die Nummer mit den Schuhen. »Orthopäde?«, witzelte ich.

»Schön wär's.« Sie zog erneut an ihrer Zigarette und schüttelte den Kopf. »Psychiater«, sagte sie dann.

»Ja, und?« Ich verstand nicht, worauf sie hinauswollte.

Rosina atmete tief durch. »Laut Eugenio Ronchetti hatte Ornella psychische Probleme, genau wie ihre Mutter Lucia.«

»Stimmt das? Du kanntest Ornella doch, oder?«

Rosina antwortete nicht gleich.

»Hatte sie tatsächlich Probleme?«, hakte ich nach. Ich wurde das Gefühl nicht los, dass Rosina das Thema Ornella großzügig aussparte. Dass da ein dunkler Fleck auf ihrer Seele lag, ein schlafendes Ungeheuer, das man besser nicht weckte.

»Lucia hat den Tod ihres Mannes vor ein paar Jahren nicht verkraftet«, begann Rosina nach einer Weile. »Eugenio war von Anfang an nicht begeistert von seiner Schwiegertochter und hat sie das auch deutlich spüren lassen. Er fand, sie wäre ungeeignet für den Betrieb, weil sie mit Landwirtschaft bis dahin nichts am Hut hatte. Aber er ist über seine eigenen Prinzipien gestolpert; Eugenios Grundsatz war immer, dass die ganze Familie im Betrieb mitarbeitet, beruflich an einem Strang zieht. Nach der Hochzeit mit seinem Sohn war Lucia Teil der Familie, also musste er sie früher oder später akzeptieren. Dario hat ihm angedroht, aus der Firma auszusteigen, wenn Lucia ausgegrenzt wird. Eugenio wollte nicht gleich zwei Arbeitskräfte auf einmal verlieren, musste sich also arrangieren. Lucia spricht vier Sprachen. Ein großer Gewinn für einen Betrieb, der expandieren will. Sie hat sich um die Auslandsgeschäfte gekümmert, neue Vertriebswege gesucht und Kunden gewonnen. Harmonisch war das Verhältnis zu Eugenio deswegen trotzdem nicht, sie haben nebeneinander gearbeitet, das war alles. Dario war immer um Harmonie bemüht, das Bindeglied zwischen den beiden.« Rosina schnipste imaginäre Asche von ihrer Zigarette. »Ornella war ihrem Vater sehr ähnlich. Seit dem Tod ihres Mannes schafft Lucia es nicht mehr, mit Eugenio in einem Raum zu sein.«

»Wie ist Dario verstorben?«

»Die Sache war mysteriös.« Rosina zuckte die Schultern. »Viel wurde nie darüber gesprochen. Ich weiß nur, dass es am offenen Meer passiert ist. Die komplette Familie war mit der Jacht unterwegs, Dario ist mitten in der Nacht von Bord gegangen. Eugenio hatte immer wieder Differenzen mit seinem Sohn, es gab sogar das Gerücht, dass er mit seinem Tod etwas zu tun haben könnte.«

»Er soll seinen eigenen Sohn über Bord gestoßen haben?«

Rosina wackelte mit dem Kopf. »Du weißt ja, wie das mit Gerüchten ist: Ein bisschen Wahrheit ist meistens darin enthalten. Aber der Tod macht keine halben Sachen: Man kann nicht ein bisschen ertrinken. Damals hat sogar die Polizei gegen Eugenio ermittelt, man konnte ihm aber nichts nachweisen, obwohl der Verdacht im Raum stand. Es war eine schreckliche Zeit für die Familie. Ich habe damals das Gemälde in der Hauskapelle restauriert und viel Zeit in der Villa verbracht, da bekommt man zwangsläufig einiges vom Familienleben mit. Eine Tragödie, auch, weil die Familie sich nicht verabschieden konnte. Darios

Leiche wurde nie gefunden. Seitdem ist Lucia nicht mehr die, die sie war.«

»Verständlich.«

»In der Folge ist die Stimmung zwischen Eugenio und Lucia weiter eingefroren. Sie hatte keine Unterstützung mehr innerhalb der Familie, der Tod ihres Mannes hat sie geschwächt. Sie wurde anfällig für Krankheiten, hatte Stimmungsschwankungen und fiel immer öfter in der Firma aus. Andere mussten ihre Aufgaben übernehmen, nicht nur im Büro. Bianca und Ornella hatten ihren Vater verloren und hätten eigentlich Hilfe gebraucht. Sie waren Teenager, als das passiert ist. Ihre Mutter war zwar physisch anwesend, hatte aber keine Kraft, sich um die beiden zu kümmern.«

»Gab's denn sonst niemanden, der für die Mädchen da war?«, fragte ich. »Was war mit der alten Signora Ronchetti – war die ebenfalls schon verstorben?«

Rosina schüttelte den Kopf. »Sie lebt in Florenz und hat nur wenig Kontakt zur Familie, so viel ich weiß. Sie und Eugenio haben sich scheiden lassen, als Dario noch klein war. Auf Dauer hat sie die Familienpolitik ihres Mannes wohl nicht ertragen, wen wundert's.« Rosina steckte die Zigarette zurück in die Schachtel.

»Leute im Krankenstand kann Eugenio nicht brauchen, nicht einmal, wenn sie zur Familie gehören. Für ihn ist das ganze Leben eine Rechenaufgabe; unterm Strich muss immer ein Gewinn rausschauen. Lucia war für ihn nicht mehr rentabel, schlimmer: Sie war ein Klotz am Bein. Er wollte sie schnellstmöglich loswerden. Auf sein Drängen hin hat sie einen Spezialisten aufgesucht. Der hat ihr zwar Medikamente verschrieben, aber leider auch Depressionen und Arbeitsunfähigkeit konstatiert. Somit konnte Eugenio das Dienstverhältnis relativ leicht lösen.«

»Er hat die Mutter seiner Enkelkinder aus der Firma geschmissen?« Ich war entsetzt. »Schäbiger geht's ja wohl nicht!«

»Leider doch. Lucia muss von einer kleinen Rente leben, denn Eugenio hat nur den Mindestbetrag an Versicherung für sie eingezahlt, als sie noch im Unternehmen tätig war. Sie hätte nicht einmal die Mittel eigenständig zu wohnen, und ist komplett auf ihn angewiesen. Er hat sie quasi in der Hand.« Sie griff nach dem leeren Pistaziensäckchen und strich es sorgfältig glatt. »Wenigstens hat sie ein eingetragenes Wohnrecht, andernfalls hätte Eugenio sie längst aus der Villa geworfen.«

»Klingt nach einer komplizierten Familie.«

Rosina überlegte kurz. »Oder das genaue Gegenteil: zu einfach gestrickt. Das ganze Leben wird dem Profit untergeordnet, alles andere zählt nicht. Keine Seltenheit bei Familien, die beruflich gemeinsame Sache machen. Eugenio ist ein Patriarch, der über alle Köpfe hinweg entscheidet. Er ist mit dem Betrieb aufgewachsen, damit fest verwurzelt. Eugenio identifiziert sich voll und ganz mit der Firma, Fehler und Misserfolge nimmt er persönlich. Wenn er ein schwaches Glied in den eigenen Reihen findet, will er es ausmerzen. So wie Lucia.«

»Und was ist mit Ornella? War sie auch schwach?«

»Ganz im Gegenteil.« Rosina faltete das Säckchen akkurat und strich energisch über die Kanten. Sie blickte finster. »Ornella hat sich Eugenio widersetzt.«

Ornella war eine stille junge Frau. Die ältere der beiden Ronchetti-Schwestern interessierte sich schon früh für Farben und zeichnete gerne. Sie war aufmerksam, eine stille Beobachterin, der nichts entging. Zusammen mit ihren Eltern und Bianca lebte sie im Anwesen des Großvaters, der Ronchetti-Betrieb war sozusagen ihre Spielwiese. Wenn sie als Kind durch die Hallen und Büros stromerte, ging die Sonne auf; sie kannte die Namen der Angestellten, plauderte mit allen und war sich nicht zu schade, beim Pressen des Öls oder in der Abfüllanlage mitzuhelfen. Während Bianca vom Großvater lernte, wie man Kunden umgarnte oder den Arbeitern bei der Olivenernte auf die Finger klopfte, fuhr Ornella mit der Ape die Märkte ab. Oder sie half im Hofladen aus, wo Kosmetik-Produkte mit Olivenöl zum Kauf angeboten wurden, ebenso wie Tabletts, Schüsseln und andere Handwerkserzeugnisse aus Olivenholz.

Bianca eignete sich früh die Verkaufstaktiken ihres Nonno an und sah auch sonst bedingungslos zu ihrem großen Vorbild auf, Ornella dagegen geriet mit Eugenio immer öfter aneinander, je älter sie wurde. Zum einen, weil sie alles kritisch hinterfragte und nicht jede Entscheidung ihres Großvaters guthieß. Zum anderen, weil sich ihre Interessen mehr und mehr verlagerten. Das tagesfüllende Getriebe der Firma Ronchetti reichte ihr nicht mehr und sie brach, vorerst gedanklich, aus dem straffen Ablauf aus. Nach dem Tod ihres Vaters, zumal als Teenager sowieso in schwieriger seelischer Verfassung, fand Eugenio seine Enkelin immer öfter in der hauseigenen Kapelle. Um zu beten, wie er erst vermutete und was, bedingt durch die familiären Turbulenzen, durchaus nachvollziehbar gewesen wäre. Eugenio zeigte Verständnis; er selbst war der Madonna dankbar für seinen Geschäftssinn und seine Stärke. Er legte Wert darauf, beim Kirchenbesuch am Sonntag gesehen zu werden, und alle paar Jahre, wenn sich der Padre den Kopf zerbrach, wie er das Geld für Renovierungsarbeiten aufbringen sollte, spendete Eugenio großzügig und öffentlichkeitswirksam. Eine gesunde Dosis Glauben gehörte zu den gesellschaftlichen Pflichten einer Unternehmerfamilie, fand Eugenio, und musste poliert werden wie altes Silberbesteck. Sollte Ornella ruhig in der Hauskapelle beten, da hatte er sie wenigstens unter Kontrolle. Als sich jedoch herausstellte, dass Ornella nicht der Muttergottes für ihren Großvater dankte, sondern sich für Fresken und Flügelaltar interessierte, schlug die Stimmung um. Eugenio hatte zwar Kunstsinn und war darauf bedacht, dass Gemälde, Skulpturen und Mosaike in seinem Anwesen in Schuss gehalten wurden, aber weniger aus handwerklichem Interesse. Er prahlte vor Besuchern gern mit hauseigenen Kunstschätzen, von denen er zwar wenig verstand, die seine Villa aber deutlich vom Rest der Behausungen in Arco unterschieden.

Eugenio hatte nichts übrig für Pinsel und Farbe. Für ihn war Malerei nicht mehr als Müßiggang, eine Einbahnstraße, an deren Ende gesellschaftlicher Abstieg und der sichere wirtschaftliche Tod lauerten. Noch weniger konnte er damit anfangen, dass Ornella Kunstgeschichte studieren wollte, um Restauratorin zu werden. Sie war die erste Ronchetti, die einen klaren Berufswunsch außerhalb des Familienbetriebs äußerte. Auf lange Sicht würde seine ältere Enkeltochter Probleme bereiten, so viel spürte Eugenio schon damals. Für ein klärendes Gespräch fehlte es ihm jedoch an Empathie und gutem Willen. Die Klaviatur seiner Machtdemonstration reichte von Tellerwerfen über Brüllen bis hin zu Hausarrest. Nichts davon konnte Ornella von ihrem Vorhaben abbringen. Um ihren Nonno kurzzeitig zu besänftigen, schloss sie ihre kaufmännische Ausbildung ab, entfremdete sich aber zusehends von Eugenio. Sie hatte den starken Willen einer Ronchetti, unterschied sich aber in einem Punkt wesentlich von Eugenio: Laute Rebellion war nicht ihre Art, sie hatte andere Methoden, ihren Willen durchzusetzen.

Noch während ihrer Schulzeit schloss sie sich den *Angeli Uccelli*, an, den *Engeln der Vögel*, einer Tierschutzorganisation, die sich den Schutz der Zugvögel zur Aufgabe gemacht hat und somit Olivenbauern aufs Korn nimmt. Denn die maschinelle Olivenernte ist, zumindest wenn sie nachts stattfindet, der Tod von Millionen von Singvögeln.

Das grelle Licht der Erntemaschinen blendet die kleinen Tiere, die in den Olivenbäumen sitzen, um dort auf ihrer Reise in den Süden zu übernachten. Anstatt zu fliehen, treffen sie im Schock die falsche Entscheidung: Sie sitzen die Gefahr aus, werden von den Maschinen eingesaugt und sterben. Rotkehlchen, Grasmücken, Bachstelzen und Goldfinken haben keine Chance, gehen elend zugrunde und landen – zusammen mit den geernteten Oliven – auf einem Haufen. Im gesamten Mittelmeerraum kostet diese Form der Ernte jedes Jahr Millionen von geschützten Vogelarten das Leben. Einige spanische und portugiesische Regionen haben die maschinelle Nachternte aus diesem Grund bereits verboten; ein Tropfen auf den heißen Stein. Besitzer der Olivenhaine rechtfertigen die Methode mit dem Aroma der Oliven: die kühleren nächtlichen Temperaturen sollen das Aroma der Früchte länger erhalten. Eugenio Ronchetti ließ seine Haine ausschließlich maschinell bei Nacht abernten.

Es war also eine Frage der Zeit, bis die Firma Ronchetti ins Visier von *Angeli Uccelli* geriet. Nichts, was Eugenio aus der Ruhe gebracht hätte. Er war Kritik gewohnt; seiner Meinung nach steckte hinter den meisten Anfeindungen sowieso Neid; Tierschutz war nur ein anderes Wort dafür. Um die Handvoll Demonstranten, die vor seinem Büro Täfelchen hochhielten oder sich an Olivenbäume ketteten, kümmerte sich ein Sicherheitsdienst. Kein ernst zu nehmendes Problem, die Maschinen fuhren weiter.

Bis ihn schließlich ein Anruf von der Polizia di Stato erreichte. Zwei Jugendliche waren dabei beobachtet worden, wie sie die Reifen seiner Erntemaschinen aufgeschlitzt hatten. Als er am Polizeiposten Arco eintraf, saß dort, mit kämpferischer Miene und schwarzem Kapuzenpulli, Ornella. Neben ihr Salvo Manzone, der Kopf von *Angeli Uccelli*. Der Sabotageakt führte unweigerlich zum endgültigen Bruch zwischen Eugenio und seiner Enkelin; und war zugleich der Auftakt zu Ornellas selbstbestimmtem Leben. Eugenio Ronchetti verzichtete zwar zähneknirschend auf eine Anzeige gegen seine eigene Enkeltochter und deren Partner, beharrte aber darauf, dass Ornella noch in derselben Nacht sein Anwesen verließ und fortan auf eigenen Füßen stand.

5. KAPITEL

Erzählt von Engeln, von Schulden, Scheidungen und Mut. Aber auch von Verzweiflung, Flucht, einer Taufe und Namensgleichheit. Es geht um Knutschkugeln, Flughäfen und Glaskugeln. Rosina hat einen Termin und kleidet sich bieder, sie sieht einen alten Bekannten, einen jungen Assistenten und dreckiges Wischwasser.

»Hut ab«, sagte ich, als Rosina mir davon erzählte. »Eine junge Frau mit Prinzipien und langem Atem.« Rosina stimmte mir zu. »Auf alle Fälle. Eugenio dermaßen zu provozieren war der sicherste Weg aus seinen Klauen.«

»Ich wette, sie hat am Ende doch noch studiert?«

Hatte sie. Ornella studierte Kunstgeschichte in Florenz und Kulturerbe in Verona. Danach bewarb sie sich bei namhaften Restauratoren um einen Ausbildungsplatz.

»Und genau da wurde es dann noch einmal so richtig kompliziert«, seufzte Rosina, »weil Ornella unbedingt bei *mir* lernen wollte. Sie wusste, wie ich arbeite. Das war zwar sehr schmeichelhaft, aber ihrem Großvater hat das gar nicht gepasst, kannst du dir schon denken.«

Rosina war quasi Eugenios Haus- und Hofrestauratorin gewesen. Jemanden unter ihre Fittiche zu nehmen, der ihm absichtlich hatte schaden wollen, mutete wie Hochverrat an.

»Du hast mir davon erzählt«, erinnerte ich mich. Rosina hatte Ornellas Bewerbung tatsächlich angenommen.

Rosina nickte stumm. Die Entscheidung dürfte ihr nicht leicht gefallen sein. Ein Fresko hier, ein Kreuzgang dort: Irgendetwas in der Villa Ronchetti wollte immer aus dem Dornröschenschlaf geweckt werden. Über die Jahre hatte Rosina viel Zeit im Haus der Familie verbracht und, ja, auch gutes Geld mit Restaurationsarbeiten verdient. Sie ahnte dass der Beschluss, Ornella als Schülerin aufzunehmen, Folgen haben würde.

»Natürlich wusste ich von den *Angeli Uccelli* und Ornellas Feldzug gegen ihren Nonno. Alle wussten das. Es gab zwar keine offizielle Anzeige, aber wie gesagt: Ich habe viel vom Familienleben der Ronchettis mitbekommen.«

»Wie ist Ornellas Mutter zu der Sache gestanden? Das muss für sie doch eine Genugtuung gewesen sein: Die eigene Tochter zwingt den Patriarchen in die Knie!«

Rosina winkte ab. »In die Knie zwingen ist deutlich übertrieben. Ornella hat mit dieser Aktion ihren eigenen Willen durchgesetzt und konnte endlich tun und lassen, was sie wollte, weil Eugenio sie rausgeschmissen hat. Die maschinelle Nachternte konnte sie nicht beenden. Schlacht gewonnen, Krieg verloren, wenn du so willst. Das alles ist Jahre her; ich hatte damals meinen Hauptwohnsitz noch in Salzburg, bin aber beruflich viel zwischen Österreich und Italien gependelt.«

»Aber wenn sich schon abgezeichnet hat, wie Eugenio

reagieren würde, warum hast du dann Ornellas Bewerbung angenommen?«

Rosina sah mich an, als traue sie ihren Ohren nicht.

»Ja, hätte ich mich etwa unterbuttern lassen sollen? Weil Eugenio ein einflussreicher Mann ist, der seine Gegner gern einschüchtert?« Sie schüttelte energisch den Kopf. »Sicher nicht! Erstens: Seine Kontakte sind weit verästelt. Er hat es sogar geschafft, Ornella mit ihrer Bewerbung bei einigen meiner Kollegen abblitzen zu lassen.« Sie nickte zur Bestätigung.

»Aber wer mich einschüchtern will, der muss schon ein bisschen früher aufstehen. Außerdem: Wer bin ich, dem Mädel keine Chance zu geben und den Berufstraum zu verwehren?«

Mit etwas mehr geografischem Abstand hätte Ornella bestimmt eine andere Ausbildungsstätte gefunden, dachte ich an dieser Stelle, aber Rosina war nun mal eine der Besten ihrer Zunft.

»Zweitens«, fuhr sie fort, »Ornella hatte Potenzial. Nicht alle Uni-Absolventen kommen für diesen Job infrage, su questo non ci piove.« Die italienische Redensart für: keine Widerrede!

Rosina trommelte mit den Fingerkuppen auf die Tischplatte. Ich spürte, dass da noch ein weiterer Punkt in der Warteschleife hing, sie sich aber durchringen musste, weiterzuerzählen.

»Und drittens?«, stupste ich sie behutsam an und sah ihre Hand wieder zur Zigarettenpackung wandern. Aus ihrer Brust löste sich ein Seufzen, als habe der Monte Brione soeben beschlossen, sich talwärts aufzulösen.

»Drittens …«, ihre Finger zogen die Kanten der Packung nach, fahriger diesmal. Rosina entnahm eine Zigarette. Ein Klicken, eine kleine Flamme. Diesmal rauchte sie tatsächlich.

»Drittens habe ich mir vorgestellt, sie wäre meine Tochter.«

Die Geschichte von Rosina und ihrem Kind ist schnell erzählt. Nicht immer war meine beste Freundin die gefragte und finanziell unabhängige Restauratorin. Die Zeit zwischen ihrer ersten und zweiten Ehe war eine echte wirtschaftliche Durststrecke. Ehrlicherweise muss ich gestehen, dass wir uns damals ein wenig aus den Augen verloren hatten. Ich hatte ihren ersten Ehemann von Anfang an nicht leiden können; unsere Freundschaft hatte zu jener Zeit Pause. Rosinas Herz schlug – Überraschung – für einen Arzt. Einen Schönheitschirurgen, um genau zu sein, der gerade dabei war, eine Praxis im eigenen Haus einzurichten. Laser, OP-Geräte und Co kosteten ein kleines Vermögen, ohne Fremdfinanzierung war das Unternehmen nicht zu stemmen. Hilfsbereit und – man muss es so sagen – naiv, wie Rosina war, hatte sie sich breitschlagen lassen, für den Kredit ihres Mannes zu bürgen. Leider liefen die Geschäfte schlecht, die erhofften zahlungskräftigen Patientinnen blieben aus. Es wurde immer schwieriger, die Kreditraten zu bedienen, in der Ehe kriselte es. Und eines Morgens wachte Rosina allein auf, mit nichts als einem Zettel neben sich auf dem stand: »Es tut mir leid.« Der fesche Arzt hatte sich abgesetzt und Rosina auf einem Schuldenberg sitzen lassen. *Seinem* Schuldenberg.

Das Problem war: Auch Rosinas Geschäfte liefen damals alles andere als gut. Es dauert eben, bis man sich in der Branche einen guten Namen gemacht hat und weiterempfohlen wird. Sie steuerte auf den sicheren wirtschaftlichen Ruin zu. Eine schnelle Lösung musste her.

»Naja, und in so einer Situation kommt man halt auf Ideen, die man unter normalen Umständen nie hätte«, sagte Rosina und zog an ihrer Zigarette. »Man spielt alle möglichen und unmöglichen Lösungen durch, um schnell an Geld zu kommen. Natürlich wussten die Leute in meinem Umfeld von meiner Misere, und irgendwann hat mich jemand angesprochen und gemeint, er hätte da einen Vorschlag für mich.« Kurze Pause. »Leihmutterschaft.« Sie entließ Rauchringe in die dunkle Abendluft und sah ihnen nach.

»War das denn damals schon legal?«

»Wo denkst du hin?« Rosina drückte ihre Zigarette in der leeren Pistazienschüssel aus, obwohl sie nur halb geraucht war.

»Leihmutterschaft ist bis heute in vielen Ländern tabu. Ich musste für neun Monate nach Osteuropa, legal war da gar nix. Während meiner Schwangerschaft bin ich einfach von der Bildfläche verschwunden und von den ›Agenten‹ betreut worden.« Sie zeichnete mit den Fingern Gänsefüßchen in die Luft. »Als offizielle Version habe ich überall herumerzählt, ich hätte einen Auftrag im Ausland angenommen.« Sie lachte bitter auf. »Was ja nicht einmal gelogen war. Leihmutterschaft ist ein profitabler Geschäftszweig, das war schon vor 25 Jahren so. Moralisch natürlich fraglich, außerdem nicht billig. Agenturgebühren, Rechtskosten, medizinische Kosten.« Sie seufzte und fuhr mit dem Finger am Rand der Pistazienschüssel entlang. »Und die Entschädigung für die Leihmutter selbst, also«, sie wurde immer leiser, »in diesem Fall, mich.«

Es war einer jener Momente, in denen ich beim besten Willen nicht wusste, was ich hätte sagen sollen. Also griff ich über den Tisch, nahm Rosinas Hand und drückte sie.

»Tut mir leid, dass ich damals nicht für dich da war«, sagte ich tonlos. Rosina schniefte und wischte sich mit der anderen Hand über die Augen.

»Das Problem ist halt: Neun Monate sind eine lange Zeit. Du spürst die erste sanften Tritte von innen, du merkst, wenn das Kind Schluckauf hat oder wenn es unruhig wird. Du legst die Hand auf den Bauch und denkst irgendwann: Ich geb dich nicht mehr her, scheiß auf das Geld!« Sie schluchzte auf, entzog mir ihre Hand und verschwand kurz im Wohnmobil. Mit einer Taschentücherbox kam sie zurück, zupfte ein Tüchlein heraus und schnäuzte sich lautstark. Sie räusperte sich. »Also bin ich abgehauen, kurz vor der Geburt, bei Nacht und Nebel. Das war nicht einfach; diese Organisationen haben ihre Gorillas, die die werdenden Mütter nicht aus den Augen lassen. Kein Wunder: Es geht ja um bares Geld. Viel Geld.« Sie griff zur Flasche und goss sich einen weiteren *Limoncello* ein und kippte ihn in einem Zug hinunter.

»Das darf man sich nicht vorstellen wie ein modernes, sauberes Krankenhaus, wo die Mütter sich frei bewegen dürfen. Eine Baracke war das, die reinste Babyfabrik. Ich bin per Autostopp zurück nach Österreich gekommen, hab in einem Krankenhaus entbunden und mir gedacht: Jetzt wird alles gut. Hier kann mir nichts passieren.« Sie riss ein weiters Taschentuch aus der Box und presste es gegen die Augen. »Falsch gedacht. Die Mittelsmänner wollten natürlich an ihr Geld, und glaub mir ...«, sie zog die Nase hoch, »die haben Mittel und Wege, jemanden aufzuspüren. Das sind Bluthunde.«

Rosina atmete ein paarmal tief durch. »Allen anderen hab ich ein Märchen aufgetischt von einer Affäre im Ausland. Der Kindsvater würde nicht zu mir stehen, habe ich überall herumerzählt, und dass ich mich entschlossen hätte, das Kind alleine großziehen, blablabla. Ich hab gedacht, ich schaffe das schon. Die Schulden waren mir egal, es ging mir nur noch um das Kind. *Mein* Kind. Ich hatte einen wunderschönen Namen für die Kleine ausgesucht, die Taufe organisiert, aber dann ...« Rosina schluchzte wieder auf und vergrub ihr Gesicht in den Händen. »Sie sind während der Tauffeier in die Kirche gestürmt. Drei Männer, schwarz gekleidet, mit kahl rasierten Köpfen und Sonnenbrillen. Keine Ahnung, wie die mich gefunden haben. Der Pfarrer hat der Kleinen gerade Taufwasser über das Köpfchen gegossen.« Sie schniefte erneut. »Einer von denen hat sie mir aus dem Arm gerissen, die beiden anderen haben ihm den Rücken freigehalten. Das war das letzte Mal, dass ich meine Tochter gesehen habe.«

Zum ersten Mal hatte mir Rosina die ganze Geschichte erzählt.

»Wie hätte sie eigentlich geheißen?«, fragte ich leise.

»Ornella.«

Womit klar war, was der eigentliche Grund für Rosinas Entscheidung war, Ornella Ronchetti als ihre Schülerin aufzunehmen. Eugenios Enkelin war gleich alt wie Rosinas Tochter, trug den gleichen Namen, und ihr Herz schlug – wie bei Rosina selbst – für Kunst. Grob zusammengefasst könnte man sagen: Das Schicksal ist kein fairer Player. Denn natürlich war Ornella Ronchetti *nicht* Rosinas Tochter. Aber sie hätte es sein können, und das war der springende Punkt. Rosina fühlte sich wohl in der Gegenwart der jungen Frau, sie genoss das gemeinsame Arbeiten und freute sich über Ornellas handwerkliches und künstlerisches Talent. Die beiden kamen gut miteinander aus.

Rosina straffte sich, als sie mit ihrer Erzählung fertig war. »Um auf den Punkt von vorhin zurückzukommen: Ornella Ronchetti war eine ganz besondere junge Frau mit vielen Fähigkeiten. Und sie wusste, was sie wollte. Aber eines hatte sie ganz bestimmt nicht: psychische Probleme. Das wäre mir aufgefallen, glaub mir, immerhin haben wir fast zwei Jahre zusammengearbeitet.«

Sie stand auf und pustete die Kerze am Tisch aus. »Und jetzt entschuldige mich, Cara, ich brauche noch ein paar Stunden Schlaf.«

Rosina hätte Mario gern zum Flughafen nach Verona gebracht und sich von ihm verabschiedet. Vielleicht hätte sich auf der Fahrt ein klärendes Gespräch ergeben, außerdem liebte Rosina die Fahrten in Marios kleiner Knutschkugel. Aber als sie morgens um 7 Uhr die Tür ihres Wohnmobils öffnete und zur Villa hinübersah, waren bereits alle Fensterläden geschlossen. Üblicherweise ließ Mario in den Morgenstunden frische Luft ins Haus und schloss die Läden erst am späten Vormittag, um die Mittagshitze auszusperren. Auch seine BMW Isetta stand nicht in der Einfahrt – Mario war weg.

»Dann eben nicht«, grantelte Rosina, schraubte ihre *Bialetti* auseinander und setzte caffè auf.

Sie deckte den Tisch für sich selbst, holte ein Cornetto vom Vortag aus dem Wohnmobil und setzte sich ins Freie. Sie starrte missmutig auf Marios Villa, trank ihren Espresso, füllte die Tasse erneut. Der See war noch ruhig und friedlich, aber in Rosina rumorte die Unzufriedenheit. Die Missstimmung zwischen ihr und Mario lag ihr im Magen und verdarb ihr den Appetit aufs Frühstück. Sie seufzte, stand auf und holte ihr Smartphone aus dem Wohnmobil. Sie überlegte kurz und begann, eine Nachricht an Mario zu tippen.

»Lieber Mario, leider haben wir uns vor deiner Abreise nicht mehr gesehen.« Zu förmlich, fand sie und löschte die Zeilen wieder. Nächster Versuch. »Mario, was gestern passiert ist, tut mir leid.« Sie las sich den Text laut vor und schüttelte den Kopf. Es war nicht an ihr, sich zu entschuldigen. Sie war in das Gehege zweier rivalisierender Gockel geraten und niemandem Rechenschaft schuldig. Wenn hier jemand Erklärungsbedarf hatte, dann war das Mario. Sie löschte auch diese Nachricht wieder und tippte erneut, wesentlich entschlossener diesmal.

»Was glaubst du eigentlich, wer du bist? Ich habe dich bei mir aufgenommen, als du Hilfe brauchtest, ohne Misstrauen oder Vorbehalte. Und du? Wirst eifersüchtig, wenn ich mich mit anderen Männern unterhalte? Glaub ja nicht, du hättest Besitzansprüche wegen dieser einen Nacht!«

Viel besser. Rosina schloss die App und lehnte sich zufrieden zurück. Sie würde noch ein wenig an der Nachricht feilen und sie später an Mario schicken. Vielleicht. Sollte er auf seiner Reise nach England ruhig etwas ins Grübeln kommen.

Im Rasen, keine zwei Meter von Rosina entfernt, pickten zwei Vögel nach Würmern. Einer Eingebung folgend öffnete sie den Fotoordner auf ihrem Handy und tippte auf eine der letzten Aufnahmen. Sofort stiegen ihr wieder Tränen in die Augen, denn auf dem Foto war die tote Ornella zu sehen. Rosina hatte Lucia Ronchetti zum Zinksarg begleitet, in den ihre tote Tochter gebettet worden war. Niemand sonst hatte daran gedacht, die ohnehin gebrochene Frau zu stützen und ihr in diesem schrecklichen Moment beizustehen. Rosina hatte diskret ihr Handy gezückt und ein letztes Bild von Ornella gemacht. Jemand hatte ihre Hände über der Brust wie zum Gebet gefaltet und einen Rosenkranz darum geschlungen. Die klaffende Wunde in ihrem Brustkorb, in der noch ein Teil des Astes steckte, war dadurch verdeckt, aber Rosina war ohnehin auf der Suche nach etwas anderem. Sie wischte sich eine Träne aus dem Augenwinkel und atmete tief durch. Dann zoomte sie das Foto mit Daumen und Zeigefinger größer. Und dann sah sie es. Das Detail, das sie vergessen hatte und das sich erst jetzt, beim Anblick der zwei Amseln, wieder aus dem Unterbewusstsein gemeldet hatte.

Für den Termin am nächsten Tag bei der Polizia di Stato hatte Rosina ihr Outfit sorgfältig gewählt: Sie trug ein weißes Hemdblusenkleid mit Kelchkragen und großzügiger Lochstickerei. Das Weiß signalisierte Unschuld, die Lochstickerei gewährte dezente Einblicke auf ihre gebräunte Haut. Ein idealer Mix aus Zurückhaltung und subtiler Erotik, fand Rosina.

»Denn«, erklärte sie, als sie mir davon erzählte, »wenn du nicht weißt, was auf dich zukommt und es brenzlig werden könnte: immer Dresscode Weiß!«

»Äh, ich dachte Rot?«, hakte ich ein. »Hast du nicht einmal gesagt, Rot wäre die Powerfarbe, mit der man signalisiert, dass man keine Angst hat?«

Rosina nickte wohlwollend, als habe eine Schülerin im Malkurs endlich einmal etwas halbwegs Richtiges gesagt.

»Schon, ja«, gab sie zu. »Rot täuscht über kleine Schwächen hinweg und signalisiert Selbstvertrauen. Könnte dir also nicht schaden. Wobei: Rot ist auch ein Warnsignal und hat gleichzeitig erotische Lockwirkung, damit können nur gestandene Frauen umgehen. Das wäre dann vielleicht eine Nummer zu groß für dich.« Sie zwinkerte mir zu. »Blutige Anfänger in Sachen Farbpsychologie starten erstmal mit Weiß.«

»Ich dachte, du kennst dich mit Farben aus?« Touché.

»Bei mir ist das etwas anderes«, wandte Rosina säuerlich ein, »über die Experimentierphase bin ich längst hinweg. Ich *wollte* ja eine bestimmte Wirkung erzielen.«

»Nämlich?«

»Weiß symbolisiert Reinheit, das Gute. Es steht für Erleuchtung und Einsicht, für Unschuld und Sauberkeit.

Werbestrategen nutzen Weiß, um Güte und Perfektion mit einem Produkt zu verbinden.«

Ich nickte und ließ sie weitererzählen.

Rosina also im unschuldig-weißen Erleuchtungslook. Ein brauner Ledergürtel und passende Ballerinas komplettierten das brave Outfit, dazu Quastenohrringe in Goldtönen und zierliche Armreifen, die bei jedem Schritt schepperten.

Als sie, pünktlich um 10 Uhr, klimpernd am Posten der Polizia di Stato in Arco eintraf, wurde sie bereits erwartet.

»Signora Gamper!« Franco Sartori, der Portier im Glashäuschen vor dem Eingang, erkannte Rosina sofort und winkte ihr zu. Sartori, der bereits auf die Pension zusteuerte, war der gute Geist des Hauses. Zumindest sagten das alle, die schon mit der Polizei in Arco zu tun gehabt hatten. Er und Rosina kannten einander aus der Zeit, als sie in Canale di Tenno gewohnt hatte. Sie waren Nachbarn gewesen, und eines Tages, nach einer Erbschaft, hatte Sartori sie um ihre Expertise gebeten. Im Haus seines Onkels war zwischen Essensresten, Katzenfutterdosen und Gerümpel ein Gemälde aufgetaucht, das nicht so recht zum restlichen Mobiliar passen wollte. »Jackpot«, hatte Rosina nur gesagt, als sie mir einmal davon erzählte. »Francos Onkel hatte ein paar nicht ganz einwandfreie Kontakte, wenn du verstehst, was ich meine. Das Bild war ein Monet, 2012 aus einem Museum in Rotterdam gestohlen und seitdem verschollen. Eine Spur führte nach Rumänien, verlief aber im Sand. Niemand war auf die Idee gekommen, dass die Diebe ihren Schatz bei einem Messie in Italien parken.«

Rosina jedenfalls hatte Sartori vor einem windigen Kunsthändler bewahrt und stattdessen alle Formalitäten für ihn abgewickelt, um das Gemälde an das niederländische Museum zu retournieren. Mit dem Finderlohn konnte Sartori immerhin ein paar Kreditraten für sein Haus tilgen. Seitdem hatte er Rosina einige Male zu sich und seiner Familie eingeladen, seine Frau brachte an Weihnachten Panettone vorbei.

»Sie haben einen Termin bei Ispettore Tomasi, Signora!« Der Portier machte ein zerknirschtes Gesicht, als wolle er sich jetzt schon für die Unannehmlichkeiten entschuldigen, die gleich auf Rosina zukommen würden.

»Scheint so«, antwortete sie gefasst, »wo finde ich ihn?«

»Raum drei, Assistente Trentini zeigt Ihnen den Weg!«

Assistente Trentini, ein schlaksiger Neuling mit spärlichem Bartwuchs und roten Wangen, stand bereits neben dem Portiershäuschen parat und nickte Rosina kurz zu.

Sein genuscheltes »Mi segua, per favore«, »Folgen Sie mir, bitte«, zeugte von purem Desinteresse oder einer massiven Zahnfehlstellung, die ihn beim Sprechen behinderte. Trentini lotste Rosina an geschlossenen Bürotüren, dürren Zimmerpflanzen und einer winzigen Kaffeeküche vorbei ins Herzen der Polizeistation. Raum drei war das Zimmer am Ende eines muffigen, kakifarben gestrichenen Ganges. Ein Putzkübel mit schmutzig-trübem Wasser und ein benutzter Wischmopp standen verwaist neben der Tür; offenbar machte die Putzfrau gerade ihre gesetzliche Pause.

Rosina klopfte zweimal, wartete auf Antwort und öffnete die Tür. An einem langen Tisch saß stirnseitig ein Mann, den Rosina nie zuvor gesehen hatte, wahrscheinlich Ispettore Tomasi. Die übrigen Anwesenden waren ihr bekannt: Eugenio Ronchetti, Bianca und – wer hätte es gedacht – Dottore Fontanelli.

Ispettore Tomasi erhob sich und deutete auf einen freien Platz.

»Bitte treten Sie ein, Signora!«

Rosina blieb stehen und blickte in die Gesichter ringsum. Eugenio Ronchettis Augen waren gerötet, seine Wangen eingefallen. Ornellas Tod hatte ihn offenbar mehr mitgenommen, als Rosina erwartet hatte. Sie schämte sich ein bisschen, dass sie den Alten als so hartherzig eingestuft hatte. Bianca tupfte mit einem Taschentuch abwechselnd Tränen aus dem Augenwinkel und ihre Nase trocken. Dottore Fontanelli vermied es, Rosina anzusehen, trank einen Schluck Wasser aus seinem Glas und überschlug betont lässig die Beine.

»Wird das ein Verhör?«, fragte Rosina misstrauisch, an Tomasi gerichtet, und blieb weiter in der Tür stehen.

»Bitte, Signora, kommen Sie, setzen Sie sich.« Tomasi machte erneut eine einladende Geste, aber Rosina rührte sich immer noch nicht. Tomasi stand auf, ging um den Tisch herum und schloss die Tür hinter ihr. Dann rückte er ihr, ganz Gentleman, einen Stuhl zurecht, wartete, bis sie Platz genommen hatte, und setzte sich dann selbst wieder.

»Kein Verhör. Es geht nur darum, einige Dinge klarzustellen, was den Tod von Ornella Ronchetti betrifft.«

Rosina, immer misstrauischer, blieb kerzengerade an der Stuhlkante sitzen. Ihre kleine Tasche hielt sie fest umklammert. »Klarstellen?« Sie blickte erst zu Bianca, die ihrem Blick auswich, und dann zum Ispettore. »Laut Signorina

Ronchetti ist ihre Schwester Ornella vom Felsen gesprungen«, sagte sie.

»Das ist richtig.« Tomasi öffnete eine dünne Aktenmappe, die vor ihm auf dem Tisch lag, und blätterte darin. »Richtig ist aber auch«, er kam zu einer bestimmten Seite und fuhr mit dem Finger darüber, als suche er eine besondere Textstelle, »dass Ornella Ronchetti seit Jahren psychische Probleme hatte.«

Rosina verkniff sich nur mit Mühe einen Kommentar und blickte finster zu Eugenio. Sie ahnte schon, worauf das hinauslaufen würde. »So, hatte sie das?«

Tomasi überging die Frage, las weiter in der Akte und sah dann zu Rosina auf. »Sie sind Malerin und Restauratorin.« Eine Feststellung, keine Frage. »Ornella hat nach dem Studium ein zweijähriges Praktikum bei Ihnen absolviert, um selbst den Beruf der Restauratorin ausüben zu können.«

»Ja, aber ich verstehe nicht …«

»Sie werden mir sicher zustimmen, dass Sie in dieser Zeit eine enge Bindung zu Ornella aufgebaut haben?«

Rosina hob die Schultern. »Anders ist gemeinsames Arbeiten ja auch schwer möglich, Ispettore. Es ist ein Handwerksberuf. Man muss sich aufeinander verlassen können, wenn man gemeinsam auf einem Gerüst steht und zum Beispiel Deckenfresken restauriert. Man passt aufeinander auf.«

»Und Sie werden mir weiters zustimmen, dass sich daraus«, er verschränkte seine Hände über der Akte, »eine Art Vertrauensverhältnis zu Ornella entwickelt hat? Und dass Sie in weiterer Folge Einfluss auf sie nehmen konnten?«

»Wie bitte?«, fauchte Rosina, mindestens einen Ton zu scharf. Sie atmete tief durch und regelte die Aggression in ihrer Stimme um ein paar Stufen herunter. »Ornella wusste auch ohne Einfluss sehr gut, was sie wollte. Sie war eine *starke* Frau.«

Der Ispettore legte den Kopf schief und verzog ungläubig den Mund. »Da liegen mir andere Informationen vor.«

»Welche Informationen?«

Tomasi schüttelte den Kopf. »Ich bin nicht befugt, Ihnen darüber Auskunft zu erteilen, Signora!«

Dottore Fontanelli räusperte sich kurz und griff wieder nach seinem Wasserglas, das er so konzentriert fixierte wie eine Wahrsagerin ihre Glaskugel. Und Rosina verstand.

6. KAPITEL

Erzählt von Inschriften, Klarsichtfolien und umgekippten Stühlen, von Familienehre und Staub unter dem Teppich. Außerdem von Schwyzerdütsch, Rezepten und fehlendem Talent. Ich hadere mit meinem Schicksal, strebe nach *Mediterranità* und fahre an den Ledrosee. Dort verschlimmert sich alles und ich haue ab.

»Ach, so ist das! Hier geht es überhaupt nicht um Ornellas Tod, sondern um das Ansehen einer Familie!« Sie stand auf und stieß ihren Sessel so heftig zurück, dass er umkippte. Egal. »Sie wollen Ornellas Tod unter den Teppich kehren, möglichst schnell zu den Akten legen, weil ein Selbstmord kein gutes Licht auf die Familie wirft?«, rief sie. Bianca begann zu schluchzen, und Eugenio neben ihr nahm sie in den Arm.

An Rosina gerichtet sagte er: »Signora Gamper, meine Enkeltochter hat ihre Schwester verloren. An ihrem Hochzeitstag! Das ist schlimm genug!« Dann wendete er sich wieder ab und murmelte etwas zu Bianca, das Rosina aber nicht verstand.

Tomasi schaltete sich wieder ein. »Ich fürchte, Sie missverstehen da etwas, Signora! Wir möchten nur nicht, dass *Sie* Schwierigkeiten bekommen!«

»Machen Sie sich um mich keine Sorgen, Ispettore!«
Rosinas Stimme war eisig. Ihr Blick schwenkte von
Tomasi zu Dottore Fontanelli. Welches Spiel wurde hier
eigentlich gespielt?

Tomasi räusperte sich, öffnete wieder die Akte und wendete sorgsam Seite für Seite, als läge ein antiquarischer
Fund vor ihm. »Wir haben etwas bei Ornella gefunden.«
Das tote Rotkehlchen, entfuhr es Rosina beinahe, aber
sie beherrschte sich gerade noch. Ihr Bauchgefühl mahnte
sie, dass hier jedes gesagte Wort zu ihren Ungunsten verwendet würde. Allgemeines Schweigen breitete sich aus
wie stinkendes Gas, kroch unter die abblätternde Wandfarbe und senkte sich über den Tisch. Die Sonne mühte
sich durch die Fensterscheiben, auf denen aus Regentropfen, Pollen und Straßenstaub im Lauf der Jahre eine Patina
gewachsen war. Das trübe Licht ließ das Zimmer noch
trostloser erscheinen, als es ohnehin schon war. Staubkörnchen flirrten in der Luft. Nur das Ticken der uralten
Wanduhr unterbrach die Stille.

»Was haben Sie gefunden?«, hakte Rosina schließlich
nach.

Der Ispettore nahm eine Klarsichthülle aus dem Ordner. Ein Blatt Papier, das bereits mehrfach zusammengefaltet und wieder geöffnet worden war, lag darin. Tomasi
schob die Klarsichthülle über den Tisch zu Rosina und
lehnte sich zurück. Er ließ sie nicht aus den Augen, beobachtete jede ihrer Regungen.

»Sagt Ihnen das etwas?« Sein Blick war lauernd.

Rosina ließ sich nicht einschüchtern. Sie betrachtete den
Zettel, rührte die Folie aber nicht an.

»ORATE PRO PICTORA«, stand da in Großbuchstaben, die an eine römische Inschrift erinnerten. Tatsächlich erkannte Rosina die Zeichen sofort und wusste, in welchem Zusammenhang sie standen.

»Sicher. Das ist Teil einer Signatur auf einem Gemälde.« Sie hatte keine Lust, weiter auszuholen, und schob die Folie über den Tisch wieder zu Tomasi.

»Möglich.« Der Ispettore nahm die Klarsichtfolie wieder an sich und betrachtete sie eingehend. »Betet für die Malerin«, übersetzte er. »Ich denke, es ist eine letzte Nachricht.«

Blödsinn, wollte Rosina einwerfen, bemerkte aber Tomasis selbstgefälligen Blick und schwieg. Männliche Eitelkeit war ihr schon oft genug zum Verhängnis geworden. Ihre momentane Situation war kompliziert genug. Sie atmete aus und wartete auf Tomasis Interpretation der Inschrift.

»Ich denke«, fuhr der Ispettore fort und strich mit dem Daumen über die Klarsichtfolie, »Ornella war verzweifelt. Sie war hin und her gerissen zwischen der Liebe zu ihrer Familie und dem Konflikt mit ihrem Großvater. Ornella war innerlich zerrissen und sah keine andere Möglichkeit für sich als den Freitod.« Kurzer Beifall heischender Blick zu Fontanelli, der zustimmend den Kopf senkte. Rosina wurde beinahe übel vor so viel maskuliner Selbstgefälligkeit.

»Sie glauben wirklich, Ornella hat sich selbst in die Tiefe gestürzt?« Rosina wartete die Antwort nicht ab. »Das heißt, Sie werden keine weiteren Nachforschungen anstellen? Ornella wird nicht obduziert?«

Tomasi ging nicht darauf ein. »Mit diesen Buchstaben«, er hielt die Folie noch einmal mahnend hoch, »bittet Ornella ihre Nachwelt, für sie zu beten.«

Rosina lachte bitter auf. »So ein Schwachsinn!« Jetzt hatte sie doch ihre Beherrschung verloren.

Dottore Fontanelli räusperte sich. »Ich habe mich auf Eugenio Ronchettis Wunsch lange mit der Psyche seiner Enkelin befasst. Es passt zu Signorina Ronchettis Persönlichkeit, alles zu rechtfertigen, was sie tut. Sie war ein äußerst labiler Charakter, schwach und leicht beeinflussbar.« Er drehte sich zu Rosina um und sah ihr zum ersten Mal an diesem Tag ins Gesicht. »Besonders von starken Persönlichkeiten!«

»Wie bitte?« Rosina schnappte nach Luft. »Ich habe Ornella geliebt wie mein eigenes Kind!« Das war mehr, als sie eigentlich hatte sagen wollen. Tomasi schloss die Akte und sah zu Rosina auf.

»Sie wollten sie in Schutz nehmen?«

»Was ist denn so schlimm daran, wenn man aufeinander achtgibt? Ornella hatte eine schwere Zeit hinter sich und …« Weiter kam sie nicht.

»Genau darum geht es!« Dottore Fontanelli hatte seine entspannte Haltung gelöst und straffte sich. »Ornella hatte ein gespaltenes Verhältnis zu ihrem Großvater.«

Er wies auf Eugenio, der langsam nickte.

»Und Sie wollten Ornella weitere Konfrontationen mit ihrem Nonno ersparen, habe ich recht?«

»Nein, haben Sie nicht!« Rosina wurde laut. »Darum ist es doch nie gegangen!«

Ein verhaltenes Klopfen von draußen; die Tür öffnete

sich einen Spaltbreit, und Assistente Trentini spähte ins Zimmer. Anscheinend war er auf Abruf vor Vernehmungsraum drei geparkt worden und hatte gelauscht. Seine Wangen glühten vor Einsatzfreude. »Brauchen Sie mich, Ispettore?«, nuschelte er.

Tomasi wedelte genervt mit der Hand. »Nein, Trentini, oder hab ich Sie etwa gerufen?«

Der Assistente schüttelte betreten den Kopf und trollte sich wieder nach draußen. Rosina stellte den umgekippten Stuhl wieder vor den Tisch und setzte sich darauf. Offenbar war man hier noch nicht fertig. Auch wenn sie nicht wusste, womit.

Tomasi seufzte und stand auf. »Haben Sie«, er begann, zwischen Tisch und Fenster hin und her zu tigern, »während Ornellas Ausbildungszeit Restaurationsarbeiten in Eugenio Ronchettis Villa durchgeführt?«

»Nein.« Rosinas Kehle war trocken. Worauf lief all das hier hinaus?

Tomasis Augenbraue wanderte nach oben. »Obwohl Signor Ronchetti ausschließlich *Sie* mit den Arbeiten an seinen Kunstschätzen betraut hat?«

»Typisches Schutzverhalten«, meldete sich Dottore Fontanelli wieder zu Wort. »Sie haben versucht, Eugenio und seine Enkelin voneinander fernzuhalten. Sie haben sich in die Familie Ronchetti eingeschlichen und ihren Einfluss ausgenutzt! Mit Erfolg!« Er verzog das Gesicht zu einem anerkennenden Grinsen. »Zuerst haben Sie Ornella dazu gebracht, den gleichen Beruf wie Sie selbst auszuüben! Und dann haben Sie jeden Versöhnungsversuch zu ihrem Großvater im Keim erstickt!«

»Was, bitte, hätte mir das bringen sollen?«, rief Rosina. »Ich habe Ornella mein Wissen weitergegeben, mehr nicht!«

»Obwohl Sie sie geliebt haben wie Ihr eigenes Kind?«

Treffer. Rosinas Hals fühlte sich eng an, ihre Augen brannten.

Der Ispettore blieb vor dem Fenster stehen und verschränkte die Hände hinter dem Rücken. »Betet für die Malerin.« Er drehte sich wieder um.

»Jeder gläubige Christ, und ich denke, dass wir alle hier dazugehören«, der Ispettore nickte an dieser Stelle schwach in Eugenios Richtung, »weiß, dass den Seelen von Selbstmördern der Zutritt zum Paradies verwehrt bleibt. Diese Bitte belegt klar, dass Ornella Angst hatte. Sie rief ihre Nachwelt auf, für sie zu beten, um nicht für alle Ewigkeit in den Tiefen der Hölle schmoren zu müssen.« Er stützte sich mit beiden Händen auf die Lehne seines Stuhls. »Eine junge Frau, die Ihnen nahestand, hat sich das Leben genommen. Die Trauerfamilie handelt also auch in *Ihrem* Interesse, Signora Gamper, wenn über das Verhältnis zwischen Ihnen und Ornella so wenig wie möglich nach außen dringt! Es könnte ein schlechtes Licht auf Sie werfen!«

Und das war der Zeitpunkt, an dem Rosinas Fassungslosigkeit in pure Wut umschlug. Selten hatte sie sich so viel Mist anhören müssen. Sie griff nach ihrer Tasche, die sie vorhin am Tisch abgelegt hatte, und drehte sich zur Tür. Als sie in der Tasche ihr Smartphone ertastete, dachte sie noch einmal an das Foto mit dem toten Rotkehlchen neben Ornellas Leiche. Sie musste sich kolossal zusammenreißen, um nicht noch ein paar gepfefferte Schimpfwörter in Richtung Eugenio abzufeuern – Dottore Fontanelli und seine Expertisen waren ihr egal, auch wenn sie wusste, dass sie ihn nicht unterschätzen durfte. Aber erstens gebot es Rosinas Anstand, einen Älteren, zumal Großvater der Verstorbenen, während der Trauerzeit nicht zu beschimpfen. Und zweitens hatte sie selbst auch eine Frage.

Sie sammelte sich und blickte Eugenio fest in die Augen.

»Wann findet das Begräbnis statt?«

»Morgen Nachmittag.« Eugenios Stimme zitterte, aber sein Blick war bohrend. »Halten Sie sich davon fern!«

Rosina verließ eilig den Posten der Polizia di Stato, nickte Sartori in seinem Kabäuschen knapp zu und setzte noch im Vorbeigehen ihre große Sonnenbrille auf. Niemand brauchte zu sehen, dass sie geweint hatte.

Dummerweise enden an dieser Stelle meine Aufzeichnungen, denn ich hatte an jenem Tag an meinem eigenen Schicksal zu knabbern. Lukas, der fesche Ex-Schweizergardist und Marios Kumpel aus seiner Zeit in Rom, hatte es mir angetan.

Zugegeben: Ich war seiner Mischung aus trainiertem Körper, kantigem Gesicht und Schwyzerdütsch sofort erlegen. Lukas war seit Kurzem kein Gardist mehr; er hatte seinen Job im Vatikan an den Nagel gehängt– zeitgleich mit Mario, übrigens. Mitte August, als er Marios BMW Isetta von Rom an den Gardasee überstellt hatte, waren wir uns in Riva begegnet und zack! – hatte es mich erwischt. Der unkomplizierte, charismatische Kerl tat mir gut. Wir waren uns beim Susanna-Fall nähergekommen, hatten beim verdeckten Ermitteln sogar eine filmreife Kussszene am Torre Apponale hingelegt, und jetzt lagen zwei aufregende Wochen hinter uns, in der wir den Rest der Welt ausgeblendet hatten. Eine Blase aus hormonüberschwemmter Glückseligkeit und Sonnenschein. Bootfahren am See, Klettern am Massone in Arco und einige Flaschen Teroldego zwischen nächtlichen Gesprächen und fare l'amore. Ich war hin und weg, fühlte mich endlich angekommen und mit mir im Reinen. Sämtliche Zeichen standen auf Romantik, das Ende meiner Beziehungs-Durststrecke schien in Sicht.

Aber leider: Wie beim Kochen und dem Griff zum richtigen Outfit bin ich auch in Sachen Amore vollkommen talentfrei. Soll heißen: Ich schaffe es jedes Mal, mich selbst von der rosaroten Wolke zu schubsen und unsanft im Jammertal zu landen. Schuld daran ist, laut Rosina, mein Mangel an *Mediterranità*. Also der Kunst, kleine Momente zu genießen und aus allem das Beste zu machen. Jenes Gen, das zur Basisausstattung aller Italienerinnen gehört, egal ob sie am Mittelmeer leben oder am Gardasee. *Mediterranità* heißt, im Hier und Jetzt verankert zu sein und zu improvisieren, wenn sich das Leben nicht an das Skript hält. Also im Grunde das genaue Gegenteil von mir. Ich gehöre ja eher zur Fraktion Kontrollfreak und stehe mir permanent selber im Weg. Beziehungsweise meine Angst vor dem Scheitern, die mich nicht loslässt und sich vor mir aufbaut, seit ich denken kann. Angst ist meine Spezialdisziplin, sie zieht sich wie ein roter Faden durch mein Leben. Beispiel gefällig? Ich habe höllische Angst, mich falsch zu kleiden. Nicht ganz unberechtigt: Das weiße

Outfit bei einer Beerdigung und der Minirock beim Üben der stabilen Seitenlage im Erste-Hilfe-Kurs sind nur tragische Highlights aus der Kiste meiner Peinlichkeiten. Ich habe mich so oft am Anlass vorbei gekleidet, dass meine Garderobe seit geraumer Zeit nur mehr aus Jeans und schwarzen T-Shirts mit Motto-Sprüchen besteht. Sicher ist sicher. Schwarz passt immer, und mit Jeans kann man nichts falsch machen.

Nächstes Kapitel meines Versagens: Kochen. Seit meinem Umzug von Salzburg nach Riva versuche ich, mit der italienischen Küche warm zu werden. Ich habe mir Mühe gegeben, wirklich. Habe Bekannte um Familien-Rezepte gebeten, Kochbücher gewälzt und schließlich meine Nachbarn zum Abendessen eingeladen. Aber seit das Frittierfett für die Auberginen bei Pasta alla Norma Feuer gefangen und meine Haare versengt hat, werde ich von Signora Baldini links und Signora Degasperi rechts regelmäßig mit selbst gemachtem Sugo und eingelegtem Gemüse versorgt. Ich glaube, sie würden mir sogar den kompletten Inhalt ihrer Speisekammern überlassen. Hauptsache, sie werden nicht mehr eingeladen. Der Brandgeruch hängt übrigens immer noch in der Küche, und meine Haare sind seither zehn Zentimeter kürzer. Seit jenem Abend greife ich auf Fertigmischungen zurück oder esse auswärts.

Sogar mein innigster Berufswunsch jagt mir Angst ein: Ich träume zwar von einem Designer-Job in Mailand und zeichne tagein, tagaus. Gleichzeitig fürchte ich nichts mehr, als mit meinen Taschen-Entwürfen abzublitzen und mich lächerlich zu machen. Also lasse ich sie in der Schublade vergammeln, anstatt sie auf Messen zu präsentieren und die Modewelt auf mich aufmerksam zu machen.

Heißt unterm Strich: Ich gewähre dem Schicksal den geringst möglichen Spielraum und nehme vorsichtshalber auf der sicheren Seite des Lebens Platz. Keine Überraschungen, keine Enttäuschungen. Dass ich mich dadurch permanent selber aus dem Rennen nehme, ist mir klar, aber ich kann eben nicht aus meiner Haut.

Logisch also, dass mich die ätherische Schönheit, die Lukas in den letzten Tagen zu oft zufällig über den Weg lief, aus der Bahn warf. Svenja winkte von Weitem, als wir durch Riva spazierten, Svenja saß am Nebentisch, als wir caffè tranken. Sogar in der Warteschlange beim Bäcker ploppte Svenja auf wie ein nerviges Werbebanner im Internet, das sich nicht wegklicken lässt. Ich glaube aus Prinzip nicht an Zufälle und wurde misstrauisch. Lukas schwor zwar Stein und Bein, seine Beziehung zu Svenja läge Jahre zurück, und er habe keine Ahnung, warum sie ausgerechnet jetzt in Riva sei. Aber meine Antennen waren auf Empfang gestellt und orteten Schwierigkeiten. Ich hatte mich gerade ans Verliebtsein gewöhnt und wollte nicht in die zweite Spur wechseln. Beziehungsweise: Ich wollte nicht überholt werden, schon gar nicht von Svenja. Sie war genau die Sorte Frau, mit der man nicht mithalten kann und lieber von vornherein die weiße Fahne schwenkt, anstatt sich ein Kopf-an-Kopf-Rennen zu liefern. Das ich sowieso verloren hätte, denn gegen Svenja konnte man, selbst mit halbwegs passablem Aussehen, nur müde abstinken: Stupsnäschen, Sommersprossen, blonde Wallemähne, strahlendes Lächeln und Zahnlücke zwischen den Schneidezähnen.

Eine Agnetha des 21. Jahrhunderts. Zu allem Überfluss hatte die nordische Schöne soeben ihr Auslandssemester in Mailand beendet; Modedesign, wer hätte es gedacht? Ein weiterer Stich in mein verkrampftes Herz, das noch immer nicht in Italien angekommen war. Und jetzt, bevor sie ihre Stelle bei einer renommierten Marke für Damenbekleidung antreten wollte, legte die Svenja noch ein paar Tage am Gardasee ein. Zur Erholung, wie sie mir treuherzig erzählte. Auf meine Frage, warum die beiden zeitgleich hier Kraft tankten, reagierte Lukas erstaunlich wortkarg. Was mich naturgemäß noch skeptischer und – zugegeben – einen Tick nervös machte. Ich hatte keine Lust, in Svenjas Kielwasser zu schwimmen und um Lukas' Aufmerksamkeit zu betteln. Der Schalter in meinem Kopf ruckelte bei »Selbstschutz« ein, das Ziel *Mediterranità*, das Leben mit allen Sinnen zu genießen, war plötzlich weiter entfernt denn je. Zwischen mir und der italienischen Lockerheit lagen Welten, was sage ich: Galaxien. Ich klammerte mich wieder an mein altes Mantra: keine Überraschungen, keine Enttäuschungen. Zurück zum alten Kurs, der fühlte sich sicherer an. Doch dazu musste ich wissen, wo ich stand. Klare Linien schaffen, reinen Tisch machen. Lukas zur Rede stellen. Also nahm ich all meinen Mut zusammen und fuhr an den Ledrosee, keine 20 Autominuten von Riva entfernt, wo Lukas sich mit Zelt und Gaskocher häuslich eingerichtet hatte. Die überfüllten Campingplätze am Gardasee hatten ihn zum Ausweichen nordwestlich des Benaco gezwungen. Seit drei Tagen war Schluss mit den leidenschaftlichen Nächten in meiner Wohnung, und auch wenn es schmerzte: Nach dem Misstrauen, das sich während der letzten Tage zwischen uns geschlichen hatte, tat ein wenig Abstand ganz gut, fand ich.

Natürlich hatte ich mich gründlich auf mein Gespräch mit Lukas vorbereitet; keinesfalls würde ich wie die Rachegöttin Nemesis am Campingplatz erscheinen und Unheil verkünden. Ich würde kühlen Kopf bewahren und mich aufs Wesentliche konzentrieren. Keine Vorwürfe, keine Besitzansprüche. Um nicht gleich mit der Tür ins Haus zu fallen, hatte ich zwei Boxershorts mitgenommen, die Lukas bei mir vergessen hatte. Die würde ich ihm zurückgeben und dann so locker wie möglich die Themen Treue und Zweigleisigkeit anzuschneiden. Ein Kinderspiel.

Meinen alten Lieferwagen parkte ich vor dem Eingang des Campingplatzes und schlenderte langsam durch das Areal. Kinder mit nassen Haaren und Badeanzügen flitzten an mir vorbei, auf einer Wiese tollten zwei Hunde durchs Gras, es duftete nach Gegrilltem, nach Ferienlaune, Sonnencreme und frisch ausgepackten Plastik-Schwimmtieren. Ich fand Lukas schneller als erwartet: Er hockte vor einem Zelt, das jedem Zirkusdirektor Freudentränen in die Augen getrieben hätte. Klar überdimensioniert im Vergleich zu den teils winzigen Stoffkugeln, in die sich seine Nachbarn zusammenfalteten. Sofort meldete sich mein Misstrauen und raunte mir hässliche Dinge zu: Wer braucht schon so ein Riesen-Zelt für sich allein? Bestimmt teilt er sich diesen textilen Tempel mit einer skandinavischen Sirene. Oder gar mit drei oder vier …? Missmutig scannte ich Lukas' Stellplatz nach Hinweisen auf weitere Mitbewohner ab: Damenschuhe vor dem Zelt, die Kosmetiktasche einer Frau, ein herumliegender Bikini.

Aber außer Marios alter BMW Isetta war nichts Besonderes zu sehen. Die winzige Knutschkugel stand etwas abseits und schien auf ihren nächsten Einsatz zu warten. Anscheinend hatte der Ex-Kardinal das Kultgefährt seinem Freund überlassen, während er selbst in England auf Vatersuche war. Noch hatte Lukas mich nicht bemerkt; er saß, nur mit Badeshorts bekleidet, im Baumschatten im Schneidersitz auf dem Boden und pumpte eine Luftmatratze auf. Sein nackter Oberkörper schimmerte wie frisch eingecremt in der Sonne, ein Hauch nussiger Duft, vermischt mit seinem Aftershave, wehte zu mir herüber. Immer wieder unterbrach er die Pumperei, lauschte und tastete die Matratze Millimeter für Millimeter ab. Wahrscheinlich auf der Suche nach einem Loch, aus dem die Luft entwich. Pumpen, lauschen, tasten. Seine Bewegungen waren fließend wie Yoga-Asanas, zugleich lässig und kraftvoll. Ich riss mich von dem Anblick los und beäugte kritisch die Wäscheleine, die von Baum zu Baum quer über den Platz gespannt war. Gut ein Dutzend Kleidungsstücke flatterten sachte im Wind. Wieder pirschte sich das Misstrauen von hinten an und tippte mir auf die Schulter. Waren alle T-Shirts gleich groß? Oder hatten sich ein paar Damen-Tops unter Lukas' Wäsche geschummelt? Dermaßen konzentriert übersah ich einen kleinen Griller, der zwischen Zeltschnüren und einem Gestell für den Müllsack auf dem Platz stand. Ich stieß mit dem Knie dagegen, die improvisierte Kochstelle kippte und landete mit blechernem Scheppern im Gras. Der Lärm riss Lukas aus seiner Versunkenheit. Er sah überrascht auf und strahlte, als er mich erkannte.

»Hoi!« Das schweizerische Pendant zum italienischen »Ciao«. Lukas legte die Luftmatratze beiseite, erhob sich und kam auf mich zu. Ich nickte knapp und deutete auf seine riesige Behausung.

»So viel Platz für dich alleine?« Verdammt! Ich biss mir auf die Lippen. Noch keine fünf Minuten am Camping- platz, und schon hatte ich den Weg Richtung Eifersucht eingeschlagen.

»Für kleine Wurf- und Kugelzelte bin ich zu groß.« Lukas grinste und sah an sich herab. »Ich brauch Platz.« Er umarmte mich und küsste meine Nasenspitze. »Ich brauch ein bisschen Abkühlung im See, kommst du mit?«

»Eigentlich«, ich wand mich aus seiner Umarmung und wurschtelte die Boxershorts hinter meinem Rücken hervor, »wollte ich dir das hier bringen.« Ich überreichte ihm das Stoffbündel wie eine Opfergabe, ohne ihn dabei anzuse- hen. »Und einige Dinge klarstellen.«

Lukas nickte ernst. »Ich hab auch etwas mit dir zu besprechen.«

Verdammt. Das Gespräch nahm so gar nicht den geplan- ten Lauf. Ich hatte gehofft, Lukas kalt zu erwischen, ihn mit einem beherzten Frontalangriff zu überrumpeln und sprachlos zu machen. Stattdessen hatte er ebenso Rede- bedarf wie ich; ich rannte also offene Türen ein. Womög- lich würde er mir gleich hier und jetzt eröffnen, dass seine Liebe zu Svenja wieder aufgeflammt war. Dass er erst jetzt erkannt habe, wie viel sie ihm tatsächlich bedeute und dass er gegen seine Gefühle eben nicht ankämpfen könne. Meine Hände wurden feucht, alle mühsam zusammenge- kratzte Lockerheit war dahin. Ich räusperte mich.

»Also gut, du zuerst!«

Lukas schüttelte den Kopf und zog zwei Klappsessel heran, die neben der Isetta standen.

»Ladies first! Du bist extra deswegen hergekommen, oder?«

Er öffnete eine blaue Kunststoff-Kühltruhe, die leise vor sich hin brummte, und nahm zwei Flaschen *Birra Moretti* heraus.

»Auch eines?«

Vielleicht brachte mir der Alkohol die Lockerheit zurück.

»Gern«, ächzte ich und ließ mich in einen der Sessel plumpsen. Lukas setzte sich ebenfalls, öffnete die Flaschen und reichte mir eine. Wir prosteten uns zu und tranken ein paar Schlucke.

»Also«, ich atmete aus und nahm Anlauf, »die Sache ist die ...«

Das Herz pochte mir bis zum Hals. Jetzt gab es kein Zurück mehr.

»Wir hatten eine schöne Zeit bis jetzt, und ich ...«

Lukas nickte wieder. »Wir hatten es wirklich fein miteinander.«

»Aber seit ein paar Tagen hab ich das Gefühl, dass du ...«

Ich stockte. »Dass da jemand ...«

»Lukas?« Eine Frauenstimme, ganz nah bei uns, aber leicht gedämpft. »Die passen perfekt!«

Ein Reißverschluss ratschte, Zeltstoff raschelte leise, und vor mir stand, wie aus dem Boden gewachsen, eine braun gebrannte Schaumgeborene. Svenja. Ihr knappes Bikini-Oberteil bedeckte gerade mal so das Nötigste, untenherum trug sie eine von Lukas' Boxershorts. Ihr blondes Haar glänzte in der Sonne. Als sie mich sah, lächelte sie ihr unschuldiges Zahnlücken-Lächeln.

»Oh, hallo! Campst du auch?«

Und mit einem Mal war alle Sprachlosigkeit, alle verbale Holprigkeit wie weggefegt. Ich knallte die Bierflasche auf den Campingtisch und funkelte Svenja an.

»Nein. Ich habe Lukas nur etwas gebracht, was er bei mir vergessen hat.« Ich stand auf und deutete auf Svenjas Unterleib. »Aber du scheinst seine Wäsche dringender zu brauchen als er.«

Svenjas Blick schwenkte bedröppelt zu Lukas, aber das bekam ich nur mehr aus dem Augenwinkel mit. So schnell ich konnte, bahnte ich mir den Weg durch Zeltschnüre, herumliegende Badeschlapfen und vorbei an einem umgedrehten Schlauchboot. Nur weg hier!

»Bleib stehen, Cara, ich kann dir das erklären!« Lukas hechtete mir hinterher, und ich legte einen Zahn zu.

»Danke, mir ist alles klar!«, rief ich über die Schulter nach hinten.

»Cara!« Svenja war ebenfalls losgespurtet und lief jetzt neben mir her über den Kiesweg Richtung Parkplatz. »Es ist alles ganz anders, als du denkst!«

»Irrtum!«, keuchte ich, »es ist alles viel *schlimmer*, als ich denke!« Während ich rannte, fischte ich den Autoschlüssel aus meiner Hosentasche, riss die Wagentür auf und quetschte mich hinters Lenkrad. Ich ließ den Motor aufheulen, wendete, und das Letzte, was ich sah, waren Lukas und Svenja in einer gigantischen Staubwolke.

7. KAPITEL

Erzählt von Ablenkung, von Weltschmerz und schwarzen Schleiern. Rosina braucht Unterstützung, fährt wie der Teufel und sieht trotzdem umwerfend aus. Ich habe Angst. Wir sind am Friedhof und halten Abstand. Rosina muss stark sein und erkennt jemanden wieder.

So weit, so schrecklich. Das zur Erklärung, warum ich alle drei Anrufe von Rosina wegdrückte und auch am nächsten Tag keinen Gedanken an meine Notizen oder ihre Kriminalfälle verschwendete. Ich verschanzte mich in meiner Werkstatt, nähte Taschenhenkel auf Vorrat und fühlte mich ungeliebt und von der Welt verstoßen. Henkel nähen ist wunderbar geeignet, um sich in Selbstmitleid zu suhlen. Eine monotone Tätigkeit, für die es keine großen Fertigkeiten braucht, was das Selbstmitleid nur noch befeuert, wenn man sich zu Höherem berufen fühlt, aber immer wieder scheitert. In regelmäßigen Abständen schielte ich zur Schublade mit meinen Taschenentwürfen und wischte mir die eine oder andere Träne aus dem Augenwinkel. So weit war ich also gekommen: Ich steckte im beruflichen Treibsand fest, brachte gerade einmal Spaghetti aglio e olio zustande und war immer noch solo. Und das, obwohl ich in Italien ein neues Kapitel meines Lebens aufschlagen hatte wollen.

Wie lange ich Meter um Meter braune Lederstreifen durch die Nähmaschine jagte, weiß ich nicht mehr. Das ohrenbetäubende Rattern hüllte mich ein wie eine akustische Membran: ich bekam nichts mehr von der Außenwelt mit und versank stumpfsinnig in meiner Trübsal. Irgendwann hämmerte Signora Baldini von nebenan gegen die Wand und schimpfte, dass sie jetzt genug vom Lärm hatte. Seufzend schaltete ich die Nähmaschine aus, raffte die fertig genähten Streifen vom Boden hoch und rollte sie fein säuberlich zu einer Schnecke. Mein Magen knurrte. Ich würde mir eine Pizza holen, mich vor dem Fernseher in eine Decke kuscheln und ... Wieder ein Hämmern, aber diesmal am hölzernen Eingangstor. Schon wieder Signora Baldini?

»Chi è la?«, holperte ich und riss mürrisch die Tür auf.

In der Via Fiume stand Rosina, ganz in Schwarz. Ihr Blick war traurig. »Ich könnte moralische Unterstützung brauchen.«

»Wobei denn?«, frage ich perplex und ließ sie eintreten. Mit ihr schwappte eine geballte Ladung Augusthitze in meine Werkstatt. Es war erst früher Nachmittag, ich hatte jedes Zeitgefühl verloren.

»Ornellas Begräbnis. Ich bin es ihr schuldig, dabei zu sein, aber ...«, Rosina schloss die schwere Holztür hinter sich und trat in meine klimatisierte Werkstatt, »ich schaffe das nicht alleine.« Sie hob ein wenig ratlos die Schultern und blieb neben der Tür stehen, quasi auf dem Sprung. »Das Begräbnis beginnt in 15 Minuten.«

Das konnte nur ein Scherz des Universums sein: Ausgerechnet ich, die gerade in einem Morast aus Liebeskummer dümpelte, sollte jemandem beistehen. Rosina räusperte sich und deutete mit dem Kinn auf meine grüne Arbeitsschürze, die von Kleberbatzen und losen Fäden übersät war.

»Also gut, ich beeile mich!« Ich hastete durch die Werkstatt zu meinen Wohnräumen. Vielleicht war es ganz gut, aus meiner Lethargie gerissen zu werden. Auch wenn ich mir dazu vielleicht einen freudigeren Anlass gewünscht hätte als ein Begräbnis.

»Nimm dir inzwischen einen caffè, wenn du magst.«

Während ich mich im Eiltempo aus dem verschwitzten Werkstattgewand schälte, schaltete Rosina die Kaffeemaschine ein und rumorte in meiner Küche. Ich zog frisch gewaschene, schwarze Jeans und irgendein schwarzes Top aus dem Stapel, schnappte mir eine Umhängetasche aus feinstem Hirschleder und kämmte mir die Haare. Zu mehr Styling fühlte ich mich nicht verpflichtet, schließlich kannte ich niemanden aus der Trauerfamilie. Rosina hatte deutlich mehr Zeit in ihr Outfit investiert. Ich musterte sie, als ich zurück in die Küche kam. Sie trug ein Etuikleid aus schwarzer Seide, dazu Strümpfe mit Naht und Killerpumps. Ein schwarzer Spitzenschleier bedeckte ihre hochgesteckten Haare und floss bis über die Schultern auf das Kleid herab. Als hätte Francis Ford Coppola seine Idealversion einer trauernden Mafia-Braut in meine Küche gepflanzt.

Als sie mich sah, schraubte Rosina einen Flachmann zu und ließ ihn eilig in ihrer Handtasche verschwinden. Offenbar hatte sie ihren Espresso mit Grappa aufgehübscht. Noch bevor ich Fragen stellen konnte, stellte sie die leere Tasse in die Spüle und stöckelte zur Tür. »Andiamo, Cara!«

Rosina weigerte sich, in meinem alten Lieferwagen zum Friedhof zu fahren. »Kommt nicht infrage, ich will schließlich nicht nach Leder, Klebstoff und altem Gummi riechen!«

Also bretterten wir auf ihrer knallroten Vespa von Riva nach Arco. Rosina gab Stoff, als wäre es die *Rallye Dakar*. Ihren rasanten Fahrstil kannte ich ja schon, aber so richtig gewöhnt hatte ich mich nie daran. Fünf Kilometer lang krallte ich mich panisch in ihr Seidenkleid. Sie überholte trotz Sperrlinie, legte sich in die Kurven oder zog ungeduldig Schlangenlinien, wenn ein Fahrzeug vor ihr zu langsam fuhr. Aus Stylinggründen hatte sie auf einen Helm verzichtet; ihr schwarzer Spitzenschleier flatterte mir links und rechts um die Ohren, schien ansonsten aber an ihrer Frisur festgetackert zu sein.

In Arco drosselte Rosina das Tempo und parkte ihre Primavera direkt vor der Collegiata di Santa Maria Assunta, der monumentalen Stiftskirche am Hauptplatz. Ich taumelte von der Sitzbank, küsste den Boden und atmete intensiv gegen die Übelkeit an. Als sich mein Puls wieder normalisiert hatte, sah ich mich um. Außer uns war niemand auf dem Platz, die Sonne knallte unbarmherzig auf alles herab. Wer konnte, verschanzte sich hinter Fensterläden und hielt Siesta. Die Stühle der kleinen Bar am Eck waren leer; nur zwei Touristen in Klettermontur hatten sich mit ihren Rucksäcken in die Mittagshitze verirrt und tranken einen caffè.

In letzter Zeit war ich nicht besonders oft in Arco gewesen. Schade eigentlich, denn die Altstadt mit ihren roten Dächern, die sich im Halbkreis an den Burgfelsen schmiegt, versprüht einen besonderen Charme. Enge Gassen, kleine Geschäfte, zahlreiche Lokale. Die Collegiata di Santa Maria Assunta lag im Herzen der Altstadt, gleich ums Eck des imposanten Gotteshauses war die wesentlich zierlichere Chiesa Sant' Anna. Für ein Begräbnis in kleinstem Kreis wäre das vielleicht der passendere Rahmen gewesen, fand ich, aber Eugenio Ronchetti brauchte offenbar alles eine Nummer größer: Die Collegiata mit ihrem 61 Meter hohen Glockenturm und dem gigantischen Kirchenschiff war der katholische Platzhirsch und nicht zu übersehen. Ich schlich mich die paar Stufen zum Eingang hoch. Die Kirchentür war angelehnt, aus dem Inneren drang dramatischer Chorgesang. Rosina spähte kurz durch den Türspalt, machte sofort wieder kehrt und balancierte gleichgültig über die Steinstufen zurück zu ihrer Vespa, als habe sie genug gesehen.

»Ich dachte, wir gehen rein?« Etwas unschlüssig blieb ich vor der Kirchentür stehen und starrte durch den Spalt auf den Sarg. Wieder eines von Eugenios Statements: ein weiß lackiertes Monstrum mit Goldgriffen. Aus einem Gesteck am Sargdeckel quollen dunkelrote Rosen und goldene Schleifen. Die Kirche war fast leer: Nur eine Handvoll Trauernde war locker über die vordersten Sitzbänke verstreut. Niemand schien uns bemerkt zu haben. Ich wandte mich um und deutete Rosina hineinzugehen.

Sie schüttelte entschlossen den Kopf und winkte mich ungeduldig zu sich heran. »Wir fahren zum Friedhof. Ich will dort sein, bevor alle anderen auftauchen.«

Noch bevor ich nach dem Warum fragen konnte, startete sie die Vespa. Ich beeilte mich aufzusteigen, bevor sie womöglich ohne mich losfuhr.

Der Cimitero Comunale di Arco lag, nach alter römischer Tradition, etwas außerhalb von Arcos Altstadt. Ein quadratisches Grundstück, an zwei Seiten von hohen Zypressen gesäumt. Neben das schmiedeeiserne Tor drängten sich ein paar niedrige Mausoleen, an der gegenüberliegenden Nordwestseite leuchteten winzige Blumensträußchen aus den Mauernischen der Urnengräber. Ansonsten dominierten Reihengräber den Platz. Rosina parkte die Primavera im Schatten einer Zypresse an der Via Mantova. Ein Flügel des Eingangstores stand offen, der kleine Parkplatz war bis auf den Lieferwagen einer Gärtnerei und ein altes Fahrrad leer. Auf einer Anschlagtafel hingen Trauerplakate mit Namen und Fotos der kürzlich Verstorbenen. Rosina überflog die Zettel und schüttelte missbilligend den Kopf. Ornella Ronchetti wurde nicht erwähnt. »Eine Schande!«

»Sie ist erst vorgestern verstorben«, suchte ich nach einer Erklärung, »vielleicht war einfach die Zeit zu knapp, um noch Drucksorten zu bestellen.«

Rosina wischte meinen Einwand mit einer Handbewegung weg.

»Es geht nicht um Trauerplakate, obwohl das natürlich eine Frage des Respekts gegenüber der Verstorbenen ist. Je weniger Leute von Ornellas Tod wissen, desto kleiner die Trauergemeinde beim Begräbnis. Die Kernfrage ist: warum das Ganze?« Sie schritt entschlossen auf das Friedhofsgelände. »Warum wird Ornella so schnell verscharrt, und warum will Eugenio mich vom Begräbnis fernhalten?«

»Äh, Moment mal!« Ich blieb abrupt stehen und hielt mich am schmiedeeisernen Tor fest. »Eugenio hat dir verboten, zur Beerdigung zu kommen?«

»Also erstens hat er es mir nicht verboten, sondern eher empfohlen. Und zweitens *kann* Eugenio mir gar nichts verbieten. Der Friedhof ist eine öffentliche Einrichtung, da hat der Herr Olivenbauer Sendepause.«

Das war nicht die Antwort, die ich hören wollte. »Ich dachte, wir besuchen einfach ein Begräbnis und fahren dann zurück nach Riva. Oder habe ich da etwas falsch verstanden?«

Rosina kam zurück, nahm mich an der Hand und wollte mich vom Tor wegziehen. »Gar nichts hast du falsch verstanden, alles bestens! Im Prinzip hast du recht: Wir besuchen ein Begräbnis.«

Das große *Aber* in der Luft war geradezu greifbar. Ich klammerte mich weiter an die Metallstreben und rührte mich nicht von der Stelle. Erst wollte ich wissen, was Sache war.

»Was ist denn los, Cara?«, grantelte Rosina.

»Was los ist? Das könnte ich *dich* fragen! Wir heizen von Riva nach Arco, als ginge es um Leben und Tod, weil du angeblich zu einem Begräbnis wolltest ...«

»Will ich auch!«, unterbrach mich Rosina.

»Warum waren wir dann nicht in der Kirche?«

»Du kennst ja mein Kirchen-Trauma.«

Das reichte mir nicht als Erklärung. Ich legte den Kopf schief. »Worum geht's hier eigentlich, Rosina?«

Sie trat aus der Sonne, lehnte sich gegen die Friedhofsmauer und atmete tief durch. Eine Frau mit grüner

Arbeitsschürze und Gartenhandschuhen kam von einem der Mausoleen zum Tor. Sie nickte kurz zur Begrüßung, zog sich die Handschuhe von den Fingern und steuerte auf den Wagen der Gärtnerei zu. Rosina wartete, bis sie eingestiegen war.

»Der Termin bei der Polizia di Stato hat mir zu denken gegeben. Vor allem, wie Eugenio sich mir gegenüber verhalten hat.«

Ich biss mir auf die Lippen; ich hatte Rosina noch gar nicht gefragt, was die Polizei von ihr gewollt hatte.

»Eugenio war ebenfalls bei der Befragung?«

Rosina nickte. »Erklär ich dir später. Jedenfalls ...«

Ich hatte genug von ihren Ausflüchten. »Nix später!«, unterbrach ich sie unwirsch, »Jetzt!«

Rosina schnaubte ungeduldig. »Ich dachte, du unterstützt mich?«

»Tu ich auch. Ich will nur wissen, wobei.«

Sie funkelte mich an, gab sich dann aber doch einen Ruck und erzählte mir vom Ispettore, von Dottore Fontanelli und der Inschrift auf dem Zettel. »Und deshalb«, schloss sie ihren Bericht, »sagt mir mein Bauchgefühl, dass da mehr dahintersteckt.«

Sie löste sich von der Mauer. »Und jetzt: Beeilung, bevor der Trauerzug mit dem Sarg da ist!«

Wie Rosina vermutet hatte, besaß die Familie Ronchetti ein eigenes Mausoleum am Friedhofsgelände. »Alles andere hätte mich gewundert«, murmelte sie und betrachtete die gemauerte Grabstätte mit Abscheu. In dieser Hinsicht ist sie mir seit Jahren ein Rätsel: Rosina liebt reich verzierte Fassaden, üppige Farbgebung, gesteigerte Proportionen und überhaupt die barocke Pracht, die das pralle Leben feiert. Aber sie hatte nichts übrig für offen zur Schau gestellten Reichtum, zumindest bei Personen, mit denen sie selbst bekannt war. Das Ronchetti-Mausoleum war ein Paradebeispiel für Protz und Pomp. Ein überlebensgroßer Engel aus Marmor bewachte den Eingang, in zwei Pflanzschalen, die die Form von Akanthusblättern hatten und Rosina fast bis zur Schulter reichten, blühte eine Orchideenart und wucherte Efeu bis zum Boden.

»Noch ganz frisch«, kommentierte Rosina die schwarzen Erdkrümel, die neben den Schalen am Boden verstreut lagen. Gut möglich, dass die Gärtnerin gerade eben hier mit der Grabpflege beschäftigt gewesen war. Rosina spähte durch das niedere Gitter ins Innere des Mausoleums. Kapelle und Gruft waren hier oberirdisch in einem Raum vereint. Soweit im Halbdunkel erkennbar, waren die Wände mit Carrara-Marmor vertäfelt. Auf einer Steinplatte gleich neben dem Eingang standen in goldenen Lettern die Namen der in den letzten Jahren verstorbenen Ronchettis. Ginevra, Aurora und Francesco.

Rosina ließ das Gitter los und sah sich um. »Ich wette, dass Ornella nicht hier herein darf!«

»Was macht dich so sicher?«

»Sie hat mit dem Familienoberhaupt gebrochen. Auf dem Anwesen der Ronchettis war sie jedenfalls nicht mehr erwünscht. Wenn Eugenio so konsequent ist, wie ich ihn kennengelernt habe, wird er seiner Enkelin auch den Zutritt zur Familiengruft verwehren.«

»Aber sie war bei der Hochzeit ihrer Schwester«, über-legte ich, »vielleicht haben sich Ornella und die Familie langsam wieder angenähert.«

»Vergebung klingt nicht gerade nach Eugenio«, konterte Rosina nüchtern. »Ich glaube eher, dass das der explizite Wunsch von …«

Der Rest des Satzes ging in Quietschen und Schnarren unter. Rosina, sofort im Alarmmodus, verdrückte sich in den Schatten einer Zypresse und lugte zum Haupteingang. Der zweite Flügel des Tores öffnete sich automatisch und quälend langsam. Ein blank polierter Wagen, bei dem die hinteren Fenster mit Gardinen verhängt waren, rollte auf das Friedhofsareal. Unter den Rädern knirschte der Kies. Die Trauermesse in der Collegiata war demnach eine Kurzfassung gewesen und Ornella bereits auf ihrer letzten Reise. Tatsächlich bog die schwarze Limousine nicht zu den Mausoleen ein, sondern steuerte auf die Reihengräber zu. Rosina stieß mich mit dem Ellbogen in die Seite. »Was habe ich dir gesagt?«, wisperte sie triumphierend. Sie deutete mit dem Kopf auf ein frisch ausgehobenes Grab im hinteren Teil des Friedhofes. Eine Schaufel steckte in einem Erdhaufen, quer eingeklemmte Holzplanken verhinderten, dass Erdreich in die Grube bröckelte, noch bevor der Sarg darin Platz fand.

Ich wollte mich in Bewegung setzen, aber Rosina hielt mich am Arm zurück. »Von hier aus haben wir alles besser im Blick!«

»Ist nicht dein Ernst!« Ich suchte ihren Blick durch die Lochspitze ihres Schleiers. »Wozu dann das dramatische Outfit, wenn du eh im Hintergrund bleiben willst?«

Rosina seufzte genervt, aber ich kannte sie besser. Bei ihr lohnte es sich oft, zweimal hinzuschauen. Beziehungsweise ihrem Blick standzuhalten. Sie schluckte und war um Fassung bemüht. Ihre Hand an meinem Oberarm war schweißnass, am großzügigen Dekolleté breiteten sich rote Flecken aus. Ganz klar: Ornellas Begräbnis setzte ihr zu. Ich wusste, was ich zu tun hatte.

»Das Mausoleum kennen wir jetzt«, sagte ich entschlossen, hakte mich bei ihr unter und deutete mit dem Kinn Richtung Padre, der vor dem ausgehobenen Grab stand. Mittlerweile hatte sich schon ein winziges Grüppchen schwarz gekleideter Trauernder am offenen Grab eingefunden.

»Wir gehen jetzt gemeinsam dort hinüber und …«

»Nein!« Rosina stemmte sich von mir ab, ihr Gesicht fror ein. »Das ist eine Familienangelegenheit, da habe ich nichts verloren!«

Was irgendwie stimmte und auch wieder nicht; Rosina war zwar keine Ronchetti, aber immerhin war das Verhältnis zwischen ihr und Ornella ein besonderes gewesen. Ich war mir sicher, dass meine beste Freundin ihren Entschluss womöglich schon in der nächsten Stunde bereuen würde. Genau deshalb konnte ich ihn nicht durchgehen lassen. Ich atmete durch und schaltete in den nächsten Gang.

»Seit wann lässt du dir von einem Kerl etwas verbieten?« Ich nahm Rosina an beiden Schultern und suchte ihren Blick. »Ornella ist tot«, sagte ich nun etwas sanfter und umarmte sie. »Du kannst *jetzt* von ihr Abschied nehmen. Der Moment wird verstreichen und kommt nie wieder zurück.«

Rosina schluchzte kurz auf, hatte sich aber gleich wieder im Griff. Sie nickte mit gesenktem Kopf und schniefte. »Niemand kann dir verbieten, einem geliebten Menschen Lebwohl zu sagen.« Einer Toten Lebwohl wünschen? Schlimmer rhetorischer Fehltritt, aber ich ließ mir nichts anmerken. Jetzt war Eile geboten; die Stimme des Padre war bereits von Ornellas Grab zu hören. Ich nahm Rosinas Hand und drückte sie. »Du hast gesagt, du brauchst mich. Also gehen wir jetzt gemeinsam dort hinüber und erweisen Ornella die letzte Ehre.«

Ich wollte mich eigentlich am Rand der Trauergemeinde, also ein wenig abseits, aber trotzdem gut sichtbar, positionieren. Als Akt der Rebellion gegen den Patriarchen, sozusagen. Aber Rosina beharrte auf einem Sicherheitsabstand von zehn Metern, mehr war nicht drin. Halb versteckt hinter einem Grabstein aus schwarzem Granit beobachteten wir das triste Geschehen in der prallen Sonne. Unmittelbar vor dem Grab stand ein hagerer Mann. Aufrechte Haltung, Maßanzug, Lackschuhe. Das weiße Haar war dicht und perfekt geschnitten. Eugenio Ronchetti, wie ich vermutete. Rosina brauchte alle Kraft, um nicht wieder kehrtzumachen, also sparte ich mir unnötige Fragen. Eugenio wandte sich ab und strebte zügig dem Ausgang zu, noch bevor der Sarg abgesenkt wurde. Als hätte er Wichtigeres zu tun. Ich dachte mir meinen Teil. Rosina spannte sich merklich an, als er an uns vorbeischritt. Ein kurzer Blick auf sein Gesicht erklärte, warum sie sich einschüchtern hatte lassen: Eugenios tiefliegende Augen waren zwar von Trauer überschattet, trotzdem wirkte er hart und unnahbar. Rosina atmete erleichtert auf, als er den Friedhof verlassen hatte.

Bisher kannte ich nur den Ablauf österreichischer Begräbnisse, einen italienischen Friedhof hatte ich bisher noch nicht betreten. Ich hatte also keinen Vergleich, aber diese Trauerfeier wirkte, als könnte sie gar nicht kurz genug sein. Im Verhältnis zur winzigen Trauergemeinde wirkte der Sarg noch pompöser, als er ohnehin schon war, geradezu fehl am Platz. Die Worte des Padre hätten vielleicht salbungsvoll klingen sollen, waren aber in Wirklichkeit schnell heruntergespulte Floskeln aus der Dose. Die Hitze brannte unbarmherzig auf alle Anwesenden nieder und machte die Zeremonie zur Tortur. Als Ornellas Sarg in die Tiefe gelassen wurde, hielt Rosina den Atem an. Ich drückte ihren Arm. Eine Frau Mitte 20 in schwarzem tailliertem Hosenanzug trat an den Rand des Grabes und warf eine langstielige Rose auf den Sarg. Statur, Haltung und Gesichtsausdruck ähnelten Eugenio.

»Das ist Bianca«, flüsterte Rosina tonlos.

Bianca nahm den Aspergill und spritzte Weihwasser in die Grube. Dann bekreuzigte sie sich und trat einen Schritt zur Seite.

Ich deutete mit dem Kinn auf einen Rollstuhl neben Bianca.

»Ist das Ornellas Mutter?«

Rosina nickte. »Lucia Ronchetti.«

Die Gestalt im Rollstuhl wirkte schutzlos, leicht und zerbrechlich. Wie ein Blatt, das der nächste Windhauch mitnehmen und forttragen konnte. Sie mochte Ende 50 sein oder vielleicht auch 150; eine Frau, vom Schicksal kreuzweise schraffiert. Alterslos und zugleich kurz vor dem Verfall. Trotz der sengenden Temperaturen war eine schwarze Decke über ihre Knie gebreitet. Ein schlaksiger Mann schob sie vorsichtig näher ans offene Grab. Lucia Ronchetti schluchzte heiser, blieb ansonsten aber fast reglos. Wahrscheinlich hatte man ihr Substanzen verabreicht, damit sie diesen Tag überstehen würde. Bianca beugte sich zu ihrer Mutter, küsste ihre Wange und strich ihr übers Haar. Die wenigen, die außerdem noch von Ornella Abschied nahmen und nicht zur Familie gehörten, waren schnell fertig. Weitere Rosen fanden den Weg in die Grube, ein Mann in Polizeiuniform verharrte kurz am Grab und sah dann verstohlen zu Rosina. Sie schnaubte verächtlich. Minuten später – viel zu früh für meinen Geschmack – löste sich das Grüppchen auf. Es wurden keine Worte gewechselt oder Hände geschüttelt. Die wenigen Anwesenden nickten dem Padre kurz zu und perlten schließlich grußlos auseinander. Ein gemeinsames Mahl im Anschluss an die Beerdigung schien es nicht zu geben. Ich war leicht irritiert.

Rosina löste sich aus ihrer Deckung, straffte sich und machte einen Schritt Richtung Grab, hielt aber plötzlich inne. Ein junger Mann, offenbar mit demselben Ziel, nährte sich von der gegenüberliegenden Seite des Friedhofs. Wie Rosina schien er Abschied nehmen zu wollen und hatte gewartet, bis alle gegangen waren.

»Wer ist das?«, flüsterte ich, aber Rosina hörte mich schon nicht mehr. Denn mit Eugenios Verschwinden waren ihre Lebensgeister zurückgekehrt, und sie war wieder die Alte. Zum Glück, muss man sagen, denn in den vielen Jahren unserer Freundschaft habe ich noch nie erlebt, dass sie tatsächlich einknickt, wenn ein Patriarch wie Eugenio ihr Vorschriften macht. Da bin ich anderes von ihr gewohnt. Ich kann es mir nur so erklären: Während der letzten 48 Stunden war viel passiert. Zu viel. Ornellas Tod, der Termin bei der Polizei und, nicht zu vergessen, der Nachhall von Marios kleiner Eifersuchtsszene. Ein emotionaler Supergau, der sogar toughe Diven wie Rosina aus der Bahn werfen konnte. Aber jetzt war sie zurück in der Spur und nicht zu bremsen. Wie sie das mit ihren Killerpumps auf den holprigen Kieswegen schaffte, war mir ein Rätsel, aber Rosina fegte über den Friedhof wie die Ora über den Gardasee. Denn bei aller Trauer um Ornella meldete sich da wieder ein altes Gefühl. Ein Gefühl, das Rosina in diesem ergreifenden Moment zwar höchst unpassend erschien, gegen das sie sich allerdings nicht wehren konnte: Neugier.

Sie wollte wissen, wer da die gleiche Idee gehabt hatte wie sie und jetzt am offenen Grab stand. Im Eilschritt erreichte sie den jungen Mann, der mit hängenden Schultern auf den Sarg starrte und eine langstielige Rose zwischen den Fingern drehte.

Klar, dass Rosina bereits einen Verdacht hatte, um wen es sich da handelte. Und weil sie fand, dass sie heute schon genug Zeit mit Zaudern und Schwermut verplempert hatte, ging sie in die Offensive. »Salvo Manzone?«

Der junge Mann zuckte zusammen. Für Sekundenbruchteile schien er sogar gegen Fluchtreflexe anzukämpfen, aber Rosina streckte ihm ihre Hand entgegen und lächelte entwaffnend.

»Schön, dass wir uns endlich kennenlernen!«

8. KAPITEL

Erzählt von Rezepten, von Models und schwarzen Locken. Rosina blufft, nimmt einen zweiten Anlauf und ärgert sich. Es geht um Thymian, abgespreizte Finger und Aperol, außerdem um eine Organisation und Ornellas Vergangenheit. Jetzt ist Fingerspitzengefühl gefragt.

Wenig später saßen wir zu dritt in der *Bar Centrale*, unweit der Chiesa Sant' Anna, bei gefüllter Focaccia, Bier und Aperol Spritz. Auf der kurzen Fahrt über die Via Mantova, vom Friedhof zurück in die Altstadt von Arco, hatte ich Rosina mit Fragen gelöchert. Das Motorengeräusch der Vespa und der Fahrtwind hatten zwar einige ihrer Antworten verschluckt, aber ich konnte mir auch so zusammenreimen, was sie vorhatte.

Ornella hatte oft über Salvo Manzone gesprochen. Daher wusste Rosina, dass Salvo zu den wenigen Menschen gehörte, denen Ornella komplett vertraut hatte. Die beiden kannten sich noch aus Teenagertagen und ihrer rebellischen Zeit bei *Angeli Uccelli*.

Rosina würde ihn fragen, wie es tatsächlich um Ornellas Psyche gestanden hatte. Sie wollte einfach sichergehen, dass die Selbstmordtheorie von Ispettore Tomasi und Dottore Fontanelli blanker Unsinn war. Außerdem war da noch das tote Rotkehlchen auf dem Foto von Ornellas Leiche; naheliegend, dass Rosina ein paar Fragen unter den Nägeln brannten.

Mit seinem alten Fahrrad brauchte Salvo etwas länger für die Strecke zurück ins Stadtzentrum. Rosina und ich waren schon früher in der Bar und besetzen einen der Plätze im hinteren Bereich, wo wir ungestört reden konnten. Als Rosina auf der Toilette verschwand, um sich frisch zu machen, zog ich mein Notizbuch aus der Umhängetasche. Ich notierte ein paar Stichworte und kritzelte Grabsteine auf eine leere Seite.

»Ein neuer Taschenentwurf?«

Rosina schaute mir über die Schulter. Sie musste sich angeschlichen haben; ich fühlte mich ertappt.

»Darf man vielleicht mal einen Blick drauf werfen?«

Ich wehrte ab und klappte das Notizbuch zu. »Ist noch zu früh.« Die schwarze Kladde wanderte wieder in meine Umhängetasche. Rosina seufzte und nahm Platz. Sie hatte den schwarzen Spitzenschleier abgenommen. Anstatt ihn einfach in der Handtasche zu verstauen hatte sie ihn kunstvoll zu einer großen Stoffblume drapiert, die jetzt, mit einer Sicherheitsnadel fixiert, den Ausschnitt ihres Etuikleides zierte.

»Wenn du dich für deine Ideen schämst wird das nie was mit deiner eigenen Kollektion.«

Ich wollte etwas erwidern, aber zum Glück betrat in diesem Moment Salvo die Bar. Rosina winkte ihm zu. Salvo näherte sich zögernd und nahm seine Sonnenbrille ab. Einen Kämpfer für Tierrechte hatte ich mir irgendwie anders vorgestellt. Vielleicht drohte ich da in Klischees abzudriften, aber ich hatte mit zerrissenen Jeans gerechnet, mit gebatiktem T-Shirt, Gesundheitsschlapfen und leichtem Schweißgeruch. Ich lag so was von daneben. Salvo wirkte, als mache er nur kurz Pause von einem Werbedreh für *Dolce & Gabbana*. Schwarze Chinos und ein schwarzes T-Shirt, dessen Kanten quietschbunt im sizilianischen *Carretto*-Print eingefasst waren. Dazu blütenweiße Sneakers mit dem Logo einer Luxusmarke. An seine Nägel ließ er offenbar nur Profis. Ich schielte verstohlen auf meine Hände und rollte sie verlegen ein. Die Werkstattarbeit hatte die Finger rau gemacht, die Nagelhaut war rissig, für Lack fehlte mir sowieso die Zeit.

Salvo bestellte Wasser und caffè und musterte uns abwartend.

Erst als die Getränke serviert wurden, brach er das Schweigen. »Wir sind uns nie begegnet«, sagte er an Rosina gewandt, und süßte seinen Espresso. »Trotzdem haben Sie mich erkannt.«

Rosina griff nach ihrem Aperol und ließ die Eiswürfel im Glas klirren. »Das war nicht schwer. Ornella hat mir von Ihnen und …«, sie suchte nach den richtigen Worten, »den Dingen erzählt, die damals vorgefallen sind. Da war es nur logisch, dass Sie beim Begräbnis eine Persona non grata waren.« Sie prostete Salvo zu. »Wie ich, übrigens.«

Ganz klar, Rosina wollte das Gespräch auf *Angeli Uccelli* und den Sabotageakt gegen Eugenio Ronchetti lenken. Vertrauensbildende Maßnahme. Hatte ich einmal in einem Buch über psychologische Gesprächsführung gelesen. Wenn sich der Gesprächspartner hinter einer Mauer des Schweigens versteckt, muss man ihm einen Brocken zuwerfen, um ihn hervorzulocken. Zum Beispiel den gemeinsamen Feind, über den es sich zu reden lohnt und gegen den man eine Allianz bilden kann. Im Idealfall wiegt sich das Gegenüber in Sicherheit, traut sich aus seiner Deckung und wird gesprächig. Das Problem war nur: Salvo spielte nicht mit. Er schwieg, nippte an seinem Espresso und fixierte Rosina ausdruckslos über den Rand seiner Kaffeetasse. Die hellgrünen Augen bildeten einen krassen Gegensatz zum tiefschwarzen Haar. Bei genauerem Hinsehen erkannte ich sogar braune Sprenkel darin. Salvo wirkte zwar bedrückt, aber gefasster als noch zuvor am Grab. Er stellte die Tasse wieder ab, legte die Fingerkuppen aneinander und stützte die Ellbogen auf den Tisch. Und ich hatte den Verdacht, dass Ornellas Vertrauter härter zu knacken war, als Rosina es sich vorgestellt hatte. Inzwischen brachte der Kellner einen Teller mit gefüllter Focaccia. Die hausgemachte Spezialversion nach Rezept seiner *mamma*, gefüllt mit Taleggio-Käse, Feigen und frischem Thymian. Mit Blick auf die goldgelbe Kruste versuchte ich, meinen Hunger zu zügeln. Was naturgemäß nie funktioniert, trotzdem wagte ich nicht, die dampfende Köstlichkeit anzurühren. Irgendwie schien der Moment nicht passend.

Rosina nahm einen neuen Anlauf. »Ich kenne Eugenio seit Jahren. Es ist schwer, neben ihm zu existieren, besonders für so starke Persönlichkeiten wie Ornella. Meiner Meinung nach war der Konflikt zwischen ihr und Eugenio ihr Ticket in die Freiheit.«

Salvo lachte freudlos auf und schüttelte den Kopf. »Haben Sie mich herbestellt, um mir zu schmeicheln? Um

mir zu weiszumachen, ich hätte Ornella vor ihrem Großvater gerettet, weil ich sie zu einem Sabotageakt angestif-
tet habe?«

»Aber nein!« Rosina stellte überrascht ihr Glas ab und
suchte meinen Blick. Ich hob ratlos die Schultern, klammerte mich an mein Glas und sog den Duft des Thymians
ein. An der Eingangstür wurde es plötzlich laut. Zwei
Männer und eine Frau in hautengen Raddressen waren
in die Bar gestürmt und diskutierten jetzt lautstark auf
Deutsch, ob sie hierbleiben oder doch lieber in eine Gelateria wechseln sollten. Nach einer knappen Minute war der
neonfarbene Spuk vorbei. und es kehrte wieder Ruhe ein.
Salvo atmete geräuschvoll aus und sah auf die Uhr. »Hat
Eugenio Sie geschickt?«, fragte er schließlich.

Und damit hatte er es endgültig geschafft, Rosina zu
überrumpeln.

»Wie bitte?«

Salvo lehnte sich zurück, spreizte die Beine und wippte
im Sekundentakt mit dem linken Knie. »Sie sind nicht die
Erste! Aber ich kann Ihnen versichern: Es ist sinnlos! Richten Sie Eugenio ruhig aus, dass ich kein Interesse habe!«

Rosina musterte Salvo scharf. In diesem Moment wurde
ihr klar, dass nicht nur sie, sondern auch Salvo auf der
Suche nach Informationen war. Dass hinter der gelackten
Fassade vielleicht sogar ein größeres Geheimnis schlummerte, als sie vermutet hatte. Und da, stelle ich mir vor,
ruckelte etwas in ihrem Kopf ein, legte sich ein Schalter
um und kam etwas in die Gänge: der Jagdinstinkt. Ihre
Augen leuchteten. Ich kannte diesen Blick; das untrügli-
che Zeichen, dass sie ihre Beute im Blick hatte und bereit

war zum Sprung. Entweder auf einen gut aussehenden Arzt oder ein Rätsel, das gelöst werden wollte. Wichtigste Spielregel dabei: Pokerface bewahren.

Rosina griff wieder nach ihrem Aperol, lehnte sich entspannt zurück und prostete Salvo zu. »Warum sind Sie hergekommen?«, fragte sie nach ein paar Schlucken.

Eine einfache Frage, aber sie schien Salvo aus dem Gleis zu werfen. Er begann, seine leere Espressotasse zu drehen.

»Sagen *Sie* es mir! Sie haben doch am Friedhof extra gewartet, um mit mir reden zu können!«

Rosina lachte auf, laut und herzlich. Ein befreiendes Lachen, das die dunklen Wolken aus ihrem Gemüt fegte und zugleich ihr Gegenüber aus der Fassung brachte. Salvo starrte Rosina irritiert an und zog die Brauen zusammen. Rosinas Heiterkeit bereitete ihm sichtlich Unbehagen. Mein Magen knurrte jetzt unüberhörbar, aber anstatt mich weiter zu beherrschen, griff ich zur Focaccia und biss herzhaft hinein. Rosinas Lachen hatte das Eis gebrochen und mir grünes Licht gegeben. Feigen, Taleggio und Rosmarin. Die Aromen explodierten in meinem Mund, und ich fühlte mich wieder versöhnt mit der Welt.,

Rosinas Lachen verebbte. Sie gluckste noch ein paarmal leise und zupfte sich die Stoffblume an ihrem Ausschnitt zurecht.

»Wollen wir nicht endlich mit dem Theater aufhören?«, fragte sie schließlich. Später gestand sie mir übrigens, dass sie Salvo im ersten Impuls sogar maßregeln wollte. Hatte der Kerl tatsächlich geglaubt, sie hätte nur seinetwegen so lange in der Hitze am Friedhof ausgeharrt? Eine dermaßen große Portion männlicher Eitelkeit rief immer reflexhaften Sarkasmus in Rosina hervor, ich kenne das. Aber in dieser speziellen Situation hatte sie sich im Griff, denn eine Moralpredigt wäre kontraproduktiv gewesen. Salvo hätte dichtgemacht wie eine Wandermuschel im Gardasee und nichts mehr preisgegeben. Also war Fingerspitzengefühl gefragt.

Rosina straffte sich, deutete auf den Teller mit der Focaccia in der Tischmitte und ermutigte Salvo zuzugreifen. Salvo rührte die Focaccia nicht an, Rosina nahm sich ein Stück.

»Wie es aussieht«, sagte sie nach den ersten Bissen, »hat Ornellas Tod Konsequenzen für uns beide, wenn auch sehr unterschiedliche. Ich nehme an, Sie haben ebenfalls einen Termin bei der Polizia di Stato?«

Salvo seufzte und breitete eine der Servietten auf seiner schwarzen Hose aus. »In der Angelegenheit zwischen mir und Eugenio kann die Polizei nichts ausrichten.« Er schnappte sich die letzte Focaccia, verzog angeekelt den Mund und begann, Thymianblättchen zwischen den Feigen und dem Käse herauszuzupfen. Sein kleiner Finger war abgespreizt. Und da platzte Rosina endgültig der Kragen: Erstens, stelle ich mir vor, weil ihr Salvos vage Andeutungen und das Herumschleichen um den heißen Brei zunehmend auf die Nerven gingen. Und zweitens hatte sie null Verständnis für jemanden, der ein Spezialrezept nicht zu würdigen wusste. Feigen, Thymian und Taleggio in Kombination mit hausgemachter Focaccia sind ein schmackhaftes Geschenk der Götter, muss man wissen. Wer mit dieser Köstlichkeit nichts anfangen kann, sondern sie mit spitzen Fingern zerzupft, ist bei Rosina unten durch. Sie wischte sich energisch Brösel vom Kleid und knallte ihre Serviette neben den Teller.

»Schluss mit dem Katz-und-Maus-Spiel!«, zischte sie. »Die Polizei geht bei Ornellas Tod von Selbstmord aus, aber ich glaube nicht daran! Nur deshalb bin ich hier!« Sie stand auf und griff nach ihrer Tasche. »Ich will wissen, was tatsächlich passiert ist! Wie ich sehe, kann ich auf Ihre Hilfe nicht zählen, aber wissen Sie, was?« Sie funkelte Salvo an. »Ich schaffe das allein!« Und an mich gewandt: »Komm, Cara, wir gehen!«

Ich leerte hastig mein Glas und erhob mich. Im ersten Moment wechselte Salvos Blick nur abwechselnd von Rosina zu mir, aber nach wenigen Sekunden Schockstarre zeigte der Bluff Wirkung. »Bitte warten Sie, Signora Gamper!« Salvo sprang auf, hechtete Rosina hinterher und stellte sich vor die Tür, noch bevor wir die Bar verlassen konnten.

»Woher wissen Sie das mit der Selbstmordtheorie?«, presste er hervor.

Rosina musterte ihn streng. Anscheinend wog sie gerade ab, wie viele Karten sie auf den Tisch legen sollte.

»Es gibt ein Gutachten, das Eugenio in Auftrag gegeben hat. Demnach hatte Ornella anscheinend psychische Probleme.«

Ich beobachtete Salvo genau. Die Worte ›psychische Probleme‹ streiften ihn wie ein Blitz. Er fuhr sich mit der Hand übers Gesicht und atmete tief durch.

»Wir sollten noch ein Glas trinken.« Mit einer schüchternen Geste bat er uns zurück an den Tisch. »Ich denke, ich habe doch etwas für Sie.«

Salvos Arroganz und Geheimnistuerei hatte zu bröckeln begonnen. Auf dem Weg von der Tür zurück an den Tisch war sie abgefallen wie eine Schutzschicht, die nicht mehr benötigt wurde. Der Snob war zu einem unsicheren jungen Mann in überteuerter Kleidung zusammengefallen. Salvo sah aus wie jemand, der zu alt ist, um nachts die Reifen von Erntegeräten aufzuschlitzen, aber immer noch keinen Plan für die Zukunft hat.

»Ornella war Eugenio sehr ähnlich«, begann er. »Sie hat es gehasst, wenn ich das gesagt habe, aber so war es nun einmal. Wenn sie sich etwas in den Kopf gesetzt hatte, konnte nichts und niemand sie davon abbringen.«

»Dickköpfig und zielstrebig«, Rosina nickte, »genau so habe ich sie auch in Erinnerung. Aber depressiv?«

Salvo schüttelte heftig den Kopf. »Auf keinen Fall!«

»Sie kannten einander schon lange. Waren Sie und Ornella ...«

»Ob wir zusammen waren?« Salvo fuhr sich mit gespreizten Fingern durch die schwarzen Locken und lachte bitter. »Die richtige Frage wäre eher, wie oft wir uns getrennt haben.«

Aus Rosinas Handtasche kam ein dumpfes Brummen. Sie fischte ihr Smartphone heraus, starrte auf das Display und drückte den Anruf weg. »Entschuldigung, nichts Wichtiges«, murmelte sie auf meinen fragenden Blick und legte ihr Smartphone mit dem Display nach unten auf den Tisch. Dann wandte sie sich wieder an Salvo.

»Eine On-Off-Beziehung also?«

»Ehrlich gesagt war es wesentlich komplizierter.« Salvo hob seine Tasse zum Mund, bemerkte aber, dass sie leer war. Er deutete dem Kellner, noch einen Espresso zu bringen. »Wir waren sogar verheiratet, wussten Sie das?«

»Nein«, hauchte Rosina ehrlich betroffen. »Dann sind Sie jetzt Witwer? Das tut mir leid!«

Salvo winkte ab. »Seit einem Monat wieder geschieden.«

»Warum das?«, platzte ich heraus.

»Wir haben uns auseinandergelebt. Die Luft war einfach draußen.«

Rosina nickte verständnisvoll. Mit gescheiterten Beziehungen kannte sie sich aus. »Hat Ornella nach der Scheidung versucht, wieder Kontakt zu ihrem Großvater aufzunehmen?«

Salvo schüttelte den Kopf. »Das hätte nicht funktioniert. Ornella konnte mit der Art und Weise, wie Eugenio seine Familie behandelte und die Firma führte, nichts anfangen.«

Wusste Rosina alles schon. Sie nickte ungeduldig. »Ich frage mich, ob das Gutachten aus einem bestimmten Grund erstellt worden sein könnte. Ich meine …« Wieder brummte ihr Smartphone. Rosina blickte kurz auf das Display und drückte dann genervt die Aus-Taste. »Wem könnte es nützen?«

Salvo zuckte die Schultern. »Eugenio war immer besorgt, dass eine seiner Enkeltöchter wie ihre Mutter Lucia endet.«

Rosina dachte an die schmächtige Gestalt im Rollstuhl.

Der Kellner servierte Espresso. Salvo versenkte zwei Zuckerwürfel in der schwarzen Flüssigkeit und ließ seinen Löffel in der Tasse kreisen. »Wer hat dieses Gutachten überhaupt erstellt?«

»Dottore Fontanelli.«

Salvo hielt in der Bewegung inne. »Fontanelli?«

Rosina nickte bestätigend. »Polizeiarzt und gerichtlich beeideter Gutachter. Kennen Sie ihn?«

»Ich habe den Namen schon einmal gehört«, überlegte Salvo laut, »aber ich kann mich nicht erinnern, in welchem Zusammenhang.«

Die Skepsis in Rosinas Blick war unübersehbar. Dottore Fontanelli war Gast auf Biancas Hochzeit gewesen, musste also seit Jahren in Verbindung zu den Ronchettis stehen. Wenn Salvo und Ornella seit Jahren Tisch und Bett teilten, war ihm der Name bestimmt geläufig. »Er muss Ornella jedenfalls gut gekannt haben«, sagte Rosina langsam, »wie hätte er sonst ihre Psyche beurteilen können?«

Eine Gruppe Rucksacktouristen betrat die Bar. Lärmend und Sessel rückend suchten sie nach dem idealen Sitzplatz. Erleichtert, endlich der Hitze entkommen zu sein, fächelten sie sich mit den Speisekarten der umliegenden Tische Luft zu.

»Ich habe das Gutachten nicht gesehen«, kam Rosina wieder auf das eigentliche Thema zurück. »Aber falls es tatsächlich existiert, gehe ich davon aus, dass Eugenio das in Auftrag gegeben hat.«

»Möglich« überlegte Salvo. »Um einen Familienbetrieb zu führen, braucht es einen wachen Geist und eine harte Hand, das war einer seiner Lieblingssprüche. Mit einem Gutachten wollte er vielleicht ausschließen, dass Ornella nach seinem Tod Firmenanteile erbt.«

»Wäre das denn jemals infrage gekommen? Soweit ich weiß, hat Ornella sich vom Ölgeschäft distanziert.«

Salvo schleckte den Löffel ab und kippte den Espresso in einem Zug hinunter. »Im Prinzip ist alles geregelt. Bianca soll einmal die Firma übernehmen. Nur: Eugenios Sohn ist vor Jahren spurlos verschwunden.«

»Der Bootsunfall?«, hakte Rosina nach.

»Nennen wir es so. Wenn Personen verschwinden und nicht mehr auffindbar sind, weder tot noch lebendig, kann man sie nach ein paar Jahren für tot erklären lassen.«

»Ist mir bekannt«, sagte Rosina unruhig. »Und?«

»In zwei Wochen ist es auf den Tag genau sieben Jahre her, dass Dario über Bord gegangen ist. Nach derzeitigem Stand der Dinge ist er Eugenios direkter Erbe. Aber wenn Eugenio seinen Sohn offiziell für tot erklären lässt, ändert sich die Erbfolge.«

Rosina verstand. Ihr Gesicht hellte sich auf. »Das heißt, Eugenios Firmenanteile gehen nach seinem Tod an Ornella und Bianca! Es sei denn …«

»Dario taucht innerhalb der nächsten zwei Wochen wieder auf«, schaltete ich mich ein, nur um auch einmal etwas gesagt zu haben.

Salvo nickte in meine Richtung. »Was allerdings sehr unwahrscheinlich ist. Die Küstenwache hat damals das gesamte Gebiet durchkämmt. Einer seiner Schuhe wurde zwar an Land gespült, aber seine Leiche war unauffindbar.« Er wandte sich wieder an Rosina. »Sie sagten vorhin etwas von einem Termin bei der Polizia di Stato?«

Rosina seufzte. Salvo hatte Wort gehalten, also war sie jetzt dran und musste liefern.

»Ich war heute Vormittag am Posten in Arco«, begann sie und überschlug die Beine. »Das Gespräch war schnell erledigt. Nur ein paar Routinefragen, weil ich vorgestern bei Biancas Hochzeit war.« Definitiv nicht die ganze

Wahrheit. Eher ein Highlight, das Rosina herausgepickt hatte, aber Salvo sprang sofort darauf an.

»Sie waren eingeladen?« Seine Augen weiteten sich.

»Dann waren Sie dabei, als Ornella gestorben ist?«

»Nicht direkt«, wich Rosina aus. »Ornella war schon tot, als ich sie gesehen habe.« An ihrem Gesichtsausdruck erkannte ich, dass sie Salvo die Details ersparen wollte. Das Bild vom Ast, der sich in Ornellas Oberkörper gebohrt hatte, würde sie ihm nicht zumuten. Es hatte ihr den Schlaf geraubt.

»Ich konnte mich nicht einmal von ihr verabschieden«, flüsterte Salvo tonlos. »Seit unserer Schulzeit hat Eugenio versucht, uns auseinanderzubringen. Jetzt hat er es doch geschafft.«

Das klang etwas kryptisch, fand ich. Rosinas Blick verriet mir, dass sie ähnlich dachte. »Wie haben Sie überhaupt von Ornellas Tod erfahren?«, fragte sie Salvo. »Hat Eugenio Sie informiert?«

»Eugenio hat mich gehasst.« Salvo schnaubte. »Ein guter Freund von mir arbeitet bei der Polizei hier in Arco. Er hatte gestern Abend Dienst und heute früh bei mir angerufen. Aber da war Ornella schon beim Bestatter und der Sarg verschlossen.«

Rosina biss sich auf die Lippen. Sie hatte ihn schonen wollen, aber wahrscheinlich wusste Salvo bereits über den Zustand von Ornellas Leiche Bescheid. Aus erster Hand, sozusagen.

»Wo finde ich Sie, falls ich noch Fragen habe?«

»Via Cappello 21, Verona.« Salvo kramte eine Visitenkarte aus seiner Geldtasche und reichte sie Rosina.

Ich kannte die Adresse. Bei einem Schüleraustausch war ich in Verona verloren gegangen und hatte stundenlang nach dem Treffpunkt gesucht. »Das Haus mit dem Julia-Balkon?

»Das ist Nummer 23. Ich wohne im Haus daneben.« Rosina schien nicht im Mindesten beeindruckt. Sie legte die Summe für Focaccia und Getränke auf den Tisch und nickte Salvo kurz zu. »Danke für Ihre Zeit. Früher oder später laufen wir uns sicher wieder über den Weg.« Und an mich gewandt: »Gehen wir?«

Zwei der Rucksacktouristen drehten sich nach Rosina um, als sie elegant zum Ausgang stöckelte. Ich dagegen stolperte über eine Hundeleine, wehrte einen kleinen Kläffer ab und fing mich gerade noch, bevor ich mit einem Kellner zusammenstieß. Rosina hatte die Bar bereits verlassen und ihre riesige Sonnenbrille aufgesetzt, blieb aber vor der Tür stehen und dachte angestrengt nach.

»Hast du etwas vergessen?« Ich blinzelte im Sonnenlicht.

»Allerdings.« Nämlich eine Frage, die sie schon längst hatte stellen wollen. Rosina kehrte in die Bar zurück und steuerte direkt auf Salvo zu.

»Wenn Sie nicht auf der Hochzeit waren; wer könnte ein totes Rotkehlchen neben Ornella abgelegt haben?«

9. KAPITEL

Erzählt von Müdigkeit, von Fabrikräumen und Wurzeln. Es geht um Zypressen, Eros Ramazzotti und die Angst vor dem Leben. Außerdem um den Jagdinstinkt, um Trauer, Etuikleider und noch einmal um Sneakers. Ich werde verdrängt, explodiere und habe den Wagen vollgetankt. Rosina ist nicht zu bremsen.

Auf der Fahrt zurück nach Riva sprach Rosina kein einziges Wort. Sie quetschte ihre Hochsteckfrisur in den Helm, hielt sich an die Geschwindigkeitsbegrenzungen und überholte nicht einmal die Ape, die sich vor uns die Via Santa Caterina entlang quälte. Als sie mich in Riva vor meiner Werkstatt absetzte, wirkte sie müde und erschöpft. Aller Elan war verpufft. So konnte ich sie unmöglich in den Abend schicken. Mit gemischten Gefühlen stieg ich von der Vespa und kramte nach meinem Schlüssel. Nach diesem durch und durch verkackten Tag fühlte es sich irgendwie falsch an, in meine Werkstatt zurückzukehren und einfach weiterzuarbeiten. Dort warteten sowieso nur Reparaturen, schmutzige Fenster und meine eigene Verzweiflung auf mich.

»Danke, dass du heute dabei warst.« Rosina umarmte mich und hauchte mir Küsschen links und rechts auf die Wange. Keine Frage, sie war nervlich am Boden. Höchste

Zeit für unser Ritual, das Rosina schon Dutzende Male aus den Tiefen des seelischen Elends gezogen hatte. Ich stieß sie sanft mit dem Ellbogen in die Seite.

»Lust auf einen *Ramazzotti Rosato* im Garten?«

Rosina schüttelte den Kopf. »Nein danke, ich bin hundemüde.«

Die berühmte erste Ablehnung; kannte ich schon. Rosina wollte gebeten werden. »Willst du mir nicht erzählen, was du von Salvo und der ganzen Sache hältst?«

Sie seufzte zentnerschwer. »Ich will nur noch eine Tasse Kräutertee und dann ist Bett. Mach's gut, Cara!«

Sie startete die Vespa. Ohne zu überlegen, sprang ich wieder auf.

Durch das Ungleichgewicht kam Rosina ins Schlingern und würgte die Vespa wieder ab. »He«, protestierte sie, »spinnst du?«

Ich blieb stur sitzen. »Wie lange kennen wir uns? Du schlägst nie einen *Ramazzotti Rosato* aus! Den Kräutertee nehm ich dir jedenfalls nicht ab.«

Sie schnaubte genervt und drehte wieder am Gas. Als Sternzeichen Stier konnte sie zwar eine loyale und warmherzige Freundin sein, aber eben auch besitzergreifend und eifersüchtig, wenn man sie reizte. Ornellas Begräbnis hatte sie belastet, keine Frage, aber jetzt hatte der Jagdinstinkt die Trauer verscheucht. Sie brauchte mich nicht mehr. Mein Status war von »starke Schulter« auf »Klotz am Bein« zusammengeschrumpft. Rosina ließ den Motor aufheulen.

»Und wenn ich dich da, wo ich jetzt hinwill, nicht brauchen kann?« Der Satz kostete sie größtmögliche Selbstbeherrschung.

»Vielleicht bist du da, wo du jetzt hinwillst, noch ganz froh um Begleitung?« Eine Frage, mit der ich mich selbst überrumpelte. Ich weiß wirklich nicht, was mich in diesem Moment geritten hat. Abenteuerlust gehört eigentlich nicht zu meiner Basisausstattung, zumal ich gerade erst die Fahrt nach Arco und meine Todesangst verdaut hatte. Aber ich spürte, dass Rosina mich brauchte. Vielleicht *wünschte* ich mir auch nur, dass sie mich brauchte. Egal. »Wir sind jetzt ein Team«, schrie ich gegen den Motorenlärm an und krallte mich wieder in ihr Kleid. Und obwohl ich ihr Gesicht nicht sehen konnte, wusste ich, dass sie lächelte.

Wir zwei also direttissima ins Wagnis beziehungsweise ins Verderben, wer konnte das sagen. Ein kurzer Umweg musste dann allerdings doch sein: Bevor wir zum zweiten Mal an diesem Tag Arco anpeilten, machte Rosina bei ihrem Wohnmobil Halt. Sie tauschte Etuikleid und Pumps gegen Jeans, T-Shirt und Sneakers. Schräg über ihrer Schulter hing die große Umhängetasche, die ich ihr zum letzten Geburtstag angefertigt hatte. Sie kurbelte die Markise beim Wohnmobil ein, verstaute Tisch und Sessel im Inneren und verdunkelte die Fenster.

»Es ist doch einiges an Material, das ich von der Baustelle hierher transportieren sollte«, überlegte sie laut. »Vielleicht ein bisschen zu viel für die Vespa.«

»Soll heißen, wir fahren idealerweise mit meinem Lieferwagen?«, schlussfolgerte ich, und Rosina nickte. »Danke dir!«

Ich holte also meinen alten VW-Bus vom Parkplatz, denn vor meiner Werkstatt in der Via Fiume ist dafür kein Platz. Erst dann machten wir uns auf den Weg zum Landgut der Ronchettis.

Rosina wollte so schnell wie möglich ihr Werkzeug aus der Villa holen, bevor es womöglich entsorgt wurde. Eugenio hatte unmissverständlich klargemacht, dass ihre Arbeit in seinem Haus beendet war. Mit weiteren Aufträgen von seiner Seite konnte sie wohl nicht mehr rechnen.

»Und du bist sicher, dass du so einfach aufkreuzen kannst?«

Ich fühlte mich unwohl bei dem Gedanken, in eine trauernde Familie hineinzuplatzen. Immerhin war Ornellas Begräbnis erst ein paar Stunden her. Rosina wischte meinen Einwand weg. Sie sah das pragmatischer.

»Was bleibt mir denn anderes übrig? Das Fresko ist noch lange nicht fertig restauriert, und unter diesen Umständen wird sich daran auch nichts mehr ändern. Eugenio hat mir quasi gekündigt. Ich will nur mein Werkzeug zurück und wieder abhauen. Außerdem liegt mein Skizzenbuch noch auf dem Gerüst. Habe ich blöderweise dort vergessen. Was Eugenio ab jetzt mit seinen Gemälden vorhat, ob er das Gerüst abträgt oder stehen lässt, ist mir egal. Nicht mehr mein Kaffee.«

Meiner eigentlichen Frage war sie geschickt ausgewichen. »Solltest du nicht wenigstens ankündigen, dass du kommst?«

Rosina antwortete nicht. Und ich hatte plötzlich den üblen Verdacht, dass es bei dieser Fahrt um mehr als nur Werkzeug ging.

Das Anwesen der Ronchettis lag inmitten von Olivenhainen, nur einen Steinwurf vom Burgfelsen Arco entfernt. Eine verwunschene Villa abseits des Straßennetzes,
hellgrün getüncht mit grauen Fensterläden, üppig einge-
rahmt von blau blühendem Hibiskus und Oleanderbü-
schen. Im Laufe der Jahre war hier ständig modernisiert
und erweitert worden, hatte Rosina auf der Fahrt erzählt.
Nicht alle Umbauten hatten dem Gesamtbild optisch gutgetan; es wirkte nicht stimmig. Die einzelnen Bauten schienen einander die Show stehlen zu wollen. Anscheinend
stammte der Wohntrakt aus dem 17. Jahrhundert. Fabrik-
räume, Büros und der Hofladen waren in einem modernen
Anbau untergebracht, der durch einen verglasten Gang mit
dem Haupthaus verbunden war. Die Erntegeräte standen
in separaten Garagen unter Verschluss; Eugenio wollte
wohl keinen weiteren Angriff von Tierschützern auf sein
Eigentum riskieren.

Ich war fasziniert und fühlte mich zugleich unwohl, als
wir uns der Villa näherten. Sie hatte ihren Bewohnern bis
jetzt kein Glück gebracht. Ich hoffte inständig, dass das
schlechte Karma dieses Hauses nicht auf seine Besucher
abfärben würde.

»Lass den Wagen hier stehen!«, bat mich Rosina und
deutete auf eine ausladende Zypresse.

»So weit vom Eingang entfernt? Ist das nicht unprak-
tisch? Ich dachte, du musst so viel Zeug schleppen.«

»Der Platz hier ist ideal«, erwiderte sie knapp und wartete, bis ich in die kleine Nische zwischen einer Steinmauer
und einer Hecke eingeparkt hatte.

»Schämst du dich etwa für den alten VW?«, maulte ich

und sperrte den Wagen ab. Über meinen Bulli ließ ich nichts kommen.

»Jetzt sei nicht so empfindlich!« Rosina schüttelte tadelnd den Kopf und steuerte auf die Villa zu. Ein massives Tor ragte weithin sichtbar auf. Die Schatten der Nachmittagssonne ließen es noch größer erscheinen. Verglichen zur blumenumrankten Villa wirkte das Tor wie ein mürrischer Türsteher, der ungebetene Gäste abwimmelt. *Einschüchternd* war das erste Wort, das mir dazu einfiel. Geschmiedete Olivenzweige rankten sich um schwere Verstrebungen, die Buchstaben E und R waren in das Gitter eingearbeitet und golden hervorgehoben. Eine Kameralinse schwenkte in unsere Richtung und starrte uns feindselig an.

»Endstation!«, flüsterte ich Rosina zu und deutete auf die Überwachungskamera.

»Angsthase!«, konterte sie und zog einen Schlüssel aus ihrer Umhängetasche. Das kleine, beinahe zierliche Durchgangstor, vor dem Rosina stand, fiel mir erst jetzt auf. Es war in das riesige Tor eingearbeitet und für alle gedacht, die zu Fuß zur Ronchetti-Villa wollten. Rosina schloss es auf.

»Komm schon, oder willst du Wurzeln schlagen?«

Sie wedelte ungeduldig mit der Hand. Ich schlich durch das Tor. »Du hast einen Schlüssel?«

»Schon seit Jahren.« Rosina grinste vergnügt und genoss meine Überraschung. »Es waren Hunderte Arbeitsstunden, die ich hier verbracht habe. Irgendwann hat Eugenio mir einen Schlüssel gegeben, damit ich nicht ständig anläuten musste, wenn ich für Restaurationsarbeiten herkam. Ich konnte kommen und gehen, wann ich wollte. Sehr praktisch.«

Das passte so gar nicht zum Eindruck, den ich von Eugenio hatte. »Und er hat den Schlüssel nicht wieder einkassiert?« Irgendwo war bestimmt ein Haken, ich kannte Rosina gut genug.

»Nicht direkt.« Sie schloss das Tor hinter mir und hielt auf das Haupthaus zu.

»Was soll das heißen, nicht direkt?«, zischte ich. Ich hatte Mühe, mit ihr Schritt zu halten. Der Weg war mit grauen Pflastersteinen im Versatz ausgelegt. Ein Mähroboter arbeitete sich leise surrend über den makellosen Rasen.

»Das soll heißen, dass er noch nicht danach gefragt hat!«

Rosina ignorierte den Haupteingang und bog rechts ab, zur Rückseite der Villa, wo der Olivenhain begann.

»Das Fresko, an dem ich zuletzt gearbeitete habe, ist im Südtrakt«, murmelte sie gedämpft und ging dicht an der Hausmauer entlang. »Durch den Nebeneingang kommen wir schneller ans Ziel.«

»… und müssen nicht durch das ganze Haus und an der Familie vorbei!«

Eine knorrige Stimme, direkt vor uns. Rosina blieb ruckartig stehen. Eine hagere Gestalt versperrte uns den Weg. Ein Mann mit ledriger Haut und Arbeitsschürze. Ich schätze ihn auf knappe achtzig Jahre; wahrscheinlich das Urgestein im Hause Ronchetti. Bestimmt hatte er schon unter Eugenios Vater im Betrieb gearbeitet. Unter dem Arm trug er eine Holzkiste, ähnlich einer alten Schublade, aus der Pinsel und Farbtuben ragten.

»Gianni!« Rosina atmete tief durch und lachte dann

erleichtert. »Haben Sie mich erschreckt! Wie geht es Ihnen? Wir haben uns ewig nicht mehr gesehen!« Sie strahlte den alten Mann an. Ich überlegte, welche Funktion Gianni innehatte; vielleicht ein Erntehelfer? Oder der Hausmeister? Im Gegensatz zum Hausherrn schien Rosina den drahtigen Riesen wirklich zu mögen. Auf Zehenspitzen küsste sie ihn zur Begrüßung. Die Freude war einseitig; Gianni lächelte steif.

»Gianni, das ist meine Freundin Cara. Cara, das ist …«

»Ich soll Ihnen das hier geben, Signora Gamper«, schnitt Gianni ihr das Wort ab. Er hielt Rosina ein schwarzes Notizbuch entgegen, aus dem zwei Stoffbändchen lugten. Einige lose Zettel steckten darin, ein Gummiband hielt alles zusammen.

Etwas überrumpelt von Giannis kühlem Gehabe starrte Rosina ihn einen Moment an. Zögernd, als wisse sie nicht, was sie damit anfangen sollte, griff sie nach der schwarzen Kladde.

»Mein Notizbuch!«, rief sie schließlich und presste es an die Brust. Irgendetwas lief hier falsch. Trotz Nachmittagshitze war die Stimmung frostig.

»Ich nehme an, Sie sind hergekommen, um danach zu fragen?«, schnarrte Gianni.

»Genau.« Rosina hielt seinem bohrenden Blick stand, ganz und gar Pokerface. In solchen Momenten bewundere ich sie ja. Lügen, ohne mit der Wimper zu zucken, würde bei mir nie funktionieren.

Gianni wiederum wirkte nicht wie jemand, den man ungezwungen nach herumliegendem Werkzeug fragen wollte. Eine senkrechte Falte zwischen seinen Augenbrauen ließ ihn unfreundlicher erscheinen, als er vielleicht war. Das sonnenverbrannte Gesicht war von tiefen Furchen durchzogen. Trotz seiner schmalen Gestalt nahm er den Raum am schmalen Kiesweg komplett ein. Er rührte sich nicht von der Stelle.

»Woher wussten Sie, dass ich komme?«

»Die Kameras«, antwortete Gianni knapp und deutete auf ein Gerät an der Hausmauer und jenes, das uns am Eingang aufgefallen war.

»Signor Ronchetti hat mich beauftragt, Ihnen Ihr Werkzeug auszuhändigen, sobald Sie das Grundstück betreten.« Er musterte die Holzkiste, die er immer noch unter dem Arm trug, als müsse er sich vergewissern, dass er auch die richtige erwischt hatte, und reichte sie Rosina.

»Was für ein Service«, sagte sie säuerlich«, dann spare ich mir ja den Weg ins Haus!«

Gianni überhörte den Sarkasmus. »Wenn ich um den Schlüssel bitten dürfte, Signora Gamper!« Er streckte die Hand aus.

»Das ist nicht Ihr Ernst, Gianni!«, jammerte Rosina, »wo wir uns schon so lange kennen!«

»Tut mir leid, Signora Gamper, ich mache nur meinen Job.«

Gianni hielt Rosina immer noch seine hohle Hand hin.

»Gib ihm den Schlüssel, verdammt!«, zischte ich im Hintergrund.

»Jaja, schon gut«, grantelte Rosina und fischte den kleinen Schlüsselbund aus ihrer Hosentasche und legte ihn in Giannis Hand. »Wenn Eugenio Sie schon als reitenden Boten schickt, dann richten Sie ihm bitte etwas, ja?«

Gianni steckte den Schüssel ein und verzog keine Miene. »Salvo Manzone ist nicht interessiert!« Für einen kurzen Moment huschte Überraschung über das runzlige Gesicht. Gleich darauf hüstelte Gianni, wie um sich selbst zu erinnern, dass er nicht die Fassung verlieren durfte.

»Ich begleite Sie und Ihre Freundin noch zum Tor, Signora Gamper«, sagte er schließlich und drängte uns zum Ausgang. »Vai con dio, ma vai!«

»Was hat er gesagt?« Ich nahm Rosina die Holzkiste ab und beeilte mich, zum Tor zu kommen. Rosina hielt das Notizbuch fest umklammert und blickte finster.

»Er hat gesagt ›geh mit Gott, aber geh!‹«

Wir saßen wieder im Bulli. Rosina hatte kurz den Inhalt der Holzkiste kontrolliert und das schwere Ding dann im Laderaum festgezurrt. Jetzt saß sie auf dem Beifahrersitz und verstaute das Notizbuch in ihrer riesigen Tasche. Sie starrte auf das metallene Tor der Ronchettis.

»Was hast du vorhin gemeint mit ›Salvo ist nicht interessiert‹?«

»Siehst du gleich!« Ihr Gurt klickte. »Es geht gleich los, schnallst du dich bitte auch an, Cara?«

»Heißt das, wir fahren zurück nach Riva?« Ich riss übellaunig an meinem Gurt, steckte den Schlüssel in die Zündung und startete den Motor. Am Beifahrersitz nur Schweigen.

»Hallo? Erde an Rosina? Anweisungen, bitte!« Aber nichts. Ich wendete den Wagen und touchierte eine der Zypressen. »Verdammtes Grünzeug!«

Mit dem Gleichmut eines Zenmeisters dozierte Rosina: »La pazienza è la virtù dei forti!«

Was so viel heißt wie: Geduld ist die Tugend der Starken. Musste sie gerade sagen! Auf der Liste der Dinge, die ich hasse, stehen Rätsel und Geheimnisse ziemlich weit oben. Aber Platz eins geht definitiv an Klugscheißer. Ich schnaubte, in meinem Bauch dampfte die Wut wie zu heißes Olivenöl. Und dann legte ich los.

»Deine Weisheiten kannst du dir sonst wohin stecken! Ernsthaft, Rosina, was denkst du dir eigentlich dabei? Glaubst du, du kannst mich herumkommandieren, wie es dir passt? Musst du gar nicht, ich tanze ja sowieso nach deiner Pfeife! Du wünschst dir moralische Unterstützung am Friedhof – ich bin zur Stelle! Du brauchst eine halbe Ewigkeit, um Salvo auf den Zahn zu fühlen – ich warte geduldig. Bei deinem Höllenritt auf der Vespa habe ich mit meinem Leben abgeschlossen, aber hey, egal, mit mir kann man's ja machen! Wir nehmen meinen Wagen, um deinen Kram zu transportieren – warum nicht? Alles kein Problem, Rosina, wirklich, ich bin gern für dich da, aber bitte: SAG MIR, WAS DU VORHAST!« Ich schlug mit der Hand aufs Armaturenbrett. »Sonst kann ich nämlich nicht garantieren ...«

Ein dunkler Wagen brauste an uns vorbei Richtung Hauptstraße.

»Los!« Rosina griff mir ins Lenkrad und lenkte den Bulli scharf nach links. Liebe ich ja, so etwas.

»Sag mal, geht's noch?«

»Das ist Eugenio!«

»Woher ...«

»Verdammt, Cara, gib Gas!«

Ich rührte mich nicht. Schockstarre. Rosina löste ihren Gurt und hechtete auf mich zu.

»Vaffanculo, Cara, wir verlieren ihn!«

Sie stieg aus, knallte die Beifahrertür zu und stampfte um den Bulli herum. Noch bevor ich protestieren konnte, riss sie die Fahrertür auf und schubste mich auf den Beifahrersitz. Der Motor starb röchelnd ab, als mein Fuß den Kontakt zum Gaspedal verlor.

»Mach Platz!«

Ich schnappte nach Luft wie eine Gardaseeforelle am Trockenen.

»Anschnallen!«

Spiegel richten, Schlüssel drehen, Kupplung treten, Gas geben. Rosina war eins mit meinem Auto. »Ist der Tank voll?«, schrie sie. Wie in einem drittklassigen Road-Movie. Ich nickte nur. Rosina trat das Gaspedal durch. Der Motor röhrte verzweifelt auf, Kies knirschte unter den Reifen, eine riesige Staubwolke hüllte den Bulli ein. Zum zweiten Mal an diesem Tag. Für Sekundenbruchteile dachte ich an den Campingplatz am Ledrosee und an Lukas, aber das Gerumpel über Schotter und tiefe Schlaglöcher holte mich zurück ins Hier und Jetzt. Rosina heizte mit meinem alten Lieferwagen Richtung Hauptstraße, dem dunklen Wagen nach. Die Beschleunigung drückte mich in den Sitz, reflexartig wanderte meine Hand zum Haltegriff. Was Rosina trotz Rallye-Modus nicht entging.

»Du und deine ewige Angst vor dem Leben!« Sie schüttelte den Kopf. »Das ist ein Lieferwagen und kein Maserati!«

»Eben.« Ich atmete gegen die Übelkeit an, die sich schon wieder breitmachte. Im Kern hatte Rosina recht: Ich hatte tatsächlich Angst. Aber eben auch schlechte Magenschließmuskeln. Italiens Faible für Kreisverkehre und Rosinas Fahrstil machten die Sache nicht besser: Sie nahm einem Lkw die Vorfahrt, driftete zur Abzweigung, verfehlte sie, drehte eine Extrarunde und bog dann auf die Viale Rovereto ein.

Ich krallte mich wimmernd am Haltegriff fest. Der dunkle Wagen variierte das Tempo. Mal war er in Sichtweite, kurz darauf preschte er auf der Überholspur nach vorn. Wir fielen zurück.

»Versucht der gerade, uns abzuhängen?«

»Den erwisch ich!«, zischte Rosina. Ihre Kiefer mahlten. Trotz Gegenverkehr überholte sie einen Lkw, wich im letzten Moment einem Jeep aus und wechselte dann wieder auf die rechte Spur. Ich starrte konzentriert auf die Straße. »Da vorne ist er!«

»Hab ich doch gesagt!«

Rosina hielt mir die rechte Hand zum Abklatschen hin. Dann lehnte sie sich zufrieden im Sitz zurück und drehte das Radio auf. Sicherheitshalber hielt sie sich zwei Autos hinter Eugenio.

»So, jetzt können wir reden«, sagte sie entspannt, »wir haben noch circa eine Stunde Fahrt vor uns.«

Mein Magen rebellierte noch immer, die gefüllte Focaccia klopfte an der Speiseröhre an. Ich hielt mir die Hand vor den Mund.

»Fenster auf und tief durchatmen!«

Ich nickte, kurbelte das Fenster nach unten und hielt

mein Gesicht in den Fahrtwind. Irgendwann verebbte die Übelkeit.

Aus dem Radio dudelte Musik. Rosina hatte *Radio Ottanta* aufgedreht; ein Sender mit Fokus auf die Hits der 8oer und 9oer. Gerade lief »Fuoco Nel Fuoco« von Eros Ramazzotti.

La notte sembra perfetta
Per consumare la vita io e te.
C'e un bisogno d'amore, sai
Che non aspetta.

Die Nacht scheint perfekt, um das Leben zu genießen. Diese eine Textzeile verhakte sich in meinem Kopf. Das Leben genießen – wann hatte ich das zuletzt getan? Rosina hatte recht; Ich sollte meine Ängste ablegen und nehmen, was kommt. Die Liebe, zum Beispiel. Amore und *Mediterranità*.

Ich kurbelte das Fenster wieder nach oben. Laut Schild am Straßenrand waren wir Richtung Modena und Verona unterwegs.

»Also? Wohin geht die Reise?,« fragte ich mit Blick auf die Tankanzeige. Rosina hatte einen guten Tag erwischt; normalerweise kratzte die Nadel im Reservebereich herum.

»Und warum hast du heute zwei Anrufe weggedrückt?«

Ich fixierte sie von der Seite. Diesmal würde ich keine Ausflüchte akzeptieren.

»Das eine hat mit dem anderen nichts zu tun!«

»Ist mir schon klar, aber ich will auf beides eine Antwort! Mit allen Details, con tutto! Womit du anfängst, ist mir egal.«

10. KAPITEL

Erzählt von Körpersprache, von Funkstille, Vorwürfen und Olivenbauern. Rosina meint es nicht so, erzählt von Kunstgeschichte und dem letzten Abendmahl. Wir driften ab Richtung Road-Movie, fahren zu schnell und reden viel. Es geht um Funktionskleidung, Schattendasein und Tourismus

Ich hatte es geahnt. Natürlich waren es Marios Anrufe gewesen, die Rosina weggedrückt hatte.

»Aber warum?«, rief ich verständnislos, als sie es mir erzählte. Wir folgten dem dunklen Wagen auf der A22.

»Vielleicht wollte er dir nur sagen, dass er gut in London angekommen ist! Oder dass der Flug Verspätung hat, irgendetwas Belangloses, was weiß ich!«

»Vielleicht wollte er mir aber auch Vorwürfe machen wegen dem feschen Polizeiarzt? Oder Besitzansprüche stellen?«

»Warum sollte er?«, konterte ich.

»Ich weiß auch nicht.« Rosina schwieg einen Moment. »Irgendetwas stimmt zwischen den beiden nicht«, überlegte sie laut. »Marios Blick, als er mich auf Biancas Hochzeit neben Dottore Fontanelli sitzen gesehen hat: Das war Eifersucht, ganz klar. Ich kann mich täuschen, aber mein

Gefühl sagt mir, dass Mario und dieser Dottore Fontanelli schon miteinander zu tun hatten. Die haben sich bei Biancas Hochzeit nicht zum ersten Mal gesehen!«

»Was macht dich so sicher?«

Kurzer Seitenblick von Rosina. »Körpersprache, Blicke, das ganze Gehabe.« Sie seufzte. »Jedenfalls hatte ich keine Lust auf Eifersüchteleien am Telefon, also bin ich nicht rangegangen. Außerdem war ich beschäftigt.«

»Ruf ihn an«, sagte ich mit Nachdruck, »vielleicht ist alles ganz anders, als du denkst!«

»Interessant, dass gerade du das sagst.«

Touché! Ich starrte aus dem Fenster. Zu diesem Zeitpunkt ahnte ich nicht, wie angespannt die Lage zwischen Rosina und Mario tatsächlich war. Denn statt eines gemeinsamen Fotos, das sie Mario schicken wollte, hatte Rosina eine Textnachricht auf die britischen Inseln geschickte. Eine Nachricht die sie vor Tagen getippt und als Entwurf gespeichert hatte. »Was glaubst du eigentlich, wer du bist? Ich habe dich bei mir aufgenommen, als du Hilfe brauchtest, ohne Misstrauen oder Vorbehalte. Und du? Wirst eifersüchtig, wenn ich mich mit anderen Männern unterhalte? Glaub ja nicht, du hättest Besitzansprüche wegen dieser einen Nacht!«

Tja, und seitdem herrschte endgültig Funkstille. Rosina nahm sich zwar vor, sich bei Mario zu entschuldigen, schließlich hatte sie die Nachricht getippt, als sie stinksauer auf ihn gewesen war. Aber unangenehme Dinge schob sie gern auf die lange Bank und irgendwann, stelle ich mir vor, war Moment für ein klärendes Gespräch verstrichen. Aber wie gesagt: das wusste ich zu jenem Zeitpunkt noch nicht.

»Wohin fahren wir eigentlich? Kannst du mir das bitte endlich verraten?«

»Verona.« Rosinas Antwort war einsilbig; offenbar hatte ich an einem sensiblen Thema gekratzt. Mario ging ihr tatsächlich tiefer unter die Haut, als ich vermutete.

»Weiß Mario von deinem Termin bei der Polizei?«

»Nein, wann hätte ich ihm davon erzählen sollen? Wie gesagt: Ich war beschäftigt!« Rosina sah in den Rückspiegel und trommelte mit den Fingern aufs Lenkrad. »Außerdem ist *er* ja abgehauen, ohne sich zu verabschieden.«

Das klang jetzt nach Vorwurf, fand ich, schwieg aber. Mehr gab es von ihrer Seite zu dem Thema nicht zu sagen, so gut kannte ich Rosina. Vielleicht musste sie sich selbst erst über ihre Gefühle zu Mario klar werden. Aber wer war ich schon, ihr Beziehungstipps zu geben?

»Glaubst du, Ornellas Tod hatte etwas mit der Firma zu tun?«, schwenkte ich um.

»Das habe ich mich auch schon gefragt. Warum hätte Salvo sonst die Sache mit der Erbfolge erwähnen sollen?«

»Vielleicht gibt es einige Dinge über Ornella, die du nicht weißt?«, fragte ich vorsichtig. »Also, nicht so ganz genau?«

Rosina schwieg und starrte geradeaus. Auf *Radio Ottanta* feuerte eine Männerstimme knatternde Wortsalven auf die Zuhörer ab.

Rosina beugte sich zu meinem vorsintflutlichen Autoradio und drehte es ab. »Manchmal hab ich mir vorgestellt, dass Ornella und ich tatsächlich verwandt wären.«

Sie wischte sich mit dem Handrücken über die Augen und zog die Nase hoch. Ich wusste nicht, was ich sagen sollte.

»Und irgendwann steckt man so tief drin im Wunschdenken«, schniefte sie, »dass man nur mehr das Positive am anderen sieht. Alles andere blendet man aus.« Sie straffte sich ein wenig, strich eine Haarsträhne aus der Stirn und lächelte tapfer.

»Aber Ornella war eben nicht *meine* Tochter, sondern das Kind von Lucia Ronchetti.« Rosina hatte noch nie viel für Selbstmitleid übrig gehabt. Auch etwas, worum ich sie beneidete: diese Fähigkeit, alle Unbill schnellstmöglich abzuschütteln wie einen Wintermantel im Frühling.

»Also, um deine Frage zu beantworten: Ich habe Ornella während unserer gemeinsamen Zeit wirklich gut kennengelernt. Aber es gibt bestimmt vieles, wovon ich nichts weiß.«

»Dass sie und Salvo geschieden waren, zum Beispiel.«

Rosina schüttelte nachdenklich den Kopf. »Aus diesem Salvo werde ich sowieso nicht schlau«, sinnierte sie. »Hat er Ornella tatsächlich geliebt oder war sie nur sein Aushängeschild?«

»Aushängeschild?« Ich stand auf der Leitung. »Wofür?«

»Salvos Kampf gegen die Olivenbauern, natürlich. Zumindest gegen diejenigen, die mit ihrer Nachternte so viele Vögel auf dem Gewissen haben. Es muss doch eine unglaubliche Genugtuung für ihn gewesen sein, dass sich ausgerechnet die Enkeltochter seines erbittertsten Kontrahenten in ihn verliebt.«

»Möglich«, sagte ich gedehnt, »aber ich glaube, er hat Ornella tatsächlich geliebt. Die hängenden Schultern und der verzweifelte Blick am Grab, das war echt.«

Rosina sagte nichts, setzte nur den Blinker und nahm dieselbe Abzweigung wie Eugenio.

»Wie passt eigentlich die Inschrift auf dem Zettel zu dem Ganzen?«, fragte ich sie. »ORATE PRO PICTORA – das sind doch nicht wirklich die letzten Worte einer Selbstmörderin, oder?«

Rosina lachte kurz auf. »Natürlich nicht. Aber wahrscheinlich ist Ispettore Tomasi keine andere Erklärung dazu eingefallen.«

»Aber du weißt, woher der Satz stammt?«, fragte ich. Rosina bog auf die Strada statale ab, immer noch Eugenio Ronchetti auf den Fersen. »Sagt dir das *Letzte Abendmahl* etwas?« Ihre Stimme kippte in den Prüfungsmodus.

»Sicher«, sagte ich genervt, »Jesus mit den zwölf Aposteln am Tisch, letzter Abend vor dem großen Finale, Jesus sagt ›Einer von euch wird mich verraten‹.«

Ich seufzte und streckte meine Beine durch. »Verrätst du mir endlich, was das alles mit Ornellas Tod zu tun hat?«

»Also der Reihe nach«, Rosina atmete tief durch. »›Betet für die Malerin‹ bezieht sich auf ein Gemälde, konkret auf eine Version des *Letzten Abendmahls*. Der Satz ist mehr als 460 Jahre alt.

»Es ist also kein flehentlicher Aufruf, für eine arme Sünderin zu beten? Tomasi tappt im Dunkeln?«

Rosina nickte. »Nützt mir aber nichts, weil ich selber feststecke. Es gab in der Renaissance-Zeit eine Malerin, die ...«

»Kurzversion!« Ich machte mit den Händen das Time-out-Zeichen. »Ich dachte, das ist eine Verfolgungsjagd, keine Bildungsreise!«

»Ein bisschen kulturelle Bildung hat noch niemandem geschadet!«

»Aber es geht doch überhaupt nicht um Kunstgeschichte, sondern um eine Tote!«, beharrte ich.

»Wenn bei der Toten allerdings ein Zettel mit einer Inschrift aus dem 16. Jahrhundert gefunden wird, dann geht es doch um Kunstgeschichte!«

Man muss wissen, wann man verloren hat. Ich gab auf.

»Also gut.«

»Darf ich jetzt?« Rosina sah mich säuerlich von der Seite an. »*Letzte Abendmahle* gibt es viele. Etliche Künstler haben sich damit verewigt, das Motiv war lange Zeit quasi die Königsdisziplin der Malerei. Aber: Alle bekannten Versionen stammen von Männern. Vermutlich gibt es nur ein einziges ›weibliches‹ Abendmahl; eine Nonne hat es im Jahr 1560 geschaffen.«

»Okay.« Ich war relativ unbeeindruckt. »Eine Nonne malt ein christliches Motiv. Na und?«

Verglichen zu Rosina bin ich – was das Wissen um Kunst betrifft – simpel gestrickt. Sie hat Kunstgeschichte studiert, mir genügen Mona-Lisa-Kühlschrankmagnete.

»Plautilla Nelli, so hieß die Nonne, hat gemalt, obwohl sie es nicht durfte.«

Im Jahr 1524 wurde in Florenz Pulisena Margherita Nelli in eine wohlhabende Familie hineingeboren. Die Nellis blickten auf eine lange Tradition als Tuchmacher zurück, gehörten also zur wohlhabenden Florentiner Oberschicht. Trotzdem schickten sie, um sich die immense Summe für Hochzeitsfeier und Mitgift zu sparen, ihre Tochter Pulisena – und später auch deren jüngere Schwester – ins Kloster. Klingt hartherzig, war aber nicht unüblich zu jener Zeit. Fairerweise muss man sagen: Das Leben im Konvent hatte einen erheblichen Vorteil für Mädchen auf Lager. Sie genossen eine höhere Schulbildung als außerhalb der Klostermauern. Bereits mit 14 Jahren wurde Pulisena zur dominikanischen Klosterschwester und nannte sich fortan »Suor Plautilla«.

Es war die Zeit der großen Erfindungen und des künstlerischen Schaffens. Michelangelo, Tizian, Tintoretto und Botticelli waren nur einige der klingenden Namen – Florenz hatte sich zum Magneten für Maler und Bildhauer gemausert. Möglich machten das Mäzene und finanzkräftige Auftraggeber, und davon gab es reichlich in der toskanischen Stadt. Hier tummelte sich das *Who is Who* des damaligen Handels- und Finanzwesens, die ganze Stadt summte. Hauptverantwortlich dafür waren die Medici, europaweit bestens vernetzt, die sich mit Geschick und Geschäftssinn Einfluss in allen Lebensbereichen verschafften und Kunst förderten. Der Name Medici ist untrennbar mit dem Florenz der Renaissance verbunden. Der Clan drückte der Stadt seinen Stempel auf.

Handel, Politik und Kunst waren allerdings männlich dominiert. Eine fundierte künstlerische Ausbildung war für Frauen in der Renaissance nahezu unerreichbar, zumindest auf offiziellem Weg. Nur wer mit einem Künstler verwandt war, der bereitwillig sein Wissen weitergab, konnte sich Techniken der Malerei aneignen. Frauen, Pinsel und Farbe waren also eine eher seltene Kombination im 16. Jahrhundert und außerdem nicht gern gesehen.

Weibliches Schaffen war auf Blumenbilder und Stillleben beschränkt. Der Grund dafür war simpel: Blumen und Obst konnten bequem von zu Hause gemalt werden, ohne dass man den Aktionsradius der Frau erweitern musste. Die nächsthöhere (und gerade noch geduldete) Kategorie war die Porträtmalerei. Anatomiekenntnisse oder Aktstudien, die Frauen untersagt waren, wurden dazu nicht benötigt. Stattdessen brachten sie Geld ein, da es sich meist um Auftragsarbeiten handelte.

In Klöstern hatte künstlerische Arbeit einen anderen Stellenwert: Sie diente dazu, den eigenen Orden oder auch andere Klöster finanziell zu unterstützen. Nonnen hatten, aus wirtschaftlichen Gründen, die gleichen Chancen wie Mönche, zu Leinwand und Farbe zu kommen. Die Klosterkassen mussten schließlich gefüllt werden. Außerdem hatte der Gründer des Dominikanerordens, dem Plautilla Nelli angehörte, höchstpersönlich seinen Segen zur Malerei gegeben: Er ordnete künstlerische Betätigung sogar an, um nicht dem Müßiggang zu verfallen. Quasi Beschäftigungstherapie, um die Todsünde Müßiggang auf Abstand zu halten. Keine Chance der Langeweile!

Rosina verringerte das Tempo und schaltete einen Gang niedriger.

»Es gäbe noch viel Interessantes zu dem Thema, aber ...«

»Die Kurzversion!«, erinnerte ich sie.

»Plautilla war am Höhepunkt ihrer Karriere, als sie das *Letzte Abendmahl* geschaffen hat. Und es ist das einzige ihrer Bilder, das sie signiert hat.«

»Warum?«

Rosina zuckte die Schultern. »Warum sie die anderen Bilder *nicht* signiert hat, ist nicht bekannt. Aber warum sie es beim *Letzten Abendmahl* dann doch getan hat, ist nachvollziehbar: Plautilla Nelli hat sich damit auf dieselbe Stufe wie Da Vinci und andere Künstler aus Florenz gestellt, die diese Szene gemalt haben. *Das* biblische Motiv schlechthin.«

»Also eine Signatur, um sich aus dem Schattendasein zu boxen?«

»Könnte man so sagen, ja.«

Mittlerweile hatten wir das Ortsschild von Verona passiert, dieser wunderschönen, romantischen Stadt an der Etsch.

»Und wo ist jetzt die Verbindung zu Ornella?«, fragte ich.

»Wenn ich das wüsste«, murmelte Rosina und achtete darauf, Eugenios Wagen nicht zu knapp zu folgen. Sie bog links in die Via Ponte Nuovo ab und drosselte nochmals das Tempo.

»Vielleicht hat es gar nichts mit Ornellas Tod zu tun, sondern mit einem Gemälde, an dem sie gerade gearbeitet hat.«

So halbherzig, wie Rosina das sagte, glaubte sie wahrscheinlich selber nicht an diese Möglichkeit. Aber sie passte zu Ornellas Beruf als Restauratorin, schien also schlüssig.

»Das müsste dann aber genau jenes *Letzte Abendmahl* gewesen sein, von dem du mir gerade erzählt hast. Eher unwahrscheinlich.«

»Ich weiß.« Rosina seufzte. »Vor allem deshalb, weil das

Gemälde erst vor ein paar Jahren restauriert wurde. Eine andere Erklärung wäre, dass Ornella mir den Zettel auf der Hochzeit zeigen wollte; sie wusste, dass ich auch da sein würde. Vielleicht wollte sie einfach nur mit mir über die Arbeit fachsimpeln und hat den Zettel eingesteckt, um es nicht zu vergessen.«

Überzeugte mich auch nicht. »Oder jemand hat den Zettel bei ihrer Leiche abgelegt, um auf etwas hinzuweisen!«

Endlich hatte ich auch einmal eine These rausgehauen. Ein gutes Gefühl. Ich war stolz auf mich. Bis Rosina die nächste Frage stellte. »Wie passt dann das tote Rotkehlchen dazu?«

Augenblicklich verpuffte das Hochgefühl. »Keine Ahnung.« Ich blies die Luft aus den Backen und sah aus dem Fenster. »Glaubst du wirklich, dass dieser Ispettore Tomasi und Ronchetti auf einer Wellenlänge sind? Ich meine, Tomasi ist Polizist. Er müsste doch daran interessiert sein, dass Ornellas Tod aufgeklärt wird, oder?«

»Polizist!« Rosina schnaubte verächtlich. »Das Problem ist nicht Tomasi, sondern Dottore Fontanelli. Er ist ranghöher als der Ispettore und außerdem gerichtlich beeideter Gutachter.« Sie setzte den Blinker und sah in den Rückspiegel. »Sein Wort hat Gewicht. Wenn *er* sagt, dass Ornella depressiv war und sich vom Felsen gestürzt hat, gilt der Fall als abgeschlossen. Warum sollte man am Wort eines Polizeiarztes zweifeln?«

Ich dachte darüber nach. Ornellas Scheidung, das Verhältnis zu ihrer Familie und der Sturz vom Felsen. Ein stimmiges Puzzle. Zu stimmig, jedenfalls für Rosinas Geschmack.

Ich sah sie von der Seite an. »Was, meinst du, hat Eugenio hier zu tun?«

Sie lenkte den Bulli langsam durch Veronas Innenstadt. »Er will in die Via Cappello 21.«

Eine halbe Stunde später standen wir in der Via Cappello, an eine Hausmauer gelehnt, und starrten auf den Eingang der Nummer 21. Wahrscheinlich der beste Ort in ganz Verona, um unsichtbar zu werden oder ein Bad in der Touristenmenge zu nehmen, je nach Belieben. Tausende strömen hierher zur *Casa di Giulietta*, dem *Haus der Julia*. Angeblich das Setting von Shakespeares berühmter Liebesgeschichte. Die Romantik leidet zwar ein wenig, wenn sich verschwitzte Leiber in Funktionskleidung und mit prall gefüllten Rucksäcken an einem vorbeischieben. Und dass der Julia-Balkon, Zigtausendfach auf Postkarten abgebildet, erst 1940 an der Hausfassade montiert wurde, sollte man ebenfalls ausblenden. Aber Rosina und ich waren ohnehin nicht wegen der Romantik in der Via Cappello 23. Unser Fokus lag auf Haus Nummer 21, der Adresse von Salvo Manzone.

Eugenio hatte seinen Wagen zuvor in einem Parkhaus an der Piazza Cittadella, ganz in der Nähe der Arena und nur gute zehn Minuten Fußweg vom *Haus der Julia* entfernt, abgestellt. Weil mein Lieferwagen zu hoch für die Garageneinfahrt war, parkte Rosina am Rande der Piazza Cittadella. Es dauerte nicht lange, bis Eugenio die Garage zu Fuß verließ und sich zügig seinen Weg durch Gassen und Touristenscharen bahnte. Mir fiel auf, dass er selbst niemandem ausweichen musste; Eugenio war ein Mann, für den man unaufgefordert den Weg freimachte. Lag wahrscheinlich an seiner kerzengeraden Haltung und dem entschlossenen Schritt. Er teilte die Touristenmassen wie einst Moses das Rote Meer. Seinen Anzug vom Begräbnis hatte er abgelegt und gegen legeren Italo-Chic getauscht: Jeans und schwarzes Hemd, Ärmel akkurat aufgekrempelt. Ein Cashmere-Pulli, locker um die Schultern geschlungen, und eine Sonnenbrille, die ihn gut zehn Jahre jünger aussehen ließ. Trotz allem, was ich über ihn gehört hatte, musste ich zugeben: Eugenio Ronchetti war eine elegante Erscheinung. Als junger Mann musste er umwerfend ausgesehen haben. Immer wieder drehte er sich um und vergewisserte sich, dass niemand ihm folgte. Während sich mein Puls dabei jedes Mal beschleunigte, blieb Rosina cool und stiefelte einfach weiter. Sie hatte sich zur Tarnung meinen hässlichsten Sonnenhut, den ich eigentlich schon ausgemustert hatte, geliehen und tief ins Gesicht gezogen. Mit der roten Kopfbedeckung und ihrem blitzblauen T-Shirt sah sie aus wie ein mediterraner *Paddington Bear*.

»Einen Ausflug nach Verona hab ich mir echt anders vorgestellt«, maulte ich. »Wir sind in einer der schönsten Städte Italiens, in der Stadt von Romeo und Julia. Und was machen wir? Wir hetzen einem alten Olivenbauern ohne Plan und völlig sinnlos hinterher.«

»Erstens habe ich einen Plan: Eugenio wird gleich in die Via Cappello einbiegen«, schnaufte Rosina und wich gerade noch einem Hundewelpen aus, der an der Leine durch die Fußgängerzone sprang. »Und er wird das nicht ohne Grund tun, sondern weil er auf meine Nachricht reagiert, die Gianni ihm überbracht hat.«

»Dass Salvo nicht interessiert ist? Woran auch immer ...«

Rosina nickte. »Genau. Woran auch immer. Das war einer der ersten Sätze, die Salvo bei unserem Gespräch in Arco gesagt hat: ›Richten Sie Eugenio aus, ich bin nicht interessiert.‹ Ich habe den Auftrag erfüllt, und jetzt will ich wissen, was ich dafür kriege.«

»Du meinst, welche Information?«

»Natürlich. Salvo hat bestimmt nicht damit gerechnet, dass ich noch am selben Tag den reitenden Boten für ihn spiele. Vielleicht war es auch nur so dahingesagt und gar nicht ernst gemeint.«

Eine amerikanische Familie diskutierte lautstark, ob sie ihren Hunger lieber bei *McDonald's* oder bei *Burger King* stillen wollte. Rosina schüttelte fassungslos den Kopf. »Ich weiß zwar nicht, *woran* Salvo nicht interessiert ist. Entweder an einem Gegenstand oder einem Vorschlag, den Eugenio ihm unterbreitet hat. Jedenfalls hat es mit Ornellas Tod zu tun, denn all die Jahre davor war zwischen Salvo und Eugenio Funkstille.«

»Und es muss wichtig sein, wenn Eugenio plötzlich sogar nach Verona fährt, um mit Salvo persönlich zu sprechen«, fuhr ich fort. »Er könnte ihn auch einfach anrufen.«

Rosina schüttelte den Kopf. »Bestimmte Dinge bespricht man persönlich, die sind fürs Telefonieren zu heikel. Alle Italiener wissen das, speziell Olivenbauern.«

Ich dachte an das M-Wort und die Schwierigkeiten, die Olivenbauern in Italien hatten. Eugenio wäre nicht der erste im Visier von Camorra, 'Ndrangheta und Co.

Mittlerweile waren wir in der Via Cappello angekommen. Von allen Seiten strömten Touristen in die Gasse, verstopften sie und formierten sich zu einem Schwarm. Der Schwarm hatte ein Ziel.

»Dort vorne ist das *Haus der Giulietta*«, raunte mir Rosina zu und drückte sich an die gegenüberliegende Hausmauer. »Salvo wohnt unmittelbar daneben, in Nummer 21.«

Tatsächlich war Eugenio vor einer Klingelanlage stehen geblieben, nahm seine Sonnenbrille ab und studierte die Namensschilder.

Über die Köpfe einer asiatischen Reisegruppe hinweg beobachtete ich, wie er klingelte und kurz wartete. Als niemand antwortete, trat er auf die Straße hinaus und blickte nach oben. Ein Fenster wurde geöffnet; Salvo beugte sich über die Brüstung und blickte nach unten.

»Dein Plan hat wirklich funktioniert«, murmelte ich beeindruckt.

Rosina sah mich fassungslos an. »Sag bloß, du hast daran gezweifelt!«

»Natürlich nicht, aber …« Ich wand mich ein bisschen; in solchen Dingen war Rosina schnell eingeschnappt. Aber jetzt gerade war Salvo wichtiger als ihre Eitelkeit: Ornellas Ex-Mann gestikulierte in Richtung Eugenio; es sah nicht danach aus, als wäre er erfreut über den Patriarchen vor seiner Haustür.

Eugenio wiederum rief etwas in Richtung Fenster, aber seine Worte wurden vom Straßenlärm geschluckt. Salvos Kopf verschwand, die Fensterflügel wurden zugeknallt. Eugenio starrte ein letztes Mal nach oben und drückte dann die Haustür auf. Salvo hatte ihm die Tür geöffnet.

»Eugenio hat zwar Ispettore Tomasi und Dottore Fontanelli auf seiner Seite, was die Theorie zu Ornellas Selbstmord betrifft. Aber aus einem bestimmten Grund ist er massiv unter Druck«, sagte Rosina. »Wahrscheinlich eine Firmenangelegenheit. Etwas, das er nur mit Salvo regeln kann. Deshalb sind wir hier!«

»Und was willst du jetzt machen? Warten, bis Eugenio wieder rauskommt? Das kann ewig dauern!«

»Ganz genau.« Rosina war im Observationsmodus, sprich: zugleich angespannt und hoch konzentriert wie eine Katze vor dem Sprung, andererseits die Ruhe selbst. Im Gewusel funktionsbekleideter Touristen fiel sie überhaupt nicht auf, verschmolz quasi mit ihrer Umgebung. Ihr Blick schwenkte ständig von Salvos Fenster zur Haustür und über die Via Cappello.

»Oberste Regel beim Observieren«, dozierte sie, »erwarte immer das Unerwartete!«

»Das kann doch nicht dein Ernst sein«, jammerte ich, »dass wir hier warten bis zum Sankt Nimmerleinstag!«

Auf stundenlanges, monotones Vor-mich-hin-Starren hatte ich definitiv keine Lust. Bereits jetzt hatten mich gut zehn Touristen angerempelt oder waren über meine Füße gestolpert. Ich war müde und hungrig; meine letzte Mahlzeit war die gefüllte Focaccia in Arco gewesen. »Können wir uns nicht wenigstens irgendwo etwas zu essen holen? Ich bin total unterzuckert, ich brauche etwas zu trinken und außerdem muss ich aufs Klo!«

»Meine Güte, wenn du dich hören könntest!«, schimpfte Rosina. »Jedes Kindergartenkind ist pflegeleichter als du!«

»Du hättest mich wenigstens vorwarnen können, dann ...«

»Shhhht!« Rosina stieß mir mit dem Ellbogen in die Rippen. Sie löste sich von der Hausmauer und deutete mit dem Kinn leicht nach links. »Siehst du den dort drüben?«

»Grenz' es ein bisschen ein!«, grantelte ich und starrte missmutig auf das Panino eines Kindes, das sich an mir vorbeidrängte. »Dort drüben sind gefühlt 1000 Leute – wen meinst du?«

»Den mit den weißen Haaren und dem unmöglichen Hemd. Erinnert mich ein bisschen an Adriano Celentano.«

Ich reckte den Kopf und folgte Rosinas Blick. Und tatsächlich: Auf der anderen Straßenseite, nur wenige Meter von uns entfernt, stand ein Mann, der Salvos Haustür nicht aus den Augen ließ. Genau wie wir.

11. KAPITEL

Erzählt von Romantik, Selfies und Energieriegeln, außerdem von Liebe und Naturwissenschaft. Ich fühle mich elend und bin auf mich allein gestellt. Meine *Mediterranità* meldet sich. Es geht um Wutschreie, um Albträume und Brillenträger, um Unbekannte, Verfolgungsjagden und Ciabatta. Und darum, dass die Mythologie alles erklärt.

Wer Verona auf Romeo und Julia reduziert, tut der Stadt unrecht und sich selbst keinen Gefallen.

Die Hauptstadt der Provinz Verona in der Region Venetien ist Weltkulturerbe und Universitätsstadt. Nur 25 Kilometer von Peschiera del Garda entfernt haben Flip Flops und Strandtasche Pause; Verona ist ideal, um Kultur zu tanken und Stadtluft zu schnuppern.

Berge im Norden, ein Fluss durch die Stadt und Italiens größter See in der Nähe: Allein die Lage macht Verona zur Besonderheit. Das schätzten schon die Römer, aber der strategisch wichtigste Vorteil war der Brenner. Der niedrigste Alpenübergang ist nicht weit entfernt. Verona wurde zum Knotenpunkt für die Route Nord- Süd, für germanische und romanische Kultur.

Nach Rom ist Verona angeblich die Stadt mit den am

besten erhaltenen Resten römischer Bauten und somit Touristenmagnet.

Circa 1,8 Millionen Besucher pro Jahr schlendern oder hasten durch die Stadt, suchen nach der steinernen Römerbrücke, wandern zum Castel Pietro hinauf oder lassen Veronas Atmosphäre im *Caffè Dante* auf sich wirken.

Neben altem Gemäuer und Shakespeare-Charme sind auch zahlreiche Veranstaltungen der Honig, der Gäste anlockt. Ob Jazz Treffen im Teatro Romano, internationales Filmfestival für Liebesfilme oder Opernaufführungen in der Arena: Für nahezu jeden Geschmack ist etwas dabei. Für all das war an jenem Abend keine Zeit. Der Himmel senkte sich in sämtlichen Rottönen über die Dächer und setzte der Romantik in der Via Cappello noch ordentlich eins drauf. Verona ist bekannt für sein warmes Licht, das Pärchen für Kuss-Selfies nutzen, für innige Umarmungen und schmalzige Liebesschwüre unter dem Julia-Balkon. Ich dachte an Lukas und fühlte mich elend. Zum Trost redete ich mir ein, dass Liebe nichts als eine menschliche biochemische Reaktion ist. Ein naturwissenschaftlicher Vorgang, der sich leicht erklären lässt. Nur leider: Mir fehlt zum Trösten jegliches Talent. Wenn ich es schon nicht schaffe, andere aufzumuntern, wie sollte das dann bei mir selbst funktionieren?

Hunger, Durst und meine volle Blase jagten meine Laune zusätzlich in den Keller. Kurz gesagt: Ich hatte die Nase voll.

Gerade als ich Rosina meine Unterstützung kündigen wollte, fischte sie ihr Smartphone aus der Umhängetasche und öffnete die Kamera-App.

»Wen fotografierst du?«

»*Lo Sconosciuto* dort drüben – den Unbekannten. Wer auch immer das ist, er wartet auf Eugenio.«

Sie wartete, bis das Gesicht des Unbekannten nicht komplett von Passanten verdeckt war, und drückte ein paarmal ab. Wie ein Reh, das den Feind gewittert hat, drehte *Lo Sconosciuto* den Kopf in unsere Richtung. Sein und Rosinas Blick trafen sich. Nur Sekunden später sprintete er los und verschwand in der Menge.

»Merda!«, fluchte Rosina. Sie schnappte ihre Tasche und rannte los. »Nix wie hinterher!«

Und so schnell ich gerade noch weg wollte, so langsam kam ich jetzt in die Gänge. Ich kämpfte mich zwischen Verliebten durch, übersah einen Rosenverkäufer und rempelte einen Mann an, der gerade vor seiner Begleiterin auf die Knie ging. Eine Gruppe sonnenverbrannter Jugendlicher prustete los; ich war die neue Lachnummer vor dem *Haus der Julia*.

Rosina war längst außer Sichtweite. Ich hätte zwar hier die Stellung halten und vor Salvos Fenster auf irgendein Ereignis warten können. Aber gerade jetzt meldete sich meine *Mediterranità*. »Du hast dir eine Belohnung verdient«, raunte sie mir zu. »Gönn dir ein Glas Wein oder einen Spritz, entspann dich und genieß den Abend!« Was durchaus verlockend klang. Es war definitiv angenehmer, in einem Lokal zu sitzen, als sich vor Salvos Fenster die Beine in den Bauch zu stehen. Ich sah mich suchend um und verfluchte mich selbst für mein Desinteresse. Jahrelang hatte ich jeden Ausflug, den Rosina mit mir machen wollte, dankend abgelehnt. Jetzt bekam ich die Rechnung präsentiert: Ich kannte mich in Verona so was von nicht aus! Mir blieb nur, einfach drauflos zu gehen und auf das passende Lokal zu hoffen. Und genau das tat ich dann auch: Nach der Via Cappello passierte ich die Piazzetta Navona, bog links auf die Piazza Francesco Viviani ab und ließ mich einfach treiben. Zufall, Hunger oder der zielsichere Schritt Einheimischer: Was genau mich gelotst hat, weiß ich nicht, aber nach wenigen Minuten landete ich in Sottoriva, einem alten Veroneser Viertel. Hier war das Tempo gemächlicher als im Zentrum, wo Menschenmassen um Arena und Julia-Balkon schwirrten. Veronesi bummelten unter schattigen Arkaden und trafen sich auf ein Glas Wein, abseits von touristischer Hektik, Wanderrucksäcken und Powerriegeln.

In der *Osteria Sottoriva* waren noch Plätze frei; ich ließ mich auf einen der Stühle plumpsen und atmete tief durch. Auf den Tellern der Nachbartische türmten sich Antipasti. Es duftete nach frischem Brot, Kräutern und entspannter Heiterkeit. Die Gäste am Nebentisch schienen regelmäßig hierherzukommen; sie plauderten mit den Kellnern und diskutierten über das Tagliata di Cavallo, geräuchertes Pferdefleisch, das ihnen vorgestern besser als in der Woche davor geschmeckt hatte. Ich bestellte mir ein Glas *Teroldego* und Antipasti misti für den Anfang. Heute Abend würde ich definitiv nichts auslassen. Kein Problem; ich war es gewohnt, alleine zu essen. Wenn Rosina wissen wollte, wo ich war, konnte sie mich ja anrufen. Was sie noch nicht getan hatte.

»Ist hier noch frei?«

Eine sonore Stimme, leicht kratzig und trotzdem angenehm. Ich sah von der Speisekarte auf und zuckte zusammen. Vor mir stand *Lo Sconosciuto*. Der Unbekannte aus der Via Cappello.

Ich hüstelte verlegen und richtete mich auf. Meine Ohren glühten.

»Sì, certo!« Gott, war das peinlich! Minuten zuvor hatte ich diesen Mann hemmungslos angestarrt, und jetzt stand er vor mir!

Lo Sconosciuto rückte etwas umständlich einen Stuhl zurecht, grüßte einen Bekannten zwei Tische entfernt und winkte der Kellnerin. Sie nickte, verschwand im Inneren des Lokals und kam mit einem Bier und meinem *Teroldego* zurück. Anscheinend war der Unbekannte öfter hier.

»Wo ist Ihre Begleitung?« *Lo Sconosciuto* zwinkerte mir zu. Offenbar hatte er Humor und eine gute Kondition. Er wartete, bis die Kellnerin die Getränke abgestellt hatte.

Ich prostete ihm verhalten zu und überlegte. War er zufällig hier aufgetaucht? Hatte er eine Verabredung und mich spontan wiedererkannt? Oder hatte er Rosina in Veronas Gassen abgehängt und war dann *mir* gefolgt? Hatte uns quasi ausgetrickst und die Seiten gewechselt? Auf welcher Seite stand er überhaupt? Und vor allem: Wer war dieser Mann?

Zusammengefasst konnte man sagen: Rosina hatte Eugenio eine Botschaft überbracht, war ihm nach Verona gefolgt, hatte Salvo und Eugenio beobachtet und dabei *Lo Sconosciuto* entdeckt. Daraufhin hatte sie *ihn* verfolgt und seine Spur verloren. Dass ausgerechnet ich in diesem Moment mit der Zielperson an ein und demselben Tisch saß, konnte sie nicht ahnen. Langsam verlor ich den Überblick bei diesem Katz-und-Maus-Spiel. Mit jeder Minute, mit jedem nicht gesagten Wort wurde die Situation unbehaglicher. Ich klammerte mich an mein Glas und beobachtete meine Umgebung aus dem Augenwinkel. Einige Gäste schienen meinen Tischnachbarn zu kennen, die Kellnerin sowieso.

Wo zur Hölle steckte Rosina eigentlich? Ich tastete in der Tasche nach meinem Schlüssel – ebenfalls weg! Den musste sie behalten haben, nachdem sie den Wagen geparkt hatte. Ich saß also fest. Der Zeitpunkt, um sie anzurufen, konnte schlechter nicht sein, trotzdem fischte ich mein Smartphone aus der Tasche. Vielleicht sollte ich ihr eine kurze Nachricht texten? Oder meinen Standort schicken, damit sie mich finden konnte? Das hätte ich längst tun sollen. Wahrscheinlich graste sie gerade die Via Cappello ergebnislos nach mir ab und war stinksauer, weil ich einfach meinen Posten verlassen hatte, ohne ihr Bescheid zu geben. Ich wischte auf meinem Smartphone herum. Zwischendurch schielte ich zu meinem Gegenüber. Klar hatte er mich erkannt und sich absichtlich zu mir gesetzt; am Platzmangel konnte es nicht liegen. Die Osteria war zwar gut besucht, aber nicht überfüllt. Ein paar Meter weiter waren an zwei Tischen noch Stühle frei.

Ich hatte Rosina meinen Standort geschickt. Und jetzt?

Wie lange würde ich es durchhalten, mit einem Unbekannten am Tisch zu sitzen und ihn anzuschweigen? Andererseits: Ihn im lockeren Plauderton nach Eugenio oder Salvo zu fragen, war keine Option. Den Abend hatte ich mir jedenfalls entspannter vorgestellt.

Ich war erleichtert, als mein Smartphone vibrierte. Nachricht von Rosina: »Bin gleich da!« Zufrieden nippte ich an meinem *Teroldego*. Geht doch, dachte ich. In wenigen Minuten würde sie zu uns stoßen; dann konnte sie, ganz ohne kräftezehrenden Sprint, *Lo Sconosiuto* zwanglos zu allem befragen, was ihr in den Sinn kam. Ich hatte ihr das Zielobjekt auf dem Silbertablett serviert. Nicht geplant, zugegebenermaßen, aber in diesem Fall zählte das Ergebnis. Mein Gegenüber nuckelte an seinem Bier und schwieg ebenfalls. Um die Zeit bis zu Rosinas Ankunft totzuschlagen, scrollte ich durch Online-Nachrichtenportale. Zwischen Fürst Albert und Charlène kriselte es schon wieder, auf den Kanaren herrschte gerade *Calima*, und in wenigen Tagen würde die *Centomiglia*, die größte Segelregatta am Gardasee, stattfinden.

Ein Pfiff zerriss die Luft. Ich hob den Kopf und sah gerade noch, wie *Lo Sconosciuto* ein paar Münzen neben das leere Bierglas legte und aufstand. Er deutete eine Verbeugung an. »War mir ein Vergnügen, Signora!« Dann war er weg.

»Cara!« Rosinas Wutschrei zerfetzte alle Gemütlichkeit, die gerade noch durch Sottorivas Arkaden gewabert war. Trotz der gut 20 Meter, die uns noch trennten, war es offensichtlich, dass sie tobte. Eine senkrechte Zornesfalte zerfurchte ihre Stirn, die Fäuste waren geballt. Ihr Stampfen hätte sogar Romeos und Julias innigsten Kuss gestört. Einige Gäste drehten ihre Köpfe in Rosinas Richtung und tuschelten. Rosina, adrenalingeflutet wie eine Furie, fräste sich ihren Weg durch weinselig entspannte Veronesi. Erst als sie näher kam, sah ich, dass sie hinkte. Sie knallte ihre Tasche auf den Tisch, baute sich vor mir auf und stemmte die Hände in die Hüften.

»Sag mir, dass ich gerade träume, Cara!«

»Setz dich doch erst einmal, ja? Es war ein langer Tag, und du ...«

»Du hast ihn laufen lassen?« Sie zeigte mit dem Daumen in die Richtung, in die *Lo Sconosciuto* verschwunden war.

Ich suchte nach einer Verteidigung – es gab keine. Die Kellnerin kam und reichte Rosina wortlos die Karte.

Ich breitete die Hände aus und ließ sie wieder sinken. »Was hätte ich machen sollen, es ging alles so schnell!«

Rosina atmete tief durch und funkelte mich an. »Ich bin bis zur Arena gelaufen, über einen Rucksack gestolpert und hab mir den Fuß verknackst.« Sie griff zur Karte und schüttelte fassungslos den Kopf. »Während sich andere Leute ein Glas Wein gönnen und nicht erkennen, wer da bei ihnen am Tisch sitzt.«

»Ja, es tut mir leid!«, rief ich. »Ich hab's vermasselt.«

»Allerdings!« Rosina faltete energisch die Karte zusammen. Die Kellnerin brachte den Antipasti-Teller und einen Korb mit frischer Ciabatta. Rosina bestellte ebenfalls ein Glas Wein.

»Hunger?« Ich schob den Teller in die Tischmitte und lächelte versöhnlich. Rosina nickte und schnappte sich ein Stück Brot. Mit der Hand in der Tasche, die über der Stuhllehne hing, angelte ich nach meinem Notizbuch. Ein Gedanke hatte mich kurz gestreift. Vielleicht konnte ich Rosina milde stimmen, wenn ich ihr von meinen Notizen erzählte. Vielleicht würde meine Absicht, der Welt von ihren Ermittlungen zu erzählen, wenigstens ein bisschen von ihrer Wut auf mich dämpfen. Andererseits: Damit schraubten sich Rosinas Erwartungen an mich nach oben. Sie würde ständig nach dem aktuellen Stand der Dinge fragen und mich mit Vorschlägen nerven. Nein, besser nicht. Ich ließ das Notizbuch wieder los und nahm einen Schluck Wein, während Rosina Olivenöl auf den Teller goss und es mit Ciabatta auftunkte.

Die griechische Mythologie hat auf fast alles eine Antwort, so auch auf die Geschichte des Olivenbaums. Angeblich befahl Zeus den Olympischen Göttern, von den vielen griechischen Städten eine als Zentrum der Anbetung auszuwählen. Quasi eine Homebase für das Huldigen zu schaffen. Zwölf machthungrige Götter, die gemeinsam eine Entscheidung treffen sollten. Man ahnt schon: Pulverfass, Konflikt, keine Lösung in Sicht. Um endlich zu einer Entscheidung zu kommen, war sogar ein Wettkampf nötig: Der Meeresgott Poseidon und Athene, die Göttin der Weisheit, ließen ihre Muskeln spielen und zeigten, was sie konnten. Poseidon trumpfte mit einem Salzwasserbecken und einem unbesiegbaren Hengst auf. Athene hingegen stieß ihre Lanze in einen Stein und ließ innerhalb kürzester Zeit einen Baum sprießen – einen Olivenbaum. Ihr unschlagbares Argument: Der Baum und seine Früchte würden die Menschen und deren Kinder ernähren. Nachhaltigkeit war auch bei den griechischen Göttern schon en vogue; der Olivenbaum setzte sich gegen Sportbecken und Schlachtross durch. Seither gilt diese Pflanze als heilig; wer im antiken Athen mutwillig einen Olivenbaum fällte, wurde zum Tode verurteilt.

Seit mindestens 8000 Jahren kultivieren die Menschen im Mittelmeerraum Olivenbäume. Die wichtigsten Produktionsländer sind Italien, Griechenland und die Türkei, aber auch Syrien. Seit jeher werden Fruchtfleisch und Kerne gepresst, um Öl zu gewinnen, damals mit Hebelpressen, heute maschinell. Galiläa war bereits 6000 vor Christus ein großer Lager- und Umschlagplatz für das Grüne Gold.

Man kurierte mit dem Öl Herz-Kreislauf- oder Hauterkrankungen, verwendete es für Haarpflege und Massagen. Salben, Parfums und Tinkturen wurden damit hergestellt, nach Wettkämpfen schabten sich Athleten damit Staub von der Haut. Das Öl war so wertvoll, dass bei manchen athletischen Wettbewerben der Sieger einen großen Krug davon als Preis erhielt. Wem ein Kranz aus Olivenzweigen aufs Haupt gedrückt wurde, der hatte Herausragendes geleistet.

Oliven standen hoch im Kurs, lange bevor man die Begriffe »Mittelmeerkost« und »mehrfach ungesättigte Fettsäuren« kannte.

In Italien gibt es mehr als 500 Sorten von Olivenbäumen; so viele wie nirgendwo sonst. Mit seinem milden Klima und dem sandigen Boden ist auch das Gebiet am Gardasee perfekt für den Anbau geeignet. Die Olivenernte am Gardasee ist die nördlichste der Welt.

Zwei Gläser Wein, eine Antipastiplatte und eine große Portion Penne all'Amatriciana hatten Rosinas Laune an jenem Abend jedenfalls wieder ins Lot geruckelt. Sie rang sich sogar das Versprechen ab, demnächst wieder mit mir herzukommen und mir ihre Lieblingsplätze in Verona zu zeigen. »Höchste Zeit, dass du dich hier ein bisschen auskennst!«

Satt und müde waren wir nach dem Essen zurück zum Auto geschlendert, viel zu ausgelaugt, um noch über den Fall zu reden. Auf der Fahrt zurück nach Riva hatte sie mir – mehr als einmal – versichert, dass *Lo Sconosciuto* ja schließlich auch *ihr* entwischt sei, nicht nur mir. Alles halb so schlimm. Ich glaubte ihr, zumindest für den Moment und um mich selbst zu beruhigen. Aber im tiefsten Innern meines Herzens wusste ich, dass Freisprüche, die nur halbherzig ausgesprochen werden, ein fauler Zauber sind.

In der Nacht plagte mich das schlechte Gewissen. Rosinas Ärger und ihr enttäuschtes Gesicht verfolgten mich und raubten mir den Schlaf. Der Moment meines Versagens tauchte in Endlosschleife vor mir auf und peinigte mich stundenlang. Ich sah mich selbst in der *Osteria Sottoriva* sitzen und lässig in mein Smartphone tippen, während mein Gegenüber, *Lo Sconosciuto*, sein Bier trank, aufstand und ging, ohne dass ich es bemerkte. Ich sah Rosina durch die Arkaden von Sottoriva auf mich zu schweben, die Augen geweitet und die Haut vor Zorn gerötet. Sie bewegte die Lippen, als wolle sie schreien »Halt ihn auf!« Aber aus ihrer Kehle kam kein Laut. Ich sprang auf und sah mich um, aber *Lo Sconosciuto* war längst weg. Der Unbekannte aus Verona würde wohl für immer ein Phantom bleiben, und das war meine Schuld.

Von Seiten der Polizei war keine Hilfe zu erwarten aber Rosina hatte den Zusammenhang zwischen ihm, Eugenio, und Salvo erkannt. Sie war ihm auf den Fersen gewesen, hatte ihn nur knapp verfehlt, und nach einer Verfolgungsjagd durch die Veroneser Altstadt war er schließlich an meinem Tisch gelandet. Zufällig? Ich glaube aus Prinzip nicht an Zufälle. Viel eher hatte mir das Universum mit *Lo Sconosciuto* eine Botschaft geschickt. Eine Chance, mich zu beweisen und Rosina zu helfen, diesen Fall zu lösen. Kern der Unternehmung war es schließlich gewesen, Ornellas Tod aufzuklären. Und *ich* hatte es vermasselt. Egal wie oft Rosina schlussendlich beteuert hatte, dass alles in Ordnung sei: Sie würde es mir nie verzeihen, wenn ihr wegen meiner Unachtsamkeit womöglich Ornellas Mörder durch die Lappen ging. Denn davon war sie mittlerweile fest überzeugt: Ornella hatte sich nicht selbst in den Tod gestürzt, sondern war ermordet worden. Und was viel schlimmer war: Ich selbst konnte mir diesen Fehler, den ich aus purer Eitelkeit begangen hatte, ebenso wenig verzeihen. Wie konnte ich das nur wieder gutmachen?

Ich wälzte mich schlaflos im Bett hin und her und widerstand der Versuchung, Lukas anzurufen. Vielleicht hätte es mir geholfen, ihm von der Sache zu erzählen. Seine ruhige Art hätte mir gutgetan. Gut möglich sogar, dass ihm eine Lösung für mein Problem eingefallen wäre. Im Gegensatz zu mir dachte Lukas logisch und lösungsorientiert. Nein! Ich setzte mich im Bett auf. Wahrscheinlich war Lukas gerade anderweitig beschäftigt, Stichwort Svenja. Ich schlug die Decke zurück und stand auf. Die Sache mit

Lo Sconosciuto hatte ich allein verbockt, also musste ich sie auch allein wieder geradebiegen!

Noch vor 6 Uhr früh stieg ich in meinen Bulli und fuhr nach Verona. Diesmal bereitete mir die Orientierung keine Probleme, wahrscheinlich weil ich wusste, dass ich auf mich allein gestellt war. Ich fand sogar einen Parkplatz im Viertel Sottoriva. Die Osteria war noch geschlossen, als ich ankam, trotzdem setzte ich mich auf eine der Steinstufen unter den Arkaden und wartete. Es gab nur eine einzige Möglichkeit, den Namen von *Lo Sconosciuto* zu erfahren: Ich musste mit jemandem vom Personal sprechen. Am besten mit der Kellnerin, die uns gestern bedient hatte. Meine einzige Hoffnung war, dass Stammgäste hier namentlich bekannt waren und dass ich nicht abgewiesen wurde. Es war ein Strohhalm, an den ich mich klammerte, und ich hatte keinen Plan B, also blieb mir nichts anderes übrig als zu warten.

Für Gäste öffnete die Osteria ihre Pforten erst um 11.30 Uhr, aber mir war klar dass die Arbeit für das Personal lange davor begann. Tatsächlich kamen zwei junge Männer kurz nach 7.30 Uhr durch die Arkaden und steuerten den Eingang der Osteria an. Beide trugen aufgekrempelte Jeans, Sneakers ohne Socken und weiße Hemden. Einer der beiden trug eine überdimensionale Hornbrille. Neben gestapelten Korbstühlen, die mit einer Kette abgesichert waren, blieben sie stehen. Soweit ich es mitbekam, redeten sie über eine Party, zu der sie zwar eingeladen waren, aber keine Lust hatten hinzugehen. Der Brillenträger nahm seinen Rucksack ab, kramte darin herum und fischte einen Schlüsselbund daraus hervor. Das war meine Chance; ich musste sie nach dem Namen von *Lo Sconosciuto* fragen, bevor sie im Lokal verschwanden und womöglich die Tür von innen versperrten. Ich stand auf.

»Ciao«, begann ich und lächelte verlegen. Hoffentlich würde ich keinen meiner einstudierten Sätze vergessen. »Ich war gestern Abend hier und hatte eine Verabredung mit einem Herrn.«

Die beiden wechselten einen ratlosen Blick.

»Ich hoffe, Sie hatten einen angenehmen Abend, Signora«, sagte der Brillenträger schließlich und steckte den Schlüssel in das Schlüsselloch.

»Sehr sogar, aber es gibt ein Problem.«

»Welches Problem, Signora?« Er ließ den Schlüssel wieder sinken und schob mit dem Zeigefinger seine Brille nach oben.

Der andere zog die Stirn in Falten. Er hatte extrem lange und dichte Wimpern. »Hat mit dem Essen etwas nicht gestimmt? Oder waren Sie mit dem Service nicht zufrieden?«

Seine Stimme war streng; womöglich spielte er gerade die Konsequenzen für Mitarbeiter durch, wenn ich jetzt eine Beschwerde fallen ließ. Nichts lag mir ferner.

Ich wehrte ab. »Nein, das Essen war wunderbar.«

»Was war dann das Problem?«

Ich machte ein betretenes Gesicht. »Der Name. Ich habe den Namen des Signore vergessen, aber ich würde ihn gern wieder treffen.« Was im Grunde sogar stimmte.

Die beiden grinsten amüsiert. »Und wie können wir Ihnen helfen?« Der Brillenträger schloss jetzt endgültig die Tür auf. Das Schloss klemmte; er warf sich mit der Schulter gegen die Tür.

»Vielleicht kennen Sie ihn. Ich glaube, er ist Stammgast hier.«

Der Brillenträger hielt kurz inne und schüttelte dann den Kopf. »Tut mir leid, Signora, aber wir geben keine Auskunft über unsere Gäste. Arrivederci!« Er betrat das Lokal und ließ mich stehen, kurz und schmerzlos. Ich lehnte mich gegen einen Korbsessel-Stapel und seufzte abgrundtief. Meine Verzweiflung in diesem Moment war echt: Ich musste Rosina den Namen liefern. Ich musste einfach. Aber ich hatte es schon wieder verbockt.

Der andere wartete, bis sein Kollege im Inneren des Lokals verschwunden war, dann wandte er sich an mich.

»Wie hat Ihre Begleitung ausgesehen, Signora?«

Ich sammelte mich und beschrieb ihm *Lo Sconosciuto*, so gut es ging. Dann zeigte ich auf den Platz unter den Arkaden, an dem wir am Abend zuvor gesessen waren.

»Eine blonde Kollegin hat uns bedient«, fügte ich noch hinzu.

Der junge Mann nickte. Offenbar wusste er, wer gemeint war.

»Es ist wirklich wichtig«, flehte ich leise und suchte seinen Blick.

Er seufzte und spähte ins Lokal. Vom Brillenträger war weit und breit nichts zu sehen.

»Ich kann Ihnen den Namen nicht sagen, Signora. Datenschutz, Sie verstehen? Außerdem kenne ich Sie gar nicht.«

Er überlegte kurz. »Sie könnten heute Nachmittag noch

einmal herkommen. Vielleicht ist der Signore dann auch wieder da.«

Ich schüttelte den Kopf. »Ich brauche den Namen *jetzt*. Wirklich.«

Er deutete mir, kurz zu warten, und betrat das Lokal. Ich sah, wie er im Halbdunkel an der Bar nach einem Stift suchte und dann etwas aufschrieb. Der Zettel, mit dem er zurückkam, war zerknittert und leer bis auf einen Namen: Ciccio Ferrari.

»Fragen Sie im *Haus der Julia* nach ihm, Signora.«

Ich nahm den Zettel und strahlte ihn an. *Lo Sconosciuto* war kein Phantom mehr.

12. KAPITEL

Erzählt von Zwiebeln, perfekten Saucen und Nudelwasser. Außerdem von zu viel Alkohol, von Überschwemmungen und Briefen. Ich bin begeistert und erzähle von Schlammengeln. Es geht um Sekretärinnen, Mordmotive, Vorratsschränke und Florenz.

Rosina war gerührt, als ich ihr den Namen präsentierte. »Du bist extra deswegen noch einmal nach Verona gefahren?«

Ich hob verlegen die Schultern. »Ich hab's gestern Abend vermasselt und wollte es wieder gutmachen.«

Dass ich tatsächlich Ciccio Ferraris Namen bei der Osteria herausgefunden hatte, war eine Art Initialzündung gewesen. Als Nächstes war die Casa di Giulietta in der Via Cappello dran: Ich hatte Blut geleckt und wollte mehr. Erst als ich alle Informationen beisammenhatte, war ich nach Riva zurückgekehrt.

Rosina schnitt gerade Speck und Zwiebeln in gleich große Würfel, als ich das Wohnmobil betrat. Ihre neue Bleibe verblüffte mich immer wieder. Es war perfekt auf ihre Bedürfnisse zugeschnitten und enthielt trotzdem nur das Nötigste. Die Küche war winzig, aber mit Backrohr, Geschirrspüler und Weinregal perfekt ausgestattet. Das

Herzstück und Rosinas ganzer Stolz war eine knallrote *KitchenAid*-Küchenmaschine. Rosinas Wohnmobil war eine kulinarische Insel, auf der man zur Ruhe kommen und die Sorgen des Alltags vergessen konnte. Ich liebte es, auf einem der Barhocker zu sitzen und zuzusehen, wie sie Teig für frische Pasta ausrollte oder fluffige Brioches formte.

»Was wolltest du denn beim *Haus der Julia*? Arbeitet Ciccio dort als Museumswärter?«, fragte Rosina und stellte einen Topf mit Wasser auf ihren Gasherd.

»Eigentlich hat Ciccio mit dem *Haus der Julia* nur indirekt zu tun«, sagte ich geheimnisvoll, »aber ich habe mich durchgefragt und jemanden gefunden, der ihn kennt.« Kurze Pause, um meinen Erfolg bestmöglich in Szene zu setzen. »War nicht ganz einfach, aber ich habe mich nicht abwimmeln lassen. Jedenfalls kennt diese Person auch Ornella. Besser gesagt: kannte.«

Rosina sog scharf die Luft ein und wischte sich mit dem Handrücken über die Augen. »Die Zwiebeln«, schniefte sie und umarmte mich. »Danke, Cara!«

Es war zwar erst kurz nach 11 Uhr, trotzdem holte sie zwei Gläser aus der Vitrine über der Arbeitsfläche und eine Flasche Spumante aus dem Kühlschrank.

»Ist es nicht ein bisschen früh für Alkohol?«

»Es nie zu früh für Spumante, Cara. Schon gar nicht für so einen wie diesen hier.« Sie zeigte stolz auf das Etikett. Sagte mir nichts. »Ein *Garda Spumante DOC*. Ein wirklich edler Tropfen, zufällig kenne ich den Besitzer des Weinguts.«

Der Korken ploppte mit leisem Knall aus der Flasche. Rosina goss strohgelbe Flüssigkeit in beide Gläser und reichte mir eines. »Wenn dieser Schaumwein ein Mann wäre …«, sie nippte an ihrem Glas, »das wäre ein ganz feiner Kerl. Dezent und unaufdringlich. Ein junger Landarbeiter vielleicht, mit einer Duftnote von frischen Äpfeln und Birnen, die er gerade gepflückt hat. Ein bisschen schlicht im Gemüt, aber süß und definitiv eine Sünde wert. Na los, koste!« Sie prostete mir zu und nahm noch einen Schluck.

Ich probierte ebenfalls und versuchte, Apfel- und Birnenaromen herauszuschmecken. Aber der Verkostungs-Flow wollte sich bei mir nicht einstellen. »Schmeckt ausgezeichnet!« Ich räusperte mich. »Jedenfalls, was Ciccio Ferrari betrifft …«

»Erzähl!«, sagte sie und stellte ebenfalls ihr Glas ab. »Ich koche inzwischen die Pasta. Bleibst du zum Essen? Es gibt zwar nur Carbonara, aber …«

»Abgemacht!«, sagte ich ohne zu überlegen. »Ich bleibe!«

Spaghetti Carbonara ist eines meiner Leibgerichte. Und zugleich eines der größten Rätsel für mich. Der Einfachheit halber hatte ich mir nämlich angewöhnt, die Soße einfach mit Rahm, Suppenwürze und in Streifen geschnittenen Kochschinken anzurühren. Einfach über die Nudeln kippen – voilà, fertig!

Damit hatte ich ein Gericht entweiht, schlimmer noch: eine Todsünde begangen. Rosina hätte entsetzter nicht sein können, als ich ihr stolz meine Version des Klassikers serviert hatte.

»Carbonara mit Rahm und Kochschinken zuzubereiten ist eine Schande! Einfach bestialisch!«, hatte sie geschimpft und jeden weiteren Bissen verweigert. »Mach das nie wieder!«

»Ei, Speck und Hartkäse. Vielleicht noch Zwiebeln. Mehr braucht man nicht für die perfekte Soße«, sagte sie und briet Speck- und Zwiebelwürfel in einer Pfanne an. Ich nahm noch einen Schluck Spumante. »Hat Ornella jemals eine Marta Gemelli erwähnt?«

Verona trägt seit Shakespeare die Last der unglücklichen Liebe. Wie viele Briefe sind wohl von Romeo zu Julia geflattert, wurden heimlich gelesen und danach vernichtet? Wie viele Tränen sind auf Tinte getropft und haben Pergament aufgeweicht? Was hat Julia ihrem Liebsten in engen Gassen zugeflüstert, vor ihren Eltern verborgen und sich selbst geschworen?

Verona, Briefe und die Liebe sind untrennbar miteinander verbunden. Julia ist die Schutzpatronin der Liebenden, und obwohl ihre eigene Geschichte mehr als tragisch endete, erhält sie Tausende Briefe pro Jahr. Man möchte meinen, sie hätte sich mit ihrem Freitod als Beraterin disqualifiziert: weit gefehlt. Aus aller Welt trudeln Zuschriften an »Julia, Verona, Italia« ein, gut 5.000 sind es mittlerweile, die 2.000 Mails nicht mitgerechnet. Trotz ungenauer Anschrift erreichen sie ihr Ziel und werden sogar beantwortet, denn Verona tut alles, um die Legende vom berühmtesten Liebespaar der Welt aufrechtzuerhalten. Ettore Solimani war es, der vor gut 80 Jahren die Idee vom Briefwechsel mit Julia in die Tat umsetzte und Schreiben beantwortete. Er war der erste Julia-Sekretär. Mittlerweile arbeiten mehr als zehn Julia-Sekretärinnen im Gemeinschaftsbüro in der Via Cappello 21, Julias angeblichem Wohnhaus, und antworten im Namen der Kultfigur.

Wer sich verzweifelt an Julia wendet und Rat in Sachen Amore sucht, erhält binnen zwei oder drei Wochen Post aus Verona. Die Sekretärinnen beantworten jeden Brief individuell und arbeiten ehrenamtlich. Ihre Brotberufe sind dabei nebensächlich, denn Thema Nummer eins ist immer noch die Liebe.

»Hast du gewusst, dass Ornella eine Julia-Sekretärin war?«, fragte ich. Rosina war gerade dabei, die Nudeln abzuseihen. Sie schüttelte den Kopf.

»Nachdem sie ihre Ausbildung bei mir beendet hatte, ist der Kontakt weniger geworden.« Und dann, ganz unvermittelt: »Das Nudelwasser nicht weggießen, das brauchen wir noch!«

»Ich habe mich jedenfalls im *Haus der Julia* nach Ciccio Ferrari erkundigt«, nahm ich den Faden wieder auf. »Eine der Julia-Sekretärinnen wusste sofort, wen ich meine, und ist mit mir auf einen caffè gegangen.«

»Marta Gemelli, die du vorhin erwähnt hast?«, kombinierte Rosina, während sie die abgeseihten Nudeln zu Zwiebeln und Pancetta in die Pfanne gab. Es duftete himmlisch.

»Siehst du?« Sie schöpfte mit einer Kelle Nudelwasser ab und vermischte sie mit verquirltem Ei und geriebenem Parmesan.

»Du brauchst keinen Rahm, damit die Sauce cremig wird. Das passiert ganz von allein, wenn du alles richtig machst! Das Fett vom angebratenen Speck und das stärkehaltige Nudelwasser verbinden sich und – eccola! – schon hat die Soße die perfekte Konsistenz!«

Sie drehte die Spaghetti mit einer Fleischgabel in der Pfanne.

»Die Soße muss die Pasta vollständig umhüllen. Wichtig ist nur, dass das Ei nicht stockt!«

Es war bewölkt und nieselte, also hatte ich im Wohnmobil für uns aufgedeckt. Rosina richtete unsere Portionen auf zwei Tellern an und kam damit zu mir herüber an die Bar.

»Wir steigen auf *Sauvignon Blanc* um«, sagte sie und füllte zwei Gläser. »Ein dermaßen fettiges, salziges und würziges Gericht wie Carbonara verlangt nach einem Wein, der sich dagegen behaupten kann. Da braucht's einen starken Gegenpol, sprich: Säure.«

Sie schwenkte ihr Glas und schnupperte daran. »Denn beim Essen wie in der Liebe gilt: alles eine Frage des Ausgleichs.«

Ich nahm den ersten Bissen und nickte nur mit vollem Mund. Eine vollkommen neue Geschmackswelt. Wie hatte ich diesen Klassiker in der Vergangenheit nur dermaßen verhunzen können?

»Also«, Rosina drehte die Pfeffermühle direkt über ihrem Pastateller, »was ist jetzt mit dieser Marta und Ciccio Ferrari?«

»Lange Geschichte«, mampfte ich. Es war eine ganze Menge an Informationen, die ich in Verona zusammengetragen hatte. Ich hatte mir sogar Notizen gemacht, um nichts von dem zu vergessen, was von Bedeutung sein könnte.

Also die Kurzfassung: Alles hatte mit einem Brief an Julia begonnen. Ein Mann, Anfang 70, frisch verwitwet und einsam, hatte sich seinen Frust von der Seele geschrieben. Dass er die Liebe seines Lebens verloren habe, seine Seelenverwandte, mit der er seit seiner Jugend alles geteilt habe, auch die Liebe zur Kunst. Er sei auf der Suche nach einer Freundin, einer neuen Gefährtin, um den Lebensabend nicht allein verbringen zu müssen. Ein bisschen zu ausführlich war dann ein Referat über Gemälde der Renaissance und des Barocks gefolgt; anscheinend ein Herzensthema des Verfassers, der den Beruf des Restaurators ausgeübt hatte. Der Brief war in der Via Cappello 21 angekommen und wurde Ornella zugeteilt.

»Kein Zufall, sondern Absicht«, sagte ich auf Rosinas fragenden Blick. »Alle im Büro wussten von Ornellas Beruf und ihrer Begeisterung für Malerei. Sie war perfekt geeignet, um den Brief zu beantworten.«

»Den Brief von Ciccio Ferrari?«

Ich nickte und holte mir noch eine Portion Pasta. Rosina drehte mit der Gabel Nudeln auf und bedeutete mir weiterzuerzählen.

Ganz gegen die Spielregeln schrieb Ciccio Ornella einen weiteren Brief an das Haus der Julia, und Ornella schrieb zurück - mit ihrem Klarnamen signiert anstatt mit »Julia«. Man entdeckte Gemeinsamkeiten, traf sich auf einen caffè, denn praktischerweise wohnte Ciccio ebenfalls in Verona, und tauschte sich aus. Nach und nach wurde der Kontakt intensiver. Aus dem lockeren Briefwechsel zwischen Ciccio und Ornella entwickelte sich eine Freundschaft.

»Moment«, unterbrach mich Rosina schon wieder, »von

welcher Art ›Freundschaft‹«, sie malte mit den Fingern Gänsefüßchen in die Luft, »reden wir hier? Ciccio war Anfang 70, Ornella mehr als vier Jahrzehnte jünger. War er etwa ihr Sugardaddy?«

Ihr Ton war jetzt um einige Grad schärfer als noch zuvor. In gewisser Weise fühlte sie sich für Ornella verantwortlich; für dieses spezielle Beziehungsmodell hätte sie garantiert kein Verständnis gehabt.

»Gott bewahre, nein!« Ich verzog angewidert das Gesicht. »Die beiden hatten einfach nur gemeinsame Interessen.«

»Und das glaubst du?« Rosina sah mich mitleidig an. »Es gibt keine Freundschaften zwischen Männern und Frauen, merk dir das. Die Lust und die Liebe stehen immer im Weg.«

»So wie bei dir und Mario?« Touché. Schweigen. Die Temperatur kühlte merklich ab. Rosina zog eine Augenbraue hoch und trank ihren *Sauvignon Blanc* auf ex aus.

»Entschuldigung«, murmelte ich.

»Weiter im Text«, grantelte sie schließlich und trug die Teller zur Spüle. »Sonst sitzen wir morgen Früh noch da.«

»Außerdem wäre es total egal, ob die beiden was miteinander hatten oder nicht«, verteidigte ich mich. »Auf das, was mir Marta erzählt hat, hätte eine Affäre zwischen Ciccio und Ornella keine Auswirkungen gehabt.«

»Mag sein.« Rosina spülte die Teller vor und schichtete sie dann in die Spülmaschine. »Aber das Ende der Geschichte hätte es sehr wohl beeinflussen können. Du hast nämlich einen wesentlichen Punkt vergessen: Ornella war mit Salvo verheiratet.«

»Stimmt«, gab ich zu. Daran hatte ich tatsächlich nicht gedacht. »Du meinst, Salvo hat von Ornella und Ciccio erfahren und war eifersüchtig?« Noch ein Punkt fiel mir ein. »Wir wissen nicht einmal genau, wo Salvo war, als Ornella gestorben ist!«

Rosina räumte noch Gläser und Besteck in die Spülmaschine und ließ Wasser in das Abwaschbecken laufen. »Eifersucht ist eines der häufigsten Mordmotive.«

»Vielleicht hast du recht und es war doch mehr als nur Freundschaft zwischen Ciccio und Ornella. Sie hat sich scheiden lassen, und Salvo hat das nicht verkraftet.«

»Ja, vielleicht.« Sie schloss die Spülmaschine. Allerdings werden Morde aus Eifersucht meist im Affekt verübt, vor allem von Männern. Aber Salvo war gar nicht auf Biancas Hochzeit eingeladen, er hätte sich also erst auf die Party schmuggeln müssen und Ornella unbemerkt ganz nach oben auf den Burgfelsen locken, um sie dann hinunterzustoßen. Heißt: zu viel Planung für eine Affekthandlung.«

Ich ließ mir das kurz durch den Kopf gehen. »Na gut. Aber das eigentlich Interessante habe ich dir noch gar nicht erzählt.«

Ciccio Ferrari stammte eigentlich aus Florenz. Er war 16 Jahre alt, als im Jahr 1966 der Arno über die Ufer trat und, man muss es so sagen, in Florenz die Welt unterging. Es war ein Jahrtausendunwetter, Unmengen an Wasser hatten sich nach tagelangem Starkregen in den Flüssen gesammelt. Dazu noch ein unerwarteter Temperatursprung, Schneeschmelze, mit der niemand gerechnet hatte, und eine Springflut, die von der Adria ins Land schwappte: Dutzende Städte waren dem Untergang geweiht. Am Markusplatz stand das Wasser mannshoch, in Florenz wurden Autos durch die Straßen gespült. Wasser, Sturm und Schlamm führten zur größten Vernichtung von Kunstschätzen seit den Wirren des Zweiten Weltkrieges.

Während in Venedig die Wassermassen zwar Schlamm und Schmutz, aber kaum Schäden hinterließen zerlegte die Flut Florenz regelrecht. Die Stadt in der Toskana war nicht auf derartige Ereignisse vorbereitet. Nicht nur Häuser und Wohnungen, auch Kirchen und Museen war schwer beschädigt. Zum menschlichen Leid kam die Sorge um das Erbe der abendländischen Kultur. Ein Großteil davon war in Florenz und kurz davor, für immer von der Bildfläche zu verschwinden. Verschlammt, verkrustet, aufgeweicht vom Wasser und unter Trümmern verborgen. Die ganze Welt hielt kurz vor Schreck den Atem an und half dann durch Spendengelder mit, das kulturelle Florenz aufzufangen, bevor es über einen schlammigen Abgrund ins Verderben schlitterte. Tausende Schüler und Studenten halfen dabei, verdreckte Kunstschätze aus den Schlammmassen zu bergen und zu retten, was zu retten war. Ohne die Angeli del Fango, die Schlammengel, wären Venedig aber vor allem Florenz um viele Kulturgüter ärmer.

»Ciccio Ferrari war also ein Schlammengel?«, unterbrach Rosina wieder meinen Bericht.

Ich nickte. »Laut Martas Bericht: ja. Er war vor allem aber auch mit Eugenio Ronchetti befreundet.«

Rosina runzelte die Stirn und ließ die Information sacken. »Ciccio lebte in Florenz und Eugenio in Arco«, wandte sie ein, »dazwischen liegen mehr als dreihundert Kilometer. Wie kann das sein?« Ich drehte abwehrend die Handflächen nach außen. »Ich kann dir nur sagen, was Marta mir erzählt hat. Und die muss es wissen, schließlich hat sie mit Ornella zusammengearbeitet und in einer WG gelebt, bevor Salvo ins Spiel kam.«

»Hast du sie auf dem Begränis gesehen?«

Ich blies Luft aus den Backen. »Nein«, sagte ich gedehnt, »ich glaube nicht. Aber erstens waren wir auf die Familie Ronchetti fokussiert. Zweitens wusste Marta vielleicht auch gar nicht, wann Ornella beerdigt wird. Salvo hat ihr erzählt, dass Ornella verstorben ist. Vielleicht wollte sie aber auch Eugenio nicht begegnen, weil sie die Familienverhältnisse kannte.«

Rosina dachte eine Weile nach. Ihrem Gesichtsausdruck nach hielt sie meine Theorie zumindest nicht für kompletten Mist. Sie holte ein Säckchen mit Cantuccini aus dem Vorratsschrank und schraubte ihre Bialetti auf. Kein halbwegs vernünftiger italienischer Haushalt kommt ohne diesen winzigen Espressokocher aus, der seinem achteckigen Design seit Generationen treu geblieben ist. Einzig die Farbpalette hat sich mit den Jahren erweitert; Rosinas Bialetti war knallrot. Sie füllte den unteren Teil mit Wasser und den Trichter mit gemahlenem Kaffee. Regentropfen rannten außen an der Fensterscheibe herunter. Aus dem Nieseln war ein Prasseln geworden.

»Also gut. Ciccio und Eugenio kannten einander. Vom

Alter her kommt das hin, aber wo ist die Verbindung? Wie gesagt: mehr als drei Stunden Fahrtzeit zwischen den Wohnorten.«

Sie verschraubte Kanne und Kessel miteinander und stellte die Bialetti auf den Herd.

»Laut Marta kannten sich die Väter aus dem Krieg. Die Familien Ferrari und Ronchetti waren befreundet und besuchten einander manchmal. Eugenio war im November 1966 gerade in Florenz bei Ciccio und seiner Familie.«

»Das heißt: Eugenio Ronchetti war live dabei, als die Stadt im Schlamm versunken ist.« Das Wasser im Kessel begann zu brodeln.

Ich holte tief Luft, denn jetzt kam der Hauptteil meiner Neuigkeiten.»Ciccio und Eugenio waren Schlammengel.«

»Eugenio soll Kunstschätze aus dem Dreck gezogen haben?« Rosina schüttelte ungläubig den Kopf.»Glaub ich nicht! Der würde sich niemals die Finger für Kunst schmutzig machen.«

Die Bialetti spuckte Dampf. Im Kessel wallte das Wasser hoch, draußen wuchs der Regen zu einer undurchsichtigen Wand an.

»Die Angeli del Fango haben das kulturelle Italien gerettet. Das Einzige, was Eugenio rettet, ist sein eigener Arsch«, wetterte sie.»So ist er nun mal: berechnend und auf den eigenen Vorteil konzentriert, sonst wäre er wirtschaftlich nicht da, wo er heute ist. Menschen wie Eugenio stellen sich nicht einfach so in den Schlamm und wühlen nach Bildern oder Skulpturen, ohne dass etwas dabei für sie rausspringt.

»Laut Marta hat es das aber, Rosina«, sagte ich leise.

»Dafür gäbe es nur eine einzige Möglichkeit.« Rosina nahm die Bialetti vom Herd. Sie nagte an ihrer Unterlippe und goss Espresso in zwei Tassen. »Wenn Eugenio wirklich das getan hat, was ich befürchte, dann ...« Sie sagte nichts mehr. Alle Farbe war aus ihrem Gesicht gewichen. Sie setzte sich an die Bar und starrte in ihren Espresso. Ich stand auf und holte das Säckchen mit den Cantuccini. »Wenn Eugenio *was* getan hat?«

Rosina holte eine Flasche *Grappa di Miele* vom Regal, streckte ihren Espresso ordentlich und atmete tief durch.

»Eugenio führt sein Unternehmen mit harter Hand«, sagte sie und kippte den Ristretto auf ex »und er hat sich im Laufe der Jahre sicher ein paarmal die Finger schmutzig gemacht, aber hoffentlich nicht in dem Ausmaß, wie ich es gerade befürchte.«

Sie schenkte sich Grappa nach und kippte ihn, diesmal ohne Kaffee, wieder in einem Zug hinunter. »Was hat Marta genau gesagt?«

Vier, fünf, teilweise sogar sechs Meter hoch stand das Wasser in Florenz nach der großen Überschwemmung. In die Fluten hatten sich Diesel, Heizöl, Kerosin und Unrat gemischt, der aus den Häusern geschwemmt worden war. Die Tage nach dem großen Unwetter waren geprägt von Chaos und Verzweiflung. Aber die Florentiner hatten gar keine Zeit, um in Schockstarre zu verharren, denn die Natur arbeitete gegen sie. Erneut. Sobald der flüssige Schlamm trocknen und aushärten würde, war alles, was darin versunken war unrettbar verloren: Bücher aus Bibliotheken würden zu verkrusteten Ziegeln mutieren, Schriftrollen zu starren

Röhren, Leinwände und Bilder zu schmutzigen, steinharten Platten. Kunst war für die Florentiner Gegenstand des täglichen Lebens. Die Stadt war durchtränkt vom Bewusstsein, dass dringend gehandelt werden musste. Zusätzlich zu Schülern und Studenten aus Florenz kamen Freiwillige aus Rom, Mailand und anderen Städten, um zu helfen. Viele helfende Hände, die koordiniert werden mussten, um effizient zu arbeiten. Die Helfer wurden eingeteilt, Menschenketten wurden gebildet, um die verdreckten Güter aus den zerstörten Gebäuden zu bergen. Danach wurden die Stücke in LKWs geladen und zu *Forte Belvedere* transportiert, einer der beiden Festungen bei Florenz, in der ein Restaurationslabor eingerichtet worden war.

Bücher wurden mit Löschpapier getrocknet, Leinwände vorsichtig mit Schwämmchen abgewischt und auf die professionelle Restauration vorbereitet. Ein logistischer Kraftakt.

Jemand klopfte energisch an die Tür des Wohnmobils.

Für Sekundenbruchteile loderte etwas in Rosinas Augen auf; vielleicht war sie doch mehr für Mario entflammt, als sie jemals zugeben würde. Vielleicht hoffte sie, er hätte ihr die launige Textnachricht verziehen, die Vatersuche abgebrochen und wäre zu ihr nach Riva zurückgekehrt. Sie erhob sich ächzend um zu öffnen. »Ich wüsste nicht, wer ...« Rosina sog scharf die Luft ein, als sie sah, wer vor ihr stand.

»Guten Abend, Signora Gamper.«

Ich kannte diese Stimme. Zuletzt hatte ich sie unter den Arkaden von Sottoriva gehört, bevor sie mir entwischt war.

»Darf ich eintreten, Signora? Es regnet ziemlich stark.«

Rosina blickte den unerwarteten Besuch zerstreut an, hatte sich aber schnell wieder im Griff. Und ließ Ciccio Ferrari ein.

13. KAPITEL

Erzählt von Herausforderungen, Freiwilligen und einer Stadt am Abgrund. Außerdem von Pingpong, Eissorten und Konsequenz. Es geht um Promis, Fastfoodketten und Gelegenheitsjobs. Jemand verschwindet, ich werde hysterisch, denke an David und Goliath und stelle die falsche Frage.

Einen Moment lang sagte niemand etwas. Ciccio blieb bei geöffneter Tür stehen, zog seine Jacke aus und blickte sich ratlos um. Der Regen prasselte auf das Dach, Wind zerzauste die Oleander vor Marios Villa und fegte abgerissene Blüten durch die Gegend. Vor dem Wohnmobil hatten sich bereits große Lacken gebildet.

»Ich will nicht stören, aber Ihre Freundin war heute bei Marta.«

Er nickte mir zu. »Wir hatten bereits das Vergnügen.«

Ich glaube, ich wurde rot. Ciccio hielt seine Jacke ins Freie und schüttelte sie aus, was sinnlos war, weil der Regen sofort die fehlenden Tropfen ersetzte. Dann schloss er die Tür.

»Wo darf ich das ablegen?«

Er hielt Rosina die durchtränkte Jacke hin. Seine freundliche, aber bestimmte Art holte Rosina aus ihrer Regungslosigkeit. Sie nahm Ciccio den dunkelblauen Parka ab und hängte ihn im Badezimmer auf, das im hinteren Teil des Wohnmobils untergebracht war.

»Wie haben Sie mich gefunden?«, fragte sie, als sie zurück war und holte drei Bierflachen aus dem Schrank. »Bitte, nehmen Sie Platz.«

Erst Spumante, dann Sauvignon Blanc, *Grappa die Miele* und jetzt Bier. Rosina öffnete die Flaschen und stellte eine vor jeden von uns. Zum vierten Mal an diesem Tag Alkohol, dabei war es erst früher Nachmittag. Mir wurde flau.

»Danke.« Ciccio nahm sein Bier in Empfang und ließ sich auf das Sofa gegenüber der Küchenzeile sinken. Er schob ein paar der Pölster mit Ikat-Muster beiseite und fuhr sich durch die dichten, nassen Haare. Rosina reichte ihm wortlos ein Handtuch.

»Marta hat mich kontaktiert, nachdem Ihre Freundin bei ihr war.« Er rubbelte seine Haare trocken und zwinkerte mir zu. Dann erhob er sich, reichte mir die Hand und nickte kurz. »Ciccio«.

Ich lächelte verlegen. »Cara.«

»Cara?« Ciccio ließ sich wieder auf das Sofa fallen und runzelte die Stirn. »Wirklich? Ist das Ihr voller Name oder eine Abkürzung?«

Rosina kam mit einer Schale Nüsse zur Couch und zog einen orientalischen Pouf unter dem Couchtisch hervor.

»Kosename und Abkürzung«, erklärte sie und setzte sich, »Cara, die Liebste, die Teure. Sie kann ihren wirklichen Namen nicht leiden, was schade ist, denn er ist außergewöhnlich, nämlich Ca …«

»Prost«, unterbrach ich betont heiter und hielt meine Flasche hoch. »Schön, dass es letztendlich geklappt hat,

Ciccio. Und diesmal lasse ich Sie nicht einfach so gehen, wenn Sie ihr Bier ausgetrunken haben!« Jetzt zwinkerte ich *ihm* zu. Ein klares Zeichen, dass der Alkohol bereits wirkte.

»Keine Sorge«, Ciccio stieß mit seiner Flasche sachte an meine, »so schnell werden Sie mich nicht wieder los, jetzt wo ich im Trockenen sitze.«

Rosinas Blick wechselte von Ciccio zu mir. Offenbar hatte sie sich ein wenig mehr Aufmerksamkeit gewünscht, immerhin hatte Ciccio an ihre Tür geklopft, nicht an meine. Kannte ich schon, diese Anflüge von Mikro-Eifersucht. Rosina war immer schon eine Diva, die die Bühne brauchte. Aber in diesem Moment, stelle ich mir vor, ordnete sie ihre Befindlichkeiten dem großen Ziel unter: So viel wie möglich über Ornellas Tod herauszufinden. Sie trank ein paar Schlucke Bier aus der Flasche und riss sich zusammen.

»Also, Ciccio«, begann sie im Verhörton, »Cara hat mir gerade von Florenz erzählt und von den *Angeli del Fango*. Und von Eugenio.

Ciccio nickte ernst. »Höchste Zeit, dass es jemand erfährt.«

Rosina starrte ihn unverwandt an. »Ornella wusste es.«

»Und jetzt ist sie tot«, ergänzte Ciccio.

»Sie meinen, Ornellas Tod hängt mit der Geschichte ihres Großvaters zusammen?«, fragte ich, bemüht, nicht zu lallen.

Ciccio setzte zu einer Antwort an, aber Rosina kam ihm zuvor.

»Sie haben vor Salvos Wohnung gewartet.«

»Genau wie Sie beide«, lächelte Ciccio entwaffnend.

»Aber im Gegensatz zu Ihnen sind wir nicht durch die Altstadt gepfescht, nur weil uns jemand von der anderen Straßenseite anstarrt.« Rosina zog eine Augenbraue hoch und musterte Ciccio abwartend. Er fuhr sich mit der Hand durch die feuchten Haare. Durch das Trockenrubbeln standen sie in alle Richtungen ab.

»Das war ein Reflex, und es tut mir auch leid. Ich wurde panisch«, gestand er. »Sie kennen Eugenio nicht.«

»Ich kenne ihn sehr gut, Signor Ferrari!«, fuhr Rosina ihre Krallen aus. Ihr Ton war unnötig scharf. Was zur Hölle war nur los mit ihr?

»Nein, Signora, ich glaube nicht, dass Sie Eugenio wirklich kennen.« Ciccios Stimme war ruhig, aber entschlossen, trotzdem war Rosina weiterhin angespannt wie eine Katze auf dem Sprung.

Irgendetwas stand zwischen den beiden. Ich nuckelte ratlos an meinem Bier und fragte mich, was. Eine Weile war es still.

»Vielleicht erzählen Sie uns, was im November 1966 in Florenz passiert ist, Signor Ferrari?« Deshalb war Ciccio schließlich hergekommen. Mein Gesicht glühte, der Zungenschlag war definitiv nicht mehr zu verheimlichen und ich rechnete mit vehementem Einspruch seitens Rosina. Aber wieder sagte sie nichts. Ciccio nahm die Schale mit den Nüssen auf dem winzigem Couchtisch. Cashews, Wasabinüsse und Salzmandeln. Er schüttete ein paar davon in die hohle Hand und lehnte sich wieder zurück.

»Den wahren Charakter eines Menschen erkennt man erst in der Not«, begann er seinen Bericht.

»Der Schlamm drückte die Tür nach außen auf, gegen die Richtung der Türangeln. Noch waren keine Fußspuren in der Masse zu sehen; mein Onkel und ich waren wohl die ersten, die den Keller betreten haben. Der schmutzige Brei hatte alles verschlungen: Pergamentrollen, Bücher, Gemälde, Kruzifixe. Nichts davon würde die graue Masse freiwillig wieder hergeben. Mein Onkel war damals Direktor der Uffizien; er brach weinend neben mir zusammen.« Zuerst waren es einheimische Schüler und Studenten der Uni Florenz, die halfen, Kunstschätze aus dem Schlamm zu bergen. Der Hilferuf erreichte auch die Armee und Freiwillige aus anderen Städten und sogar ganz Europa. »Am Tag darauf standen plötzlich dreißig Deutsche oder Österreicher vor uns. Sie waren nach Florenz gekommen, einfach so. Sie sagten, sie wollten helfen.«

Jeden Tag wurden es mehr. Hunderte Helfer trudelten in der schwer gebeutelten Stadt ein und stellten die Florentiner vor ein neues Problem: jeder einzelne brauchte Quartier und Verpflegung. Die Situation wurde unübersichtlich. Zusätzlich zur Koordination von Aufräum- und Bergungsarbeiten kam die Herausforderung, die Ankommenden auf Schlafstätten aufzuteilen. Eine Mammutaufgabe inmitten von Schlamm und Zerstörung. Aber Italien ist Meister im Improvisieren: Die Eisenbahngesellschaft stellte kurzerhand Waggons als Schlafstellen für die vielen Auswärtigen zur Verfügung. Zuerst Schlafwägen, dann Waggons ohne Schlafabteile. Komfort war in jenen Tagen kein Thema; es wurde einfach alles gebraucht.

»Wir versuchten, Ordnung ins Chaos zu bringen«, sinnierte Ciccio. »Es ging drunter und drüber, die Arbeiten waren anstrengend, aber das war uns egal. Am Ende zählte nur das große Ganze: so viele Kunstschätze wie möglich zu retten.« Er nahm einen Schluck Bier. »Eugenio war gerade zu Besuch in Florenz und hat alles miterlebt. Den Regen, die Flutwelle und die Verzweiflung. Er hat mit angepackt und sich durch den Dreck gewühlt wie wir anderen auch. Wir waren wie Brüder.« Er lächelte kurz. »Schlammbrüder.« Ich blickte zu Rosina, wurde aber nicht schlau aus ihrer Miene.

»Anfangs halfen wir gemeinsam, gemeinsam mit vielen anderen, meinem Onkel im Keller der Uffizien.« Ciccio stützte sich mit den Ellbogen auf die Knie und verschränkte seine Hände, »später war Eugenio in einer Kirche eingeteilt.«

»In der Basilika Santa Novella«, ergänzte Rosina.

»Stimmt genau.« Ciccio wandte sich erstaunt zu ihr um. »Woher wissen Sie das, Signora? Ich habe bisher niemandem außer Ornella davon erzählt.«

»Tut nichts zur Sache«, winkte Rosina ab. »Ornella hat mir jedenfalls nichts verraten, falls Sie das meinen.«

Sie sah Ciccio eindringlich an. Und plötzlich war die unsichtbare Barriere zwischen den beiden ganz deutlich.

Bisher hatte Rosina angenommen, eine Art Mutterersatz für Ornella zu sein. Die junge Frau hatte sie schmerzlich an ihre eigene Tochter erinnert, die sie vor Jahren verloren hatte, umso mehr hatte sie sich an die junge Restauratorin geklammert. Und jetzt, stelle ich mir vor, hatte Rosina Angst, erneut einen geliebten Menschen zu verlieren. Ornella war zwar bereits beerdigt, aber schlimmstenfalls machte Ciccio Rosina auch noch das Andenken an sie streitig und beanspruchte eine ebenso wichtige Rolle im Leben der jungen Ronchetti wie Rosina selbst. Meine beste Freundin brannte vor Eifersucht, so einfach war das. Draußen legte der Sturm an Stärke zu und rüttelte an Rosinas Wohnmobil. Abgerissene Blätter klebten an den Fensterscheiben, der Regen hatte sich zu einer weißen, undurchsichtigen Wand verdichtet. Ich sah aus dem Fenster und war froh, im Trockenen zu sitzen.

»Was passierte dann, Signor Ferrari?«, lotste ich Ciccio wieder zurück in die Spur.

»Als immer mehr Freiwillige Florenz erreichten wechselte Eugenio zum Organisationsteam. Die Kunstschätze lagen ihm zwar nicht so sehr am Herzen wie uns Florentinern, aber er behielt in dem ganzen Chaos die Nerven und hatte gute Ideen, um Abläufe zu verbessern. Das ist auch meinem Onkel aufgefallen. Eugenio teilte die Helfer auf, hat Schlafplätze zugewiesen und Buch geführt, wer wo untergebracht war. Er war maßgeblich daran beteiligt, dass die Hilfskräfte effizient auf die Stadt verteilt wurden.« Er nahm einen Schluck Bier. »Ein richtiger Chef.« Der Satz triefte vor Ironie.

»Eines Tages wollte ich ihn abholen.« Ciccio drehte seine Bierflasche in den Händen. »Ich war mit meiner Arbeit fertig und kam zu den Waggons, früher als geplant. Er war in einem leeren Abteil und hat mich nicht bemerkt, weil er mit dem Rücken zu mir stand.« Ciccio begann, das Etikett von der Flasche zu zupfen.

»Lassen Sie mich raten«, schaltete sich Rosina ein, »Eugenio hat das Chaos in Florenz ausgenutzt. Er mag anfangs im Schlamm gestanden sein aber er hat bestimmt einen Weg gefunden, die vielen Stunden zu vergüten.«

Ciccio nickte traurig. »Sie haben recht, Signora Gamper. Eugenio Ronchetti hat Kunstschätze gestohlen. Und ich habe ihn dabei erwischt.« Er wischte sich mit dem Handrücken über die Augen. »Ich dachte er gehört zu uns. Zu den *Angeli del Fango*.«

Der Wind und das Prasseln hatten aufgehört. Nur mehr einzelne Tropfen von der großen Eiche, unter der das Wohnmobil stand, landeten auf dem Dach.

»Wir müssen zur Polizei gehen, Rosina!«, sagte ich. Sie schüttelte den Kopf. »Zu wem denn? Zu Ispettore Tomasi?« Sie lachte freudlos auf. »Der glaubt doch alles, was Eugenio sagt. Und Fontanelli ist ihm sowieso hörig, warum auch immer. Womöglich hängt er auch mit drin.« Ciccio und Rosina wechselten einen Blick. Über alle Hindernisse hinweg dachten sie das Gleiche, das war nicht schwer zu erkennen. Ich kam mir vor wie ein Außenseiter. »Was meinst du?«, fragte ich, aber Rosina schwieg. Ihre Worte von vorhin hallten in mir nach. Nicht zur Polizei gehen zu können: die Vorstellung jagte mir Angst ein. Ich fröstelte und wickelte mich enger in meine Joggingjacke.

»Womöglich hängt Fontanelli *wo* mit drin?«, hakte ich nach. Wieder keine Antwort. Rosina verharrte regungslos und ließ Ciccio nicht aus den Augen.

»Warum sind Sie in Verona wirklich weggelaufen, Signor Ferrari?« Ich beobachtete sie. Noch immer hatte sie Ciccio nicht verraten, warum sie selbst vor Salvos Wohnung ausgeharrt hatte. Die beiden schlichen umeinander, steckten Reviere ab und spielten Katz und Maus – aber wer von den beiden war der Jäger?

»Warum sollte ich Ihnen das anvertrauen?«

Rosina blieb gelassen und drehte die Handflächen nach außen.

»Sie sind extra hergekommen, um mit uns zu reden.«

»Ich bin vor allem hergekommen, weil ich es Ornella schuldig war. Hätte ich nur nie herausgefunden, dass sie Eugenios Enkelin ist!« Seine Augen glänzten feucht. Er fischte ein zerknülltes Papiertaschentuch aus seinen Jeans und wischte sich damit über die Augen. »Und ich war es Ihrer Freundin schuldig, Signora Gamper. Sie hat mich gefunden, obwohl ich mir größte Mühe gebe, unsichtbar zu sein.«

»Warum unsichtbar?«, unterbrach ich das Ping-Pong der beiden. Rosina verdrehte genervt die Augen, aber das war mir jetzt egal. »Wie kann man unsichtbar sein und gleichzeitig einen Brief an das Haus der Julia schicken, bei dem man seine Adresse preisgibt?«

Ciccio lächelte gütig. »Ein Widerspruch, Sie haben vollkommen recht, Cara. Damals war ich verzweifelt; meine Frau war verstorben und ich war allein. Das ist Jahre her. Aber in den letzten Wochen ist viel passiert. Ich habe daraus gelernt und verrate meine Wohnadresse nicht mehr so leichtfertig. Ich hatte Glück, dass mein Brief Ornella zugeteilt wurde«, er wandte sich Rosina zu, »einer Gleichgesinnten. Sie hat ihr Leben der Kunst untergeordnet.«

»Sie wussten wirklich nicht, dass sie Eugenios Enkelin war?«

Ich sog scharf die Luft ein und sah zu Ciccio. Rosinas Frage traf ihn volle Breitseite, und wie die Schlange vor dem Kaninchen nutzte Rosina die Schockstarre und schnappte zu.

»Vielleicht war Ornella nur Mittel zum Zweck. Sie haben sie benutzt, um Eugenio zur Rechenschaft zu ziehen.«

»Und damit Ornellas Tod in Kauf genommen?«

Rosina widersprach nicht, starrte ihn nur weiter feindselig an.

»Das ist eine schwere Anschuldigung, Signora Gamper.« Er ächzte und stellte seine Bierflasche ab. »Ich sollte jetzt gehen.«

Ciccio atmete schwer, aller Elan war aus ihm gewichen. Rosinas Vorwurf hatte ihm stark zugesetzt. Kaum zu glauben, dass er sie noch gestern in Verona abgehängt hatte.

»Ornella war wie eine Tochter für mich, Signora Gamper.« Punktlandung in Rosinas Wunde! Rosinas Kiefer mahlten, aber sie schwieg. Sie hatte sich schon zu weit aus dem Fenster gelehnt.

»Sie haben selbst gesagt, dass Sie Eugenio gut kennen, Signora Gamper. Dann können Sie die Tragweite des Ganzen gut ermessen. Eugenio hat gute Verbindungen. Er ist gefährlich.«

Rosina verschwand wortlos im Badezimmer und kam mit Ciccios Jacke zurück. Ich konnte nicht glauben dass sie ihn so gehen lassen wollte – es hing noch so viel Unausgesprochenes in der Luft.

»Wie gut kannten Sie Salvo?«, fragte ich, während Ciccio in die Ärmel schlüpfte. Er machte eine wegwerfende Geste.

»Salvo ist orientierungslos. Früher, als er noch für den Tierschutz brannte, hat er mir besser gefallen. Aber die Angeli Uccelli haben sich radikalisiert und er ist ausgestiegen. Seither hat er keine Ziele mehr, lebt in den Tag hinein. Salvo hat Ornella nicht gutgetan.«

Ciccio seufzte und hielt einen Moment inne. Dann hob er die Hand zu einem halbherzigen Winken und verabschiedete sich.

»Mehr kann ich nicht für Sie tun, leider.«

Er öffnete die Tür und stieg die erste Stufe hinab. Rosina sah ihm nach und knetete seine Hände. Sie rang mit sich und ihrer Eifersucht. Die Neugier siegte. »Signor Ferrari?«

»Ja?« Ciccio drehte sich um.

»Konnten Sie jemals beweisen, dass Eugenio ein Dieb ist?«

»Wissen Sie, was viel schlimmer ist?«, Ciccio lachte bitter, »ich kann nicht beweisen, dass er ein *Hehler* ist. Aber ich weiß es. Seine Kundenliste ist lang.« Er schlug den Kragen seiner Jacke hoch und stieg die letzten beiden Stufen hinab. »Finden Sie heraus, wer für Ornellas Tod verantwortlich ist, Signora Gamper. Und passen Sie auf sich auf!«

Riva ist die zweitgrößte Stadt am Gardasee. Die Habsburger hatten einhundert Jahre lang Zeit, der Stadt ihren Stempel aufzudrücken als Riva zu Österreich-Ungarn statt zu Italien gehörte. Mondänes Flair und elegante Bauten sind die Überbleibsel dieser Epoche.

Das Herzstück der Altstadt ist die Piazza III Novembre mit dem markanten Torre Apponale, umringt von farbenfrohen Palazzi und Arkaden. Und wie jede Stadt, die schon im Mittelalter etwas auf sich hielt, hat Riva imposante Stadttore. Die Porta San Marco und Porta di San Michele sind gut gealtert und stehen mitten im historischen Stadtkern. Riva ist ein Magnet für Kurzurlauber: Nach nur fünf Stunden Autofahrt ab München kann man Sonne und Gardasee-Feeling tanken. Genau diese Idee hatten an diesen letzten Ferientagen viele: Rivas Altstadt war brechend voll.

Nach dem Regen hielt es Rosina nicht mehr im Wohnmobil aus. Die Wolken zogen ab und die Sonne holte nach, was sie während der letzten Stunden versäumt hatte. Es wurde heiß.

»Lust auf ein Eis?« Rosina stieg ins Freie und streifte ächzend ihren Pulli ab. Die Luft war dampfig und schwül.

»Bei Etabeta gibt's neue Sorten.«

Die Gelateria Etabeta hatte, zumindest laut Rosinas Expertise, das beste Eis in Riva. Der Name setzte sich aus den griechischen Namen für die Buchstaben H und B zusammen.

Ich stieg ebenfalls ins Freie, klaubte ein paar Blätter von der Seitenwand des Wohnmobils, die der Wind dorthin gepeitscht hatte und fischte mein Handy hervor.

Drei Anrufe und sieben Nachrichten von Lukas, über den Tag verteilt.

Was in Ledro passiert ist, tut mir leid!
Svenja reist morgen ab.
Du fehlst mir! Wann sehen wir uns wieder?
Hebst du bitte ab?
Svenja will dich sprechen, ich geb ihr deine Nummer.
Weißt du was, vergiss es einfach!
Des isch alles für'd Füx

Den letzten Anruf hatte eine Nummer mit schwedischer Landesvorwahl getätigt. Svenja – auch das noch. Mit einem Schlag war der Appetit auf Eis dahin.

»Keine Zeit«, presste ich hervor und setzte meine Sonnenbrille auf. Und das war nicht einmal gelogen; bevor ich Lukas zurückrief, musste ich mich vorbereiten. Am Ledrosee war die Eifersucht mit mir durchgegangen; beim nächsten Mal musste ich mich besser unter Kontrolle haben.

»Ist dir nicht gut?« Rosina musterte mich besorgt.

»Nein, es ist nur …« Ich hatte keine Lust, Rosina davon zu erzählen. »Ein anderes Mal gern, heute geht es wirklich nicht!«

Fünfzehn Minuten später stellten wir uns bei Etabeta in der Via Disciplini an. Von Konsequenz verstehe ich etwas, muss man mir lassen. Rosina nahm eine Kugel Schokolade, ich entschied mich für Pistazie, die unangefochten beste Eissorte der Gelateria.

Danach schlenderten wir ein wenig ziellos durch Rivas Altstadt.

»Eugenio Ronchetti war also ein Hehler«, begann ich.

»Pst!« Rosina legte den Finger auf den Mund und sah sich um. »Eugenio ist bekannt wie ein bunter Hund! Ein ganz großer Player in der heimischen Wirtshaft! Den Nachnamen müssen wir weglassen, wenn wir keinen Ärger wollen!«

»Meinetwegen.« Ich verdrehte die Augen.

Rosina steuerte auf einen der Arkadengänge zu, die auf den Hauptplatz von Riva ausgerichtet sind. Hinter einem Plakataufsteller, auf dem die Märkte in der Umgebung aufgelistet waren, lehnte sie sich an eine Hausmauer.

»Fangen wir von vorn an.« Sie schleckte an ihrem Eis. »Dank unserem Informanten wissen wir, dass Eugenio ein Dieb ist. Einer, der eine Notsituation kaltschnäuzig ausgenutzt hat, als er gerade mal sechzehn war.«

»Wahnsinn«, murmelte ich und knabberte an meiner Eiswaffel.

»Dazu kommt noch, dass Eugenio seinem Freund Tag für Tag vorgegaukelt hat alles zu tun um Kunstschätze zu retten. In Wirklichkeit hat er die Gustostückerl auf die Seite geschafft.«

»Und das, obwohl er Gast von Ciccios Familie war. Das muss man sich einmal vorstellen: der Museumsdirektor der Uffizien sitzt Abend für Abend mit einem Dieb am Tisch, ohne es zu wissen. Was der eine rettet streift der andere ein.«

»Eugenio war im Organisationsteam. Er hatte Zugang zu allen Informationen. Er wusste genau, was wo gelagert wird und was er als Versteck nutzen konnte. Ideale Voraussetzungen für jemanden mit kriminellen Energien. Aber der Punkt ist doch«, Rosina stemmte sich von der Hausmauer ab, »dass Ornella davon wusste. Und ganz sicher hat sie ihren Großvater mit diesem Wissen konfrontiert. Das *kann* sie nicht kalt gelassen haben!«

Wir schlenderten zum alten Hafen der Stadt Richtung Torre Apponale, Rivas Stadtturm an der Piazza III Novembre.

»Aber wozu eigentlich das Ganze?« Ich wischte mir die Finger ab. Die Papierserviette saugte kein bisschen. »Ich meine, die Firma ist erfolgreich, die ganze Welt steht auf Ronchetti-Öle.«

»Pst!« Rosina legte wieder einen Finger auf den Mund. »Die Geschäfte laufen bestens und dank Bianca ist die Nachfolge gesichert. Eugenio hätte die Hehlerei doch gar nicht nötig, oder?«

»Vermutet man zumindest auf den ersten Blick. Ich kenne zwar seine Bilanzen nicht«, Rosina zuckte mit den Schultern, »aber wir wissen ja, wie es hinter der Fassade aussieht: ein verschollener Sohn, eine erkrankte Schwiegertochter ...«

»...und eine Enkeltochter, die Reifen von Erntegeräten aufschlitzt.«, ergänzte ich.

»Ornellas rebellische Zeit war lange vorbei«, schwächte Rosina ab. Sie starrte auf den See und vergrub ihre Hände in den Taschen ihrer Jeans. »Mich würde interessieren, ob ihr Vater damals tatsächlich ertrunken ist.«

»Was denn sonst?«, fragte ich irritiert. »Man geht schließlich nicht zum Spaß bei einer Vollmondnacht über Bord, oder?«

Rosina sagte nichts, zuckte nur mit den Schultern.

»Du hast mir erzählt, wer aller zur Hochzeit eingeladen war!«, nahm ich den Faden wieder auf. »Lauter A-Promis! Die würden sich doch niemals bei einem abgehalfterten Betrieb sehen lassen.«

»Arm in Arm mit einem Hehler lächelt es sich gleich besser in die Kamera«, ätzte Rosina. »Aber das eine muss nicht zwangsläufig mit dem anderen zu tun haben, verstehst du?« Sie blieb stehen, wischte sich ebenfalls die Finger ab und sah sich nach einem Mülleimer um. »Eugenio war sechzehn Jahre alt, als das Hochwasser Florenz zerstörte. Er kann damals noch gar nicht gewusst haben, ob der Familienbetrieb später einmal rote oder schwarze Zahlen schreibt.« Sie entsorgte das Papier und wischte sich die Hände an ihren Jeans ab.

»Stimmt«, gab ich zu bedenken, »er wird wohl kaum für seine Altersvorsorge geklaut haben.«

Die Gelegenheit war da und Eugenio hatte zugeschlagen. So einfach war das.

»Aber darum geht's jetzt auch gar nicht. Fest steht: wir haben eine Tote. Die Familie tut alles, damit das Unglück nach Selbstmord aussieht: sie bluffen mit einem Gutachten und schnitzen sich sogar eine jahrhundertealte Inschrift zurecht. Ornella wird schnellstmöglich beerdigt, vom toten Rotkehlchen ist keine Rede mehr.«

Mir schwirrte der Kopf. »Was wissen wir noch?«

»Wichtig ist, was wir *nicht* wissen.« Rosina überlegte. »Zum Beispiel: was treibt diesen Dottore Fontanelli an? Ein Polizeiarzt, bei dem man Gutachten in Auftrag geben kann.«

»Wenn man genug dafür bezahlt«, ergänzte ich und Rosina sog scharf die Luft ein.

»Stimmt.« Sie schlug sich mit der Hand auf die Stirn. »Dass mir das nicht selber aufgefallen ist. Wir haben aber auch einen ehemaligen Tierschützer, der womöglich eine Scheidung nicht verkraftet hat.«

»Also doch Mord aus Eifersucht? Ich dachte, Ciccio und Salvo kannten einander?«

»Das schon«, stellte Rosina klar, »aber wir wissen nicht, wieviel Salvo tatsächlich von Ciccio wusste, beziehungsweise ob Ornella ihm die Sache mit der Hehlerei erzählt hat.«

Ich ächzte und ließ mich auf eine Bank am Seeufer fallen.

»Davon hat er nämlich bei unserem Gespräch nach der Beerdigung nichts erwähnt«, spann Rosina den Faden weiter. »Ich glaube eher, dass Salvo Ciccio einfach für einen Lüstling hält, der sich über die Julia-Briefe an seine Frau herangemacht hat.« Sie machte eine kurze Pause. »Ich wage sogar zu bezweifeln, dass Salvo und Ornella die Liebe zur Kunst geteilt haben.«

»Schon merkwürdig, oder?«, überlegte ich laut. »Als Teenager ist Salvo der militante Tierschützer, der Mitschuld hat am Bruch zwischen Ornella und ihrem Großvater. Aber wenn es darum geht Verantwortung zu übernehmen ist er auf einmal der gelackte Schnösel, der in den Tag hineinlebt. Wo hat er eigentlich zuletzt gearbeitet?«

»Ich habe Ornella einmal danach gefragt. Anscheinend ist er ewiger Jus-Student und jobbt bei Fastfoodketten. Aber eher sporadisch.« Sie setzte sich neben mich.

Wer steht alles auf dieser Liste, von der Ciccio gesprochen hat?«

»Du meinst die Kundenliste?«

Rosina nickte. »Ich schätze mal, dass es davon keine Aufzeichnungen gibt. Und selbst wenn: wo könnte die sein? Für den Fall dass Eugenio noch nicht alles Diebesgut verkauft hat: wo lagert er das? Außerdem: was wollte Eugenio tatsächlich bei Salvo in Verorna?«

»Was immer es war, es muss extrem wichtig sein. Oder wertvoll.«

Rosina blies Luft aus den Backen und fuhr sich mit beiden Händen durch die Haare. »Es passt einfach nichts zusammen. Auf der einen Seite die Firma, auf der anderen Seite die Kunst. Ich habe das Gefühl dass es bei Ornellas Tod um beides ging, aber ich sehe den Zusammenhang noch nicht.«

Sie stand wieder auf und tigerte unruhig vor der Bank hin und her. Ich starrte auf den See. Ein paar Boote glitten übers Wasser, Ruderer ebenso wie Segler. Der Nachmittag mit Lukas vor drei Wochen fiel mir wieder ein; wir waren stundenlang auf dem Wasser gewesen, mehr als einen Picknickkorb und eine Decke hatte wir nicht gebraucht.

»Kannst du eigentlich segeln?«; fragte ich.

»Nein«, knurrte Rosina, die in Gedanken ganz woanders war. »Wir müssen mit Bianca reden, die haben wir bisher total vernachlässigt. Warum eigentlich?«

Ich zuckte mit den Schultern. »Um sie zu schonen? Weil das Schicksal ihr an nur einem Tag die Schwester und ihre Hochzeit genommen hat?«

Rosina schüttelte den Kopf. »Nicht das Schicksal hat ihr die Schwester genommen, Cara, sondern Ornellas Mörder!«

»Gut. Jedenfalls wollte sie ihre Schwester unbedingt bei der Hochzeit dabeihaben. Ein Lichtblick nach all den Streitigkeiten in der Familien, oder?«

»Ich glaube auch nicht, dass Bianca etwas mit Ornellas Tod zu tun hat. Befragen müssen wir sie trotzdem, und …«

Ein Summen unterbrach Rosina. Sie zog ihr Handy hervor und starrte auf das Display. »Merda!«, presste sie hervor.

»Was ist passiert?«

Rosina hielt mir das Smartphone hin; sie hatte eine Nachricht erhalten. Ihre Miene war besorgt. »Ciccio hat mir gerade geschrieben. Er erreicht Marta nicht.«

»Na und?«, ich sah das Problem nicht, »vielleicht hat sie gerade Dienst und schreibt schmalzige Liebesbriefe?«

Rosina musterte mich scharf. »Verstehst du nicht? Marta verschwindet kurz nachdem sie dir den Kontakt zwischen dir und Ciccio hergestellt hat!«

Die Botschaft sickerte in meine grauen Zellen. »Du meinst, jemand hat mitbekommen, dass du und ich mit Ciccio reden wollen und will das verhindern?«

»Möglich. Es kann natürlich auch ein Zufall sein, dass sie genau jetzt nicht erreichbar ist, aber …«

»Wer glaubt schon an Zufälle!«, unterbrach ich sie.

Während ich ratlos auf den See starrte und keine Ahnung hatte, wie man Marta helfen könnte, falls sie Hilfe brauchte, spielte Rosina sämtliche Möglichkeiten durch.

»Einerseits ist es seltsam, dass sie erst jetzt verschwindet; der Kontakt zu Ciccio ist bereits hergestellt und wir wissen über Eugenio Bescheid. Wenn jemand das hätte verhindern wollen, hätte er Marta schon längst ausgeschaltet.« Sie fischte eine Zigarettenpackung hervor und drehte die Schachtel in ihren Händen. »Andererseits könnte man es auch als Strafe interpretieren. Jemand hat mitbekommen, dass Marta das Bindeglied zwischen uns und Ciccio ist. Sie ist schuld, dass Eugenios weiße Weste jetzt Flecken hat.«

»Wir sind also auch in Gefahr?« Ich glaube, ich war leicht hysterisch.

Rosina schüttelte den Kopf und entnahm der Packung eine Zigarette. »Du nicht. Wenn, dann hat es jemand auf mich abgesehen.« Es sollte beruhigend klingen, aber ich war nicht überzeugt. »Normalerweise müsste man die Polizei informieren«, fuhr sie fort, »aber das ist in diesem Fall sinnlos. Eugenio hat beste Kontakte zu den Entscheidungsträgern. Wir müssen da alleine durch.«

Ein winziges Schoßhündchen kläffte direkt vor unserer Bank einen Boxer an und zerrte an seiner Leine. David sagte Goliath gerade den Kampf an. Wie bei Rosina und Eugenio.

»Na gut«, ich erhob mich steif und streckte den Rücken durch. Während der letzten Stunde hatte ich Lukas kom-

plett vergessen aber jetzt, beim Blick auf den Torre Apponale, wurde mir wieder schwer ums Herz. Genau hier hatten wir unseren ersten Einsatz beim Susanna-Fall gehabt.
Vielleicht, dachte ich, sollte ich ihm von der Sache mit
Ornella erzählen. Zum einen, weil ich es damit hoffentlich raus aus der Eifersuchtsfalle schaffte und das Thema
Svenja hinter mir lassen konnte. Zum anderen, weil ich auf
Lukas' Meinung gespannt war. Damals waren wir zu viert
gewesen: Rosina und Mario, Lukas und ich. Jetzt murks-
ten wir zu zweit an der Sache herum. Da fiel mir ein, dass
es noch gar keine Neuigkeiten von Mario aus London gab.
Kein Update, wie es um die Suche nach seinem Vater stand.

»Was sagt eigentlich Mario zu dem Fall?«

Rosina reagierte nicht, also hakte ich nach. »Erzähl ihm
doch mal, was wir bisher wissen, schließlich war er auch
auf der Hochzeit!«

Rosina blinzelte und setzte ihre Sonnenbrille auf. »Was
soll er schon groß dazu sagen?«, blaffte sie und wandte
sich zum Gehen. Und da wusste ich, dass sie ihn vermisste.

14. KAPITEL

Erzählt von Olivenzweigen, Informanten, dem M-Wort und Kaffee. Außerdem von Wasabipaste, Einfuhrsteuern und Etiketten. Rosina weckt mich und hat einen Plan. Ich sehe Tabellen, Korbtaschen und Namen. Jemand ist in Gefahr und Rosina ist einen großen Schritt weiter.

Angriff ist die beste Verteidigung. Man greift jemanden an, weil man nicht hergeben will, worauf der andere schon ein Auge geworfen hat. Man schlägt um sich und wehrt Eindringlinge ab, die es auf einen kostbaren Schatz abgesehen haben. Riva und der Gardasee kennen sich damit aus historischer Sicht bestens aus: Jahrhundertelang rissen sich die Mächtigen aus der Nachbarschaft um dieses schöne Fleckchen Erde und wurden von den jeweils aktuellen Besitzern blutig abgewehrt. Ob Liebe oder Grundbesitz, die Regeln sind die gleichen. Privates wird bestmöglich geschützt.

In Rosinas Fall hieß das: sie wollte nichts von sich und Mario preisgeben. Rosinas Schatz war der Status Quo zwischen ihr selbst und dem Ex-Kardinal ihres Herzens. Und ihr war eben nicht danach, davon zu erzählen. Die Sache ist nur: ich kenne Rosina schon lange genug, um zu wissen was los ist. Sie litt unter der Trennung, wir erinnern uns: Mario war nach London aufgebrochen, um seinen Vater zu suchen. Anhaltspunkte hatte er nicht viele: die Erzählungen seiner verstorbenen Mutter, ein paar Adressen von entfernten Verwandten und den abgerissenen Knopf einer alten Uniform, der seinem Vater gehört hatte und den er immer bei sich trug. Mario träumte seit seiner Kindheit davon, seinen Vater zu finden. Er war fest vom Erfolg überzeugt. Von diesem bedingungslosen Optimismus würde ich mir gern eine Scheibe abschneiden, denn eigentlich stocherte Mario im Nichts. Mario war kein Mann, der mit seinem Schicksal hausieren ging. Nur wenige wussten von seinem großen Vorhaben, das er sich immer für die Zeit »danach« aufgehoben hatte. Dass ihm kurz vor der Abreise meine beste Freundin über den Weg laufen würde und sich alles verkomplizierte, konnte er nicht ahnen.

Zu diesem Zeitpunkt ahnte ich zwar noch nichts von der Gefühlswelt zwischen den beiden, aber Rosinas ruppige Antwort auf meine Frage sprach Bände.

Was genau zwischen den beiden lief, erfuhr ich erst viel später, und ehrlich gesagt war mir einiges davon zu intim, um es in meine Notizen über einen Mordfall aufzunehmen. Nur so viel: Dornenvögel reloaded! In den achtziger Jahren fieberten Millionen von Zuschauern vor dem Fernseher mit, ob der Priester Ralph de Bricassart und die junge Farmerstochter Meggie irgendwann zueinander finden würden. Emmys, Golden Globes und dreiunddreißig Millionen verkaufte Bücher beweisen: die Welt tauchte mit Vergnügen in die bittersüße Liebesgeschichte ein. Ich hatte den Hype um die Schnulzenserie nie nachvollziehen können. Meine Mutter, die vor jeder Folge pünktlich vor dem Fernseher klebte um nichts zu verpassen, hatte ich immer belächelt. Aber jetzt, da meine beste Freundin selbst in einer Dornenvögel-Geschichte feststeckte, sah die Sache anders aus. Irgendjemand, das Schicksal oder der große Unbekannte da oben, hatte Regie geführt und dafür gesorgt dass sich die Wege einer Diva und eines Ex-Kardinals kreuzten. Das Setting war gut gewählt: der Gardasee ist ein Feuerwerk an Kontrasten. Palmen treffen auf schroffe Felswände, Kletterrouten im Norden auf liebliche Ufer im Süden, malerische Gässchen auf Partystimmung. Im Grunde passten Mario und Rosina perfekt in diese Gegend. Irgendjemand hatte die beiden urknallartig aufeinander losgelassen und wartete jetzt ab, was passierte. Sie waren füreinander bestimmt, das war von Anfang an klar und daran gab es nichts zu rütteln. Aber immer stand etwas zwischen den beiden: entweder ein Versprechen, das Mario seinem Nachbarn gegeben hatte wie beim Susanna-Fall oder ein gutaussehender Polizeiarzt an der Seite von Rosina. Oder eben eine klitzekleine Eifersuchtsszene, die Mario, ganz gegen seine ruhige Natur, am Abend vor seiner Abreise hingelegt hatte. Rosina, im Sternzeichen Stier geboren und von Natur aus stur aber auch romantisch und hingebungsvoll, war hin und hergerissen. Es fühlte sich falsch an, für einen Mann der Kirche zu brennen, denn Mario war immer noch Priester, Vatikan hin oder her. Trotzdem stand sie in Flammen, sobald sie seine tiefe Stimme hörte. Es würde schwierig werden zwischen ihnen, das war auch ihr sofort klar gewesen. Vor allem weil sie eine

Bühne brauchte. Als heimliche Geliebte war Rosina komplett ungeeignet. Auf heimliche Treffen in einem Hotelzimmer würde sie sich nie einlassen, ebensowenig wie auf Distanz in der Öffentlichkeit, während man nicht genug voneinander bekommen konnte. Rosina wollte Liebe con tutto – mit Händchenhalten beim Spazierengehen, gemeinsamen Freunden und stolzen Blicken. All das würde schwierig werden mit einem Ex-Kardinal, aber Rosina ist Optimistin. Sie glaubt so unerschütterlich an das Gute, dass es mir manchmal unheimlich wird. Im tiefsten Innern ihres Herzens wusste sie, dass Mario der Richtige für sie war. Und genau das hätte sie ihm gern gesagt, aber dann war Ornellas Tod dazwischengekommen und Mario war nach London geflogen. In diesen Tagen dachte sie oft an den Spruch ihrer Mutter: manchmal ist das gefährlichste Tier für einen Menschen der Schmetterling in seinem Bauch.

Apropos gefährlich. Wer sich eine Flasche gutes Olivenöl beim Händler seines Vertrauens leistet oder meinetwegen auch aus dem Supermarkt holt, denkt dabei wohl kaum an Betrug, Erpressung oder die Mafia. Olivenöl ist der Inbegriff mediterraner Ernährung. Es steht für Gesundheit, Lebensfreude und hohes Alter. Bilder von gesundem Essen und geselligem Beisammensein sind dank Werbung fest in unseren Köpfen verankert.

Überhaupt ist das grüne Gold ein Destillat all unserer Sehnsüchte: wer Olivenöl sagt, meint Sommer, Sonne und Süden.

In Wirklichkeit ist alles viel komplizierter. Erstens: Öl

nicht gleich Öl. Die Klassifizierungen erfolgen nach strengen Kriterien und schlagen sich auf den Preis nieder. Natives Olivenöl Extra darf nur als solches bezeichnet werden, wenn die Früchte innerhalb weniger Stunden verarbeitet werden, wenn weder Hitze noch Chemikalien die Herstellung beeinflussen und der Gehalt an freien Fettsäuren nicht mehr als 0,8 Prozent im Öl beträgt. Neben der Zusammensetzung ist auch der Geschmack des Öls von Bedeutung: offiziell dürfen nur drei Begriffe verwendet werden, um Olivenöl geschmacklich einzuordnen. Fruchtig, scharf oder bitter. Man ahnt schon: kompliziert. Die verschiedenen Güteklassen schreien geradezu nach Betrug und Etikettenschwindel. Betrugsfälle von Sonnenblumenöl, das mit Wasabipaste oder Chlorophyll grün gefärbt und dann im großen Stil an Pizzerien im deutschsprachigen Raum verkauft wurde, ploppen immer wieder in den Medien auf. Billiges Lampantöl, das so heißt, weil es früher für Öllampen verwendet wurde, als Natives Olivenöl Extra zu verkaufen, ist ein einträgliches Geschäft. Mit Öl lässt sich leicht tricksen, denn das grüne Gold ist auf der ganzen Welt beliebt und die Leute zahlen gern ein bisschen mehr für das grüne Gold »made in Italy«.

Im ganz großen Stil mischten die Piromallis, ein Clan der 'Ndrangheta, in diesem Geschäft mit. Sie verschifften billigstes Oliventresteröl, das nicht einmal aus Italien stammte, in unbeschrifteten Flaschen nach Amerika. Auf den Frachtpapieren stand ordnungsgemäß *olio di sansa*, das italienische Wort für Oliventresteröl. Die Einfuhrsteuer für billiges Öl ist wesentlich geringer als für hochwertiges. Kaum hatte die unbeschriftete Ladung aus Italien den amerikanischen Hafen erreicht, wurden die Flaschen etikettiert. Als Natives Olivenöl Extra, versteht sich. So ein groß aufgezogener Beschiss funktioniert natürlich nicht ohne Hilfe im jeweiligen Land. Die Hilfe hatte einen Namen: Rosario Vizzari. Ein Anwalt mit guten Kontakten zu Clans auf der einen und dem Handel auf der anderen Seite. Vizzari sorgte dafür, dass das billige Öl der Piromallis in den Supermarktregalen von Wal-Mart und anderen Handelsriesen in den USA landete. Aufgeflogen ist der Schwindel, weil Vizzari und Piromalli die wichtigste Grundregel dunkler Geschäfte missachteten: niemals telefonieren. Die Polizei hörte mit, Piromalli landete im Gefängnis.

Den Clan stoppte das nicht: bereits einen Tag nach Piromallis Festnahme wuchsen einige Firmen der Familie unter neuem Namen wie Pilze aus dem Boden.

Neben den Kunden, die zu viel für billiges Öl bezahlen, sind die Olivenbauern die Verlierer. Die Clans zwingen ihnen Preise auf, weit unter Wert, versteht sich, und verkaufen das Olivenöl mit großem Gewinn. Wer nicht mitspielt, wer sich gegen die 'Ndrangheta wehrt, findet keine Abnehmer mehr für seine Produkte. Rebellen nehmen sich wirtschaftlich selber aus dem Rennen und landen schlimmstenfalls auf dem Friedhof. Soviel zum Thema Olivenöl und langes Leben.

Alles Wissen aus dem Halbdunkel der Clans bezog Rosina von einer langjährigen Freundin bei der Presse. Als ich ihr viel später von den Notizen zu diesem Fall erzählte musste ich ihr hoch und heilig versprechen, den Namen ihrer Informantin aus dem Spiel zu lassen und um Himmels Willen auch keine Zeitung zu erwähnen. Nur der kleinste Hinweis auf ihre wahre Identität konnte ihre Freundin das Leben kosten. *Name von der Redaktion geändert*, steht in solchen Fällen unter heiklen Berichten in Zeitschriften, der Code für Spannung und Gefahr. Aus Gründen des Personenschutzes nennen wir Rosinas Quelle also Luisa.

Luisa war schon lange im Geschäft und bestens vernetzt. Sie hatte sich dem Kampf gegen die Mafia verschrieben; eine Mammutaufgabe und laut Rosina das Resultat vom Terror, dem Luisas Familie ausgesetzt war. Rosina hatte Foltermethoden und Repressalien erwähnt, die einem das Blut in den Adern gefrieren lassen, aber auch davon darf ich hier nichts preisgeben. Personenschutz, ich habe es Rosina versprochen.

Luisa führte kein Adressbuch, aber in ihrer gedanklichen Kartei waren V-Männer ebenso wie Erntehelfer eingetragen, die über Geschäfte der Mafia mit Italiens Olivenbauern Bescheid wussten und ihr Informationen zuspielten. Angeblich war es sogar Luisa gewesen, die den Behörden damals in der Piromalli-Sache einen Tipp gab, woraufhin die Polizei Gespräche abhörte und den Betrugsskandal aufdeckte. Wie gesagt: angeblich.

Für unbescholtene Bürger auf der richtigen Seite des Gesetzes gilt übrigens dasselbe wie für Clan-Mitglieder: niemals telefonieren, wenn es um Informationen geht. Rosina und Luisa hatten ein Treffen im *Parco Arciducale* in Arco vereinbart. Wieder ein Relikt aus der Habsburgerzeit: Erzherzog Albert von Österreich hat die Gartenanlage im Jahr 1873 angelegt, steht in einem Reiseführer. Was sofort das Bild eines Erzherzogs in Gummistiefeln transportiert, aber sehr wahrscheinlich hatte der gute Mann aus dem Hause Habsburg nicht einmal einen Plan, lediglich eine Idee. Die Arbeit machten andere für ihn. Die Zeit war noch nicht reif für Thronfolger, die die Welt an ihren Gartentipps teilhaben ließen wie bei den Windsors. Aber ich schweife ab.

Luisa hatte Gläser und eine Flasche Teroldego mitgebracht, Rosina eine Picknickdecke und frische Arancini, frittierte Reisbällchen mit Ragout-Fülle. Rosina war zwar nicht übermäßig an Botanik interessiert, aber der Park mit seinen Mammutbäumen und dem Seerosenteich war Balsam für die Seele. Libellen schwirrten durch die Luft, am Ufer ließen sich Schildkröten die Sonne auf den Panzer scheinen.

Über den Tod von Ornella wusste Luisa längst Bescheid. »Es trifft immer die Falschen«, seufzte Luisa und goss Wein in die mitgebrachten Gläser. Rosina nickte, ging aber nicht darauf ein. Sie wusste, dass das nur eine kurze Einleitung war; Luisa war nicht der Typ für Tratsch und Klatsch. Was sie sagte, hatte Hand und Fuß. Außerdem hatten sie wenig Zeit; der Park war zwar dank der dichten Bepflanzung bestens geeignet für Treffen wie diese, trotzdem durften sie kein Risiko eingehen. Länger als maximal zwanzig Minuten sollten sie hier nicht bleiben.

»Gibt es Schnittpunkte zwischen Ronchetti-Öl und einem Clan?«

Luisa strich über die Picknickdecke und griff dann nach einem Arancino. »Ich habe mich für dich umgehört. War nicht ganz einfach, der Ronchetti-Betrieb hat viele Ohren, wenn du verstehst, was ich meine.«

Rosina verstand. Sie dachte kurz an Gianni, Eugenios Schleusentür zwischen Firma und Außenwelt. Sie nahm sich ebenfalls ein Arancino aus der Plastikdose und biss hinein. »Also?«

Luisa setzte ihre Sonnenbrille auf. »So ein Traditionsbetrieb wie Ronchetti ist ein besonderer Happen, den lassen sich Clans normalerweise nicht entgehen.«

»Die 'Ndrangtheta?«, hakte Rosina nach, und Luisa nickte.

»Laut meinem Informanten sind die Piccadinis seit Jahren an ihm dran. Ein Clan aus Kalabrien.«

»Und die diktieren Eugenio ihre Preise?«

Luisa schüttelte den Kopf und wischte sich die Finger mit einer Serviette ab. »Das ist es ja gerade: es gelingt ihnen nicht.«

»Wie soll ich das verstehen?« Rosina runzelte die Stirn.

»Ich dachte, man unterschreibt sein Todesurteil, wenn man sich einem Clan widersetzt.«

»Ist es auch.« Luisa schnalzte mit der Zunge. »Außer man bietet ihnen etwas an, zu dem sie nicht Nein sagen können.«

Rosina dachte an Ciccios Erzählungen. »Könnte man einen Clan mit Kunst in Schach halten?«, überlegte sie laut.

»Wenn sich der jeweilige Boss dafür interessiert: warum nicht?«

Rosina atmete tief durch. Ciccio hatte zwar von einer langen Kundenliste gesprochen, aber es war gut möglich, dass er sich in diesem einem Punkt geirrt hatte. Vielleicht hatte Eugenio gar nicht viele Abnehmer für seine geraubten Kunstschätze, sondern nur einen oder zwei, die er aber in regelmäßigen Abständen beliefern musste.

»Seltsam übrigens, dass du nicht längst danach gefragt hast.«

»Was hast du gesagt?« Luisas Zwischenfrage hatte Rosina aus ihren Gedanken gerissen.

»Der Schnittpunkt«, erklärte Luisa. »Du arbeitest schon lange als Restauratorin für Ronchetti, aber du hast mich noch nie nach seinen Geschäften gefragt.«

»Eine junge Frau ist verschwunden. Marta. Sie war der Schnittpunkt zwischen Eugenios Vergangenheit und mir.«

»Verstehe.« Luisa verzog den Mund. »Sie könnte also der Grund sein, warum der Clan schon sehr bald auf Kunstschätze verzichten muss. Könnte unschön enden. *Chi semina vento raccoglie tempesta.*«

Wer Wind sät wird Sturm ernten. Mehr musste gar nicht gesagt werden; wer in Italien lebte wusste von den Methoden ungeduldiger Bosse. Rosina räusperte sich. Ihr brannte noch ein anderes Thema unter den Nägeln. »Hast du die Restaurant-Liste?«

»Ah ja, genau.« Luisa zog einen gefalteten Zettel aus der Gesäßtasche ihrer Jeans und reichte ihn Rosina. »Singvögel sind das Taschengeld der Olivenbauern.«

»Nicht für alle«, korrigierte Rosina, »nur für die, die maschinell in der Nacht ernten.« Sie faltete den Zettel auf und prägte sich die Namen der Restaurants ein, die Luisa aufgelistet hatte. Einige davon kannte sie seit Jahren. Sie verzog das Gesicht und zerriss den Zettel. »Ekelhaft«,

sagte sie und legt die Zettelschnipsel in die leere Plastikdose, wo zuvor die Arancini gelegen hatten.

»So ist das Leben.« Luisa hatte schon weit Schlimmeres
gehört als Geschichten von Olivenbauern, die tote Singvögel unter der Hand an Restaurants verkauften. Die Vogel-
leichen wurden aus den geernteten Oliven geklaubt, zu
Geld gemacht und landeten, wohlschmeckend zubereitet,
auf den Tellern von ahnungslosen Gourmets.

Luisa trank ihren Wein aus und wischte die Gläser mit
einer Serviette trocken. Die halbvolle Flasche packte sie
wieder ein. Rosina hatte noch eine letzte Frage.

»Weißt du etwas über Dario Ronchetti? Soll vor ein
paar Jahren über Bord gegangen sein.«

Lucia schüttelte den Kopf. »Nicht mein Ressort.«

Ich schlief noch, als sie am nächsten Morgen in der Via
Fiume stand und an meine Tür klopfte.

»Ist etwas passiert?«, fragte ich misstrauisch und zerzaust.

Sie musterte das Oversized-Shirt, das ich als Nacht-
hemd nutzte, und zog eine Augenbraue hoch. In ihrer
Weltordnung eine textile Sünde. »Zieh dich an, wir gehen
zum Markt!«

»Es ist kurz nach 5.30 Uhr!«, protestierte ich, aber
Rosina wischte meinen Einwand weg. Sie hielt die größte
Korbtasche, die ich je gesehen hatte, in die Höhe und zauberte ein Papiersäckchen daraus hervor. Der Duft von frischen Cornetti stieg mir in die Nase. Rosina wusste, was
zu tun war, um mich an Bord zu holen.

»Erstens: Ich habe schon in aller Herrgottsfrühe mit

Ciccio telefoniert. Marta ist immer noch nicht aufgetaucht, ich mache mir ernsthaft Sorgen! Zweitens«, sie schwenkte das Säckchen vor meiner Nase, »trinken wir jetzt caffè und essen Cornetti und drittens ist zeitig am Morgen die beste Zeit, um zum Markt zu gehen!«

»Ich denke, der sperrt erst um 8 Uhr auf?«

Bestens gelaunt und frisch wie der Frühling schwebte sie an mir vorbei in die Wohnung. Rosina trug ein knallrotes Vintage-Kleid mit weißen Tupfen und Petticoat, dazu Wedges und klimpernde Armreifen an beiden Handgelenken. Sie stellte ihre Korbtasche auf einem meiner Sessel ab und steuerte die Kaffeemaschine an.

»Die Öffnungszeiten sind nur wichtig, wenn man etwas kaufen will! Will ich aber nicht!«

Kryptische Botschaften vor dem ersten Kaffee vertrage ich schlecht bis gar nicht. Also schob ich Rosina mürrisch von der Küchenzeile weg, holte zwei Espressotassen aus dem Regal und stellte sie unter die Kaffeemaschine. Ich hörte den Bohnen beim Rattern im Mahlwerk zu und sog den Geruch von frisch gemahlenem Kaffee ein. Erst jetzt fiel mir auf, dass Rosina das schwarze Notizbuch in der Hand hielt, das Gianni ihr gestern gegeben hatte. Ich stellte eine Tasse vor Rosina und setzte mich ihr gegenüber.

»Ist noch alles drin?«, fragte ich nach dem ersten Schluck und deutete mit dem Kinn auf das Buch. Ein paar Zettel ragten daraus hervor, einige Seiten waren mit bunten Klebezettelchen markiert.

»Wahrscheinlich schon, aber sicher bin ich nicht.«

»Warum nicht?« Ich kippte den letzten Rest Espresso runter und ging wieder zur Kaffeemaschine.

»Weil es nicht *mein* Notizbuch ist!«

»Soll das ein Witz sein? Du hast es doch gestern bei der Villa abgeholt, ich war live dabei! Und dieser Typ mit der Schürze ...«

»Gianni«, soufflierte Rosina, nippte an ihrem caffè und zupfte ein Stück von ihrem Cornetto.

»Genau. Gianni hat dir doch dein Notizbuch gegeben, ich hab's selber gesehen!« Ich schüttelte ungläubig den Kopf. »Wie kann es dann sein, dass das hier nicht *dein* Notizbuch ist? Hat es jemand vertauscht, als wir in Verona waren? Hast du deine Tasche irgendwo liegen gelassen?«

Rosina schüttelte den Kopf und schlug das Buch auf.

»Besitzt Gianni auch so ein Notizbuch und hat es womöglich mit deinem verwechselt?«

Wieder Kopfschütteln. Ich hasste Rätsel und Prüfungen zu jeder Tageszeit, aber ganz besonders am Morgen.

»Sag's mir bitte!«, bat ich und fischte ein Stück Gebäck aus dem Papiersäckchen, auf dem der Schriftzug »Non solo Pane« prangte. Auf dem Weg zu mir hatte Rosina bei der kleinen Bäckerei mit dem vielsagenden Namen Halt gemacht. Cornetti con Crema, fluffige Brioches oder gefüllte Focaccia: Die Vitrinen der Backstube in der Via Santa Maria enthielten alle Köstlichkeiten, die man sich zum Frühstück oder Brunch nur vorstellen konnte.

»Im Prinzip stimmt es, was du sagst.« Rosina tippte auf die aufgeblätterten Buchseiten. »Gianni hat mir gestern ein schwarzes Notizbuch gegeben.« Sie stand auf und holte sich ein Glas aus meinem Schrank. »Aber es war nicht meines. Auch nicht seines.«

»Sondern?«

Rosina hob vielsagend die Augenbrauen. »Das von Ornella.«

»Was?« »Wie sollte das gehen? Ich stand auf der Leitung. Vielleicht fehlte meinen müden Gehirnzellen noch ein Extra-Schubs um zu funktionieren, Koffein allein reichte anscheinend nicht. Ich brauchte Zucker. Im Vorratsschrank lagerten die Marmeladen, die mir Signora Degasperi erst vor ein paar Tagen vorbeigebracht hatte. Selbst eingekochte Feigen aus ihrem eigenen Garten, quasi direkt aus dem Paradies. Mit einem Glas der weltbesten Feigenmarmelade kam ich an den Tisch zurück und öffnete es.

»Das heißt also«, begann ich und kleckste mit einem Löffel großzügig den Fruchtaufstrich auf meine Brioche, »dass du Ornellas Notizbuch hast und jemand anderer hat deines?«

»Muss wohl so sein.« Rosina nickte. »Auch wenn ich keine Ahnung habe, wer meines haben könnte. Oder wie das überhaupt passiert sein kann.« Sie nahm mir den Löffel aus der Hand und probierte vorsichtig die geleeartige Masse. »Ausgezeichnet!«, lobte sie und bestrich ihre Brioche mit Marmelade.

»Warum sollte jemand Notizbücher vertauschen?«

»Weiß ich nicht«, mampfte Rosina, »aber darum kümmern wir uns später. Im Moment ist wichtig, dass wir die Notizen in *diesem* Buch auswerten. Vielleicht finden wir etwas, das mit Ornellas Tod zu tun haben könnte!«

Wir! Ich verschluckte mich beinahe an meiner Brioche. Rosina hatte gerade tatsächlich »wir« gesagt!

»Du hast es sicher schon gründlich durchforstet«, sagte

ich vorsichtig zurückhaltend, denn mir war klar, dass Rosina nicht die ganze Nacht über auf meine Expertise gewartet, sondern das Notizbuch längst inspiziert hatte. Trotzdem: Ich hatte das Gefühl, offiziell mitermitteln zu dürfen. Wir waren ein Team! Ich schob meinen Teller beiseite und wischte Brösel vom Tisch.

»Vier Augen sehen mehr als zwei«, sagte ich, ganz fokussiert, »also zeig mal her!«

Rosina rückte mit ihrem Stuhl näher an mich heran.

»Die Notizen sind eindeutig Ornellas Handschrift, sämtliche Skizzen stammen ebenfalls von ihr.« Sie blätterte bedächtig Seite für Seite um. Ornella hatte Detailzeichnungen von Gemälden angefertigt, offenbar um den Stil der jeweiligen Meister zu studieren. Hier eine sehnige Hand, dort den Faltenwurf eines Madonnenkleides. Rosina fuhr manche Zeichnungen mit dem Finger nach. Ein wehmütiges Lächeln huschte dabei über ihr Gesicht. Sie musste Ornella wirklich sehr gern gehabt haben.

»Zuerst dachte ich, es wären ausschließlich Arbeitsnotizen, die Restaurationsarbeiten betreffen. Wenn man an verschiedenen Objekten gleichzeitig arbeitet, ist es wichtig, den Überblick zu behalten. Außerdem dokumentiert man Arbeitsschritte, sammelt Informationen zu den jeweiligen Gemälden oder Skulpturen, zur Beschaffenheit der Leinwand oder zu speziellen Farbmischungen. Man notiert sich Kundenwünsche oder das Werkzeug, das man verwendet hat.«

Sie tippte auf Tabellen, in denen Ornella Daten zu Kunstobjekten und Termine von Kundengesprächen eingetragen hatte.

»Alles sehr übersichtlich«, lobte ich. »Es gibt sogar ein Inhaltsverzeichnis, in dem die Aufträge mit Seitenzahlen aufgelistet sind. Sieht aus, als hätte Ornella extrem genau gearbeitet.«

»Sie hatte die beste Lehrerin.« Rosina grinste.

Ich seufzte; Understatement gehörte nicht zu ihren Stärken.

»Aber das hier«, sie wurde wieder ernst und tippte auf eine dicht beschriebene Seite, »das weicht von allen anderen Aufzeichnungen ab.«

Sie schob das Notizbuch zu mir. Eine akkurat gezeichnete Tabelle, fein säuberlich beschrieben, füllte das Blatt aus. Ornella hatte schwarzen Fineliner verwendet, allein dadurch hob sich die Tabelle vom restlichen Inhalt des Notizbuches ab. Alles andere war mit Füllfeder geschrieben worden. In eine Spalte hatte Ornella Namen eingetragen, die Spalte daneben war mit Zeichen oder Zahlen gefüllt.

»Sind das Jahreszahlen?«, fragte ich. Einige der Zahlen waren sechsstellig, andere vierstellig. Ich konnte mir keinen Reim darauf machen.

»Darüber habe ich auch schon nachgedacht«, sagte Rosina, »aber es könnten ebenso gut Beträge sein. Es sind zwar weder Eurozeichen noch Kommastellen eingetragen, aber falls es sich um Beträge handelt, könnte Ornella sie absichtlich verschlüsselt haben.«

»Du meinst, sie hat Schwarzgeld für Restaurationsarbeiten angenommen? An der Steuer vorbei gearbeitet?«

»Ich meine gar nichts«, entgegnete Rosina, »aber ich will auch nichts ausschließen. Nichts ist so gefährlich wie ein vorschnelles Urteil.«

»Bei hohem Tempo auf der Überholspur passieren die schlimmsten Unfälle«, dozierte ich. Einer von Rosinas Lieblingssprüchen. Sie nickte zufrieden und wandte sich wieder dem Notizbuch zu.

»Kommt dir einer der Namen bekannt vor?« Ich fuhr mit dem Finger über die Tabelle und las Namen für Namen.

»Bis jetzt nicht.« Ich ging die Liste noch einmal durch. »Die meisten Namen sind männlich«, bemerkte ich.

»Ist mir auch schon aufgefallen.« Rosina hob ihre Tasse zum Mund, merkte aber, dass sie leer war, und stellte sie wieder ab.

»Außerdem?«

Ich suchte die Tabelle nach Mustern oder einer bestimmten Ordnung ab. Ganz sicher hatte Ornella auch diese Aufzeichnungen nach einem System angelegt.

»Da!«, rief ich aus, als ich etwas gefunden hatte, »die einzelnen Buchstaben! Hinter einigen Namen stehen ein E und ein F, hinter manchen nur ein O.«

Die Buchstaben waren winzig, eigentlich kaum als solche erkennbar. Rosina nahm mir das Notizbuch weg und starrte entgeistert auf das Papier.

»Stimmt! Die Buchstaben sind mir noch gar nicht aufgefallen!«

Sie schenkte mir einen anerkennenden Blick und reichte mir die schwarze Kladde wieder.

»Aber da ist noch etwas. Du musst ganz genau hinschauen.« Sie ging zur Kaffeemaschine, um sich einen weiteren Espresso zu holen. »Ich hab's auch erst auf den zweiten Blick bemerkt.«

Ich starrte angestrengt auf das Blatt, ging die Namen wieder und wieder durch. Und dann sah ich es: Hinter einigen Namen waren mit Bleistift kleine Zeichnungen gekritzelt. Ornella hatte beim Schreiben kaum das Blatt mit dem Stift berührt. Die Linien waren so fein, beinahe hingehaucht, dass sie sich kaum vom Papier abhoben. Trotzdem waren die Formen gut erkennbar: kleine Ovale, leicht schräg angeordnet, dazu geschwungene Linien und Blätter.

»Sind das Olivenzweige?«

Rosina nickte und trank den Espresso in zwei Schlucken aus.

»Ein versteckter Hinweis auf die Firma Ronchetti! Also hat Ornellas Tod doch etwas mit der Firma zu tun, oder zumindest mit Olivenöl?«

Rosina stellte ihre Tasse ins Abwaschbecken. »Genau das werden wir jetzt herausfinden!« Sie nahm das Notizbuch vom Tisch, klappte es zu und verstaute es in ihrer Korbtasche.

»Und deshalb willst du zum Markt?«, schlussfolgerte ich.

»Exakt!«

15. KAPITEL

Erzählt von Fenchel, von Ärger, Verkaufsständen und Drei-Stufen-Plänen. Außerdem von Liebhabern, Adriano Celentano und Märkten. Ich trete ins Fettnäpfchen, bin zu ungeduldig und drifte ab. Rosina bleibt fokussiert und überlässt nichts dem Zufall.

Kein Tag ohne Markt am Gardasee. Ob Slow-Food-Markt in Sommacampagna, Nachtmarkt in Manerba oder Antiquitätenmarkt in Bardolino: Freiluft-Käufer kommen in der Gardaseeregion voll auf ihre Kosten.

Jeden Freitag ist Bauernmarkt in Riva. Von 8 bis 13 Uhr bieten Händler und Gemüsebauern aus der Region ihre Waren an.

Die Tische der Markstände biegen sich unter Kisten mit grünen Bohnen, frischem Knoblauch, prallen Feigen, Tomaten, Kürbissen und Fenchel. Salami, Speck und Schinken aus der Region, Gläser mit Honig und Marmeladen, Flaschen mit Säften, Likören und Ölen stehen für ihre Käufer bereit.

Die Marktstände in der Viale Roma waren nur wenige Minuten Fußweg von meiner Wohnung in der Via Fiume entfernt. Als Rosina und ich durch die Gassen von Riva spazierten, war es erst knapp vor 7 Uhr, die Straßen waren noch leer. Mit ihrem weit schwingenden 60er-Jahre-Kleid und der Korbtasche wirkte Rosina, als wäre sie aus einem Schwarz-Weiß Italo-Klassiker mit Sofia Loren gefallen. Sie summte »Ventiquattromila Baci« – 24.000 Küsse – von Adriano Celentano. Der erste Schock, den ihr Ornellas Tod beschert hatte, schien überwunden.

Ich sah sie von der Seite an. »Vermisst du ihn?« Die Frage bremste Rosina in voller Fahrt aus. Sie blieb ruckartig stehen. »Wie bitte?«

»Ob du ihn vermisst, habe ich dich gefragt. Mario. Fehlt er dir?«

Keine Frage, ich hatte sie kalt erwischt. Rosina sagte nichts und schüttelte unwirsch den Kopf. Sie wollte weitergehen, aber ich blieb stehen und legte nach.

»Hast du schon einmal darüber nachgedacht, dass es mit ihm vielleicht anders sein könnte als ...«

Wieder blieb Rosina stehen und drehte sich um. Ihr Blick verfinsterte sich mit jedem Schritt, den sie auf mich zu machte. Wie ein Alpen-Sommergewitter, das sich dem Gardasee nähert. Ich biss mir auf die Lippen und verfluchte mich für meine Frage.

Rosina blieb knapp vor mir stehen. »Anders als was?«, sagte sie leise. »Als die lange Reihe von Liebhabern, die mir das Herz gebrochen haben?« Sie funkelte mich an, aber ich hielt ihrem Blick stand. »Was genau willst du mir sagen, Cara? Dass ich es nicht auf die Reihe kriege, den Richtigen zu finden?«

»Nein, natürlich nicht.« Ich schluckte. Rosinas Gesicht war jetzt ganz nahe an meinem. Trotzdem hielt ich ihrem Blick stand.

»Mag sein, dass ich vier gescheiterte Ehen hinter mir habe. Aber wann und wo ich nach dem Richtigen suche, ist immer noch meine Sache, also halt dich aus meinem Liebesleben raus, Cara!«

»Ich glaube einfach, ihr würdet gut zueinanderpassen.« Jetzt war es raus. Das, worüber ich schon so oft nachgedacht hatte und was eigentlich nur ein schlechter Scherz des Universums sein konnte: Meine beste Freundin, die Diva, und der tätowierte Ex-Kardinal waren vielleicht füreinander geschaffen.

Rosina trat einen Schritt zurück, kniff ihre Augen zusammen und musterte mich. Als müsse sie das Bild, das sie von mir hatte, nachschärfen. Nach einem tiefen Seufzer machte sie kehrt und ging weiter. Bis wir den Marktplatz an der Viale Roma erreichten, schwiegen wir. Vom großen Platz war bereits geschäftiges Klappern und Stimmengewirr zu hören. Holzkisten wurden aufeinandergestapelt, Tische aufgeklappt, Markisen gekurbelt, Wechselgeld gezählt, Waagen aufgestellt und Papiersäckchen zurechtgelegt. Händler grüßten und unterhielten sich oder maßregelten einander, wenn ein Stand zu nahe an den Nachbarstand grenzte. Markttag eben.

Die Verkäuferin an einem Gemüsestand winkte uns zu, kam hinter ihrem Tisch hervor und küsste Rosina links und rechts auf die Wange. »L'Austriaca«, wie Rosina in Riva wegen ihrer österreichischen Wurzeln genannt wurde, war Stammkundin am Markt. Die beiden begannen sofort zu plaudern. War mir nur recht; ich hatte ohnehin keine Lust auf Konversation, außerdem reichte mein Wortschatz bei Weitem nicht für Signora Giordanos ratterndes Italienisch aus. Während Rosina den Hund kraulte, der unter dem Tisch döste, und sich nach Schwarzaugenbohnen für Luganega fagioli erkundigte, sah ich mich um. Die meisten Händler hatten ihre Stände bereits fertig aufgebaut, einige stärkten sich noch mit caffè aus der Bar nebenan. Die meisten boten Obst und Gemüse an. Nur auf einem der vielen Tische schimmerte gelb-goldene Flüssigkeit in Flaschen, allerdings wurden hier neben Olivenöl auch Liköre und kleine Säckchen mit Cantuccini feilgeboten. Also keine Ronchetti-Produkte. Ich inspizierte die Flaschen aus der Nähe. Laut Etiketten stammten sämtliche Erzeugnisse aus einem Betrieb namens »Pedrazzi« aus Lazise. Von den Ronchetti-Ölen war weit und breit nichts zu sehen. Ich drehte noch eine Runde.

Rosina und Signora Giordano waren mittlerweile in das Thema Pasta vertieft und diskutierten darüber, welcher Wein am besten zu Spaghetti Mare e Monte passte. Sie nahmen mich praktisch nicht wahr. So viel zum Thema Teamwork, dachte ich missmutig und entfernte mich wieder. Fachsimpeln über Kochrezepte; dafür hatte sie mich also aus dem Schlaf gerissen? Das hätte sie auch allein geschafft. Ich nahm mir vor, Rosina das nächste Mal einfach vor der Tür stehen zu lassen, wenn sie in aller Herrgottsfrüh bei mir klingelte. Vielleicht sollte ich einfach wieder gehen.

Ein lautes Knattern riss mich aus meinem Gedankenstrudel. Eine Ape V-Curve, der Mini-Foodtruck aus dem Hause Piaggio, bewegte sich von der Viale Roma langsam auf das Marktgelände zu. Schlagartig stieg meine Laune wieder; Der Anblick einer Ape macht einfach fröhlich. Seit ich denken kann, schlägt mein Herz für das motorisierte Insekt, denn Ape ist das italienische Wort für Biene. Das fleißige kleine Gefährt summt seit fast acht Jahrzehnten – längst nicht nur auf Italiens Straßen. In Filmen ist sie, neben der Vespa, das motorisierte Symbol für Italien. 1948 lief das erste Modell vom Band, seither ist die Erfolgsgeschichte dieses Kultgefährts nicht zu stoppen. Ursprünglich als Vespa mit Ladefläche konzipiert, hat sich das dreirädrige Rollermobil stetig weiterentwickelt. Vom Kleintransporter mit einer Nutzlast von 200 Kilogramm bis zum imageträchtigen Foodtruck – der italienische Hersteller Piaggio ist flexibel und liefert die Ape in allen möglichen Variationen.

Die Ronchetti-Ape kam – Überraschung! – in sattem Olivgrün daher. Auf Seitenwänden und Fahrertüren prangte das Firmenlogo in Weiß: ein Wappen, das die Göttin Athene zeigte. Athene mit einer Lanze in der einen und dem Buchstaben R in der anderen Hand. Man konnte Eugenio Ronchetti bestimmt vieles nachsagen, aber mit Werbung und Imagepflege kannte er sich aus. Er nutzte sogar die griechische Mythologie für seine Werbung und assoziierte eine Gottheit mit seiner Firma. Allerdings war das Wappen einen Tick zu groß und wirkte überdimensioniert für das kleine Fahrzeug. Rosina, die die Ape ebenfalls bemerkt hatte, verabschiedete sich von Signora Giordano und kam auf mich zu.

»Anscheinend wurde bei Dottore Fontanelli eingebrochen«, wisperte sie und deutete mit dem Kopf zum Gemüsestand. »Signora Giordanos Tochter wohnt direkt neben ihm und hat mitbekommen, dass er die Kollegen von der Polizei geholt hat. Anscheinend fehlt ein Gemälde.«

»Wer ist so blöd und bestiehlt einen Polizisten?«, fragte ich.

»Es gibt mehrere Gründe, warum Gemälde verschwinden. Nicht immer ist Diebstahl die Erklärung.« Sie blickte zur Ape. »Wer sitzt am Steuer?«, raunte sie mir zu und deutete zum Ronchetti-Gefährt. »Gianni?«

»Nein. Eine Frau.«

»Das ist gut. Normalerweise fährt Gianni auf den Markt in Riva, aber heute ist er vielleicht woanders unterwegs.«

Aus ihrer Zeit als Haus- und Hofrestauratorin der Ronchettis kannte Rosina fast alle Mitarbeiter der Firma persönlich. Sie wusste, wer zur Ernte eingeteilt war, den Hofladen betreute, im Büro saß oder zum Markt fuhr.

»Freitags ist nicht nur in Riva Markttag, sondern auch in Arco und Manerba«, sagte sie, »außerdem in Garda, in Sirmione und Soiano.«

»Aber die finden doch zeitgleich statt, alle am Vormittag, oder? Wie geht sich das aus?«

Rosina überlegte kurz. »Manerba wirbt mit ›Shopping unter Sternen‹, aber sonst sind alle Märkte am Vormittag, ja.«

»Und die Ronchettis sind überall dabei?«

Rosina lachte kurz auf. »Da kannst du Gift drauf nehmen, dass Eugenio kein Geschäft auslässt. Die Firma besitzt einen ganzen Fuhrpark an Verkaufsfahrzeugen. Ist ja auch praktisch, so eine Ape: einfach Wagen abstellen und Seitenwände aufklappen, fertig ist der Marktstand.

Eugenio hat vor ein paar Jahren eine ganze Flotte bei Piaggio bestellt, ich glaube elf oder zwölf Stück.«

Sie sah kurz zu der jungen Frau in Jeans und Tank-Top, die gerade aus der Ape kletterte. »Das ist Nina, sie ist seit circa zwei Jahren in der Firma.«

»Ist das gut oder schlecht?«

Rosina überlegte. »Beides. Sie ist noch nicht so lange dabei wie Gianni, hat also nicht so viel Einblick in das Unternehmen wie er. Andererseits wird sie nicht so leicht misstrauisch, wenn ich ihr Fragen stelle. Es ist einfacher, wenn ich Gianni nicht schon wieder begegne. Gianni ist seit Jahrzehnten bei Eugenio angestellt und ihm treu ergeben.«

»Soll heißen, er würde eins zu eins alles weitergeben, was du mit ihm besprichst.« Genauso hatte ich Gianni auch eingeschätzt. »Und jetzt?«

Rosina zwinkerte mir zu. »Jetzt gehen wir zu Nina und machen uns ein bisschen in Sachen Olivenöl schlau.«

Im Sommer reifen die Oliven noch. Von Anfang Oktober bis Mitte Dezember ist – je nach Region – Erntezeit.

Großteils wird in Italien maschinell geerntet, denn der durchschnittliche italienische Olivenbauer besitzt circa zwei Hektar Olivenhain. Zu wenig, um sich große Erntemaschinen zu leisten. Außerdem spielt auch die Lage der Anbauflächen ein Rolle: Wer in Hanglage oder auf Hügeln ernten muss, ist mit der manuellen Ernte meist besser dran. Oft hilft dabei die gesamte Familie mit.

Am Ablauf von Ernte und Verarbeitung hat sich seit Jahrtausenden nicht viel verändert: Wichtig ist, die Oliven im optimalen Reifestadium zu ernten und binnen weniger Stunden zu verarbeiten. Das Zeitfenster ist knapp: 24 Stunden, sonst beginnen die Früchte zu oxidieren. Fermentation und Oxidation sind tabu für gutes Öl.

Große Betriebe, die Öle in Spitzenqualität produzieren, arbeiten in mehreren Pressvorgängen, um die Zeitspanne zwischen Ernte und Pressung so kurz wie möglich zu halten. Denn nicht nur auf die Ernte, vor allem auf die richtige Verarbeitung kommt es an, wenn gutes Olivenöl produziert werden soll. Nach der Ernte werden die Oliven gewaschen und selektiert, gemahlen und gepresst. Wasser, Öl und Trester werden voneinander getrennt und das gewonnene Öl schließlich in Flaschen abgefüllt.

»Ciao, Nina!« Rosina steuerte auf die junge Frau zu, die soeben Flaschen und Kleinigkeiten aus Olivenholz auf der Verkaufsfläche der Ape arrangierte.

Nina nickte Rosina kurz zu und hantierte weiter mit ihren Waren, ohne uns groß zu beachten.

»Könnte schwierig werden«, raunte ich. »Nina ist nicht gerade ein offenes Buch, wenn du mich fragst.«

»Aber sie ist eine Rebellin. Ich weiß schon, wie ich sie nehmen muss«, klärte mich Rosina im Flüsterton auf. Und dann lauter, als wir direkt bei der Ape standen: »Eigentlich habe ich mir geschworen, keine Ronchetti-Öle mehr zu kaufen.«

Nina stapelte gerade kleine Schalen aus Olivenholz neben einer Kiste mit Olivenölseifen. Sie zuckte unbeeindruckt die Schultern. »Niemand zwingt dich, Rosina«, murmelte sie. »Es gibt genügend andere Anbieter. Fühl dich frei.«

Vielleicht sollte sie ihre Verkaufstaktik überdenken, dachte ich und musterte die junge Frau. Sie war drahtig, fast schon zu dünn. Die Oberarme muskulös, die Hände sehnig. Der Aubergine-Ton ihrer kurzen Haare machte sie blasser, als sie ohnehin war. Ihre Sonnenbrille hatte sie auf die Stirn geschoben. Ich schätzte Nina auf Mitte bis Ende 20.

Rosina griff zu einer der Flaschen und seufzte. »Eugenio ist zwar ein Kotzbrocken, aber er produziert einfach das beste Öl weit und breit, basta!« Sie hielt die Flasche in die Höhe. »Ich nehme drei davon.«

»Ich mach erst um 8 Uhr auf.«

»Also in zwei Minuten«, sagte ich bitter, aber Rosina deutete mir, den Mund zu halten. Hätte Rosina nicht ein erklärtes Ziel gehabt, hätte ich ihr die Flasche aus der Hand genommen und sie zurück auf die Budel gestellt. Aber Rosina ist da anders programmiert: Eine Abfuhr oder Hürde nimmt sie sportlich und sucht einen anderen Weg zum Ziel.

»Du hast recht«, sagte sie zu Nina und stellte die Flasche zurück zu den anderen. »Bei Eugenio muss man auf der Hut sein. Er hat seine Augen überall, ihm entgeht nichts!«

Nina nickte und – ich schwöre! – ihre Miene hellte sich auf.

»Der Chef kontrolliert *alles*! Er sieht sich sogar die Uhrzeit auf den Kassenbons an, die wir den Kunden geben. Wenn wir nur *eine* Minute vor offiziellem Marktbeginn

verkaufen, zieht er uns die Strafzahlungen vom Lohn ab.«
Sie klappte eine Plastikbox zusammen und verstaute sie
in der Fahrerkabine der Ape. »Auch wenn er selbst gar
keine Strafe an das Marktamt zahlen muss.«

Rosina nickte wissend. »Eugenio war immer schon
schwierig. Vielleicht gar nicht schlecht, dass er mich rausgeschmissen hat.«

»Hab davon gehört.« Nina knallte die Fahrertür zu und
lehnte sich an die Ape. Sie blinzelte ins Licht und fischte
ihre Sonnenbrille aus den Haaren. Mittlerweile trudelten
die ersten Besucher auf dem Marktplatz ein und schlenderten von Stand zu Stand. Nina zog eine Packung *MS* aus der
Gesäßtasche ihrer Jeans und hielt sie uns hin. »Auch eine?«

Ich lehnte dankend ab, aber Rosina nahm eine Zigarette aus der Schachtel. Meinen fragenden Blick ignorierte
sie und zauberte ein Feuerzeug aus der Rocktasche ihres
Kleides. Sie gab zuerst Nina Feuer und zündete dann ihre
eigene Zigarette an. Ich traute meinen Augen nicht: Schon
wieder eine Zigarette, die sie tatsächlich in Brand steckte.
Ich kam mir vor wie das fünfte Rad am Wagen. Wie ein
Moralapostel, kurz bevor er die Party crasht. Ganz sicher
würde ich nicht neben den beiden stehen bleiben.

»Falls du mich suchst, ich bin beim Gemüsestand von
Signora Giordano!«, sagte ich so cool wie möglich und
trollte mich. Hier war ich nur ein Störfaktor.

»Ist gut, bis später!« Rosina winkte matt und blies Rauch
in die Luft. Sie versuchte nicht einmal, mich zurückzuhal-
ten. Stattdessen drehte sie mir den Rücken zu und konzentrierte sich voll auf Nina. Im ersten Moment war ich
gekränkt, gebe ich zu. Was dachte sie sich eigentlich dabei,

mich einfach so stehen zu lassen? Aber mit jedem Schritt, mit dem ich die Ape und den Zigarettenrauch hinter mir ließ, perlte meine Enttäuschung an mir ab. Die Sonne schien mir ins Gesicht, vom anderen Ende des Marktplatzes winkte mir meine Nachbarin, Signora Degasperi, zu. Ich überwand sogar meine Angst vor der Sprachlosigkeit und fragte Signora Giordano nach einem Rezept für Fenchelrisotto.

Nach drei Runden über den Marktplatz hatte ich Fenchel und Mortadella, *Pasta di Mandorla* und eine Flasche *Limoncello* gekauft. Ich kehrte zum Ronchetti-Stand zurück, um Rosina abzuholen, aber sie war nicht da. Auch von Nina fehlte jede Spur. Die Seitenwände der Ape waren wieder geschlossen, der Laden dicht. Rosina war verschwunden.

Ich suchte nicht nach ihr, rief nicht einmal an. Sollte sie ruhig merken, dass sie zu weit gegangen war. Rosina hatte mich auf dem Marktplatz zurückgelassen wie einen Packen ausgelesener Zeitungen – das würde ich so schnell nicht vergessen.

Aber ich hatte auch noch anderes auf der Agenda als den Ornella-Fall; Rosina war schließlich nicht die einzige Sonne, um die ich mich drehte. Der Konflikt mit Lukas machte mir zu schaffen. Es war schnell gegangen zwischen uns – wir hatten einander kennengelernt, ein paar magische Momente gehabt und viel Zeit miteinander verbracht. Vielleicht zu viel. Also Neustart. Ich war bereit, den Reset-Knopf unserer Beziehung – falls wir überhaupt eine hatten – zu drücken, aber diesmal wollte ich es besser machen.

Ich wollte nicht wieder scharf rechts in Richtung Besitzdenken abbiegen. Andernfalls würde ich unfreiwillig die Spur wechseln, in die äußere Umlaufbahn schlittern und von ihm weg driften. Womöglich endgültig.

Um diesen worst case zu vermeiden, hatte ich mich gründlich vorbereitet und das Netz nach Beziehungstipps durchforstet. Von den gefühlt 11.000 Ergebnissen hatte ich mir eines herausgepickt: Zur großen Liebe in drei Schritten.

Demnach war eine gute Beziehung zwar das Resultat harter Arbeit, aber immerhin machbar. Liebe im Baukasten-System und einfach erklärt. Das klang vernünftig.

Ich wollte es langsam angehen lassen, einen Fuß vor den anderen setzen. Schritt eins: den Partner nicht nur als Geliebten, sondern auch als Freund sehen. Also fürs Erste das Begehren außen vor lassen und sich stattdessen Zeit füreinander nehmen. Besonders geeignet dafür seien kreative Aktivitäten, bei denen beide Beteiligten ihre Fähigkeiten einbringen konnten. Ganz oben auf der Liste stand gemeinsames Kochen; ausgerechnet. Schon beim Gedanken an Pasta wurde mir flau. Al dente war ein unerreichbares Ziel, über hart oder matschig hatte ich es nie hinaus geschafft. Ich hatte so viele Töpfe verkohlt, dass man damit Straßensperren errichten konnte. Italienisches Street Food und Einladungen bei Rosina waren für mich überlebenswichtig, aber Lukas liebte selbstgekochtes Essen. Sein Leibgericht war Fenchelrisotto. Klar, was das bedeutete: Ich musste über meinen untalentierten Schatten springen. Und ich hatte einen weiten Weg vor mir. Andererseits war die Vorstellung vom gemeinsamen Gemüseschnippeln derart verlockend, dass ich mir zumindest ein Risotto zutraute. Fenchel mit Salsiccia.

Mit diesem Hintergedanken hatte ich am Markt eingekauft: Fenchel und Salsiccia für ein kräftig-spätsommerliches Fenchelrisotto. So schwer konnte es doch nicht sein, ein Reisgericht zuzubereiten. Zum Nachtisch würde es *Pasta di Mandorla* geben, das quietschsüße Gebäck, und Caffè.

Ich wählte Lukas' Nummer und nahm mir vor, cool zu bleiben. Bereits nach dem ersten Klingeln hob er ab.

»Cara?«

Ich zwang mich, den genervten Unterton zu ignorieren. »Ja, ich bin's. Hallo, Lukas.« Schweigen am anderen Ende der Leitung. »Hast du heute Mittag schon etwas vor?«

Lukas räusperte sich. »Ich bin gerade unterwegs zu einem Bewerbungsgespräch.«

Verdammt. Antworten wie diese hatte ich nicht bedacht. Ich war nur auf Zu- oder Absagen vorbereitet. Trotzdem: weiter im Text!

»Ich war beim Markt und … wir könnten zusammen kochen! Was hältst du von Fenchelrisotto?«

»Äxgüsi? Ich dachte, du kannst nicht kochen? Und wer ist wir?«

Die Frage brachte mein Herz aus dem Takt. »Na, du und ich …«, stammelte ich. Lukas atmete tief durch. Ich zwang mich, nicht gleich verbal nachzulegen, sondern zu warten. Nicht in die Falle hineinzutappen, alles kommentieren zu müssen. Jetzt war Lukas dran. Wahrscheinlich brauchte er einfach Zeit. Viel Zeit. Mit jeder stummen

Sekunde wurde meine Kehle enger. Ich hatte es verbockt, ganz sicher.

»Ich hab dich gern, Cara«, sagte Lukas nach einer gefühlten Ewigkeit, »wirklich, aber das mit uns, das isch für d' Füx!«

Ein harter Schlag in die Magengrube. Mir wurde übel. Mein früheres Ich hätte an dieser Stelle zu schluchzen begonnen, kampflos aufgegeben und den Liebeskummer mit Teelichtern, Schnulzenfilmen und vielen Tränen zelebriert. Aber aus irgendeinem Grund läutete Lukas bei mir eine Zeitenwende ein. Ich erinnerte mich an Schritt eins des Baukasten-Systems: den Partner nicht nur als Geliebten, sondern auch als Freund sehen. Wahrscheinlich gehörte dazu auch eine sportlichere Sicht auf Niederlagen. Schmutz abklopfen, aufstehen und weitermachen. Im Moment hatte Lukas Zweifel, okay. Dann sollte mein Ziel sein, diese Zweifel zu entkräften. Ich verkniff mir also die Frage nach dem Warum, denn das war das Tor zur Phrasenhölle, der Anfang vom Ende. Stattdessen sagte ich lässig: »Du, kein Stress, Lukas. Ich war nur vorhin am Markt und habe eingekauft. Fenchel und Salsiccia. Signora Giordano hat mir ihr Familienrezept für Fenchelrisotto verraten, das werde ich heute ausprobieren. Also wenn du Lust hast … jederzeit.«

Dann legte ich auf. Zugegeben: Ich war stolz auf mich. Der letzte Satz war mir besonders gut gelungen: wohldosiert zweideutig und nicht zu fordernd. Eine Einladung zum gemeinsamen Kochen oder auch mehr.

Während ich gedanklich zu Lukas und dem Drei-Stufen-

Plan abdriftete, blieb Rosina weiterhin auf den Fall fokussiert.

Nina zeigte sich unerwartet gesprächig. Beim gemeinsamen Rauchen vor der Ape hatte Rosina ein paar Bemerkungen fallen lassen, auf die Nina wie erhofft reagierte. Rosina hatte mich demnach nicht grundlos auf dem Bauernmarkt zurückgelassen; in Sachen Ermittlungen war sie eben mit einem Gang mehr ausgestattet als ich. Sie hatte Nina schon lange im Visier gehabt.

»Das war von vornherein geplant? Ich dachte, wir haben diese schlecht gelaunte Verkäuferin zufällig getroffen?«, fragte ich, als Rosina mir später davon erzählte.

»Ich dachte, du glaubst nicht an Zufälle?«, konterte Rosina.

Auch wieder wahr. Ich deutete ihr, mit ihrem Bericht fortzufahren.

»Durch meine jahrelange Arbeit bei den Ronchettis hatte ich ein bisschen Einblick in den Firmenalltag. Ich hab genau gewusst, wer an welchem Tag Marktdienst hat. Nina ist eine der wenigen, die man zu Recherchezwecken anzapfen kann. Alle anderen Ronchetti-Mitarbeiter haben Schiss vor Eugenio, die halten dicht.«

»Und Nina hat dir einfach alles gesagt, was du wissen wolltest?« Selbst wenn Nina ihrem Chef nicht untertan war, bezweifelte ich, dass sie ihren Job riskierte, um Rosinas Fragen zu beantworten. Irgendwo war da ein Haken.

»Ein bisschen komplizierter war es dann schon«, wich Rosina aus, »natürlich habe ich ein bisschen schummeln müssen, damit sie nicht misstrauisch wird.«

»Was hast du ihr denn gesagt?«

»Ich habe ihr vom Rausschmiss erzählt und davon, dass Gianni mir meinen Kram in einer Holzkiste vor dem Haus übergeben hat, damit ich erst gar nicht mehr in die Villa muss.«

»Was der Wahrheit entspricht.«

»So weit ja. Aber dann habe ich eben auch gesagt, dass mein Notizbuch mit allen Skizzen noch beim Gerüst unter dem Deckenfresko liegt und dass ich es unbedingt brauche.«

»Ich dachte du hast noch einen Reserveschlüssel von der Villa?«

Mittlerweile kannte ich Rosina gut genug. Klar, dass sie ein Duplikat des Schlüssels besaß. Sie hatte geahnt, dass Gianni oder jemand von Ronchettis Vertrauten ihr eines Tages den Generalschlüssel abnehmen würden. Sicherheitshalber hatte sie sich eine Kopie anfertigen lassen.

»Schon, aber neben einer Ronchetti-Mitarbeiterin die Villa zu betreten ist unauffällig. Jedenfalls unauffälliger als mit einem Ersatzschlüssel zu hantieren, den ich mir heimlich anfertigen habe lassen.«

»Und was hast du Nina erzählt? Wollte sie gar nicht wissen, warum du das Notizbuch so dringend benötigst?«

Rosina grinste. »Ich habe ihr gesagt ich bräuchte es ganz dringend, weil darin Skizzen für einen Auftrag enthalten wären, auf den ich mich vorbereiten müsste.«

Ich ächzte. »Wenn Gianni Nina erzählt, dass er dir bereits ein schwarzes Notizbuch gegeben hat, bist du geliefert.«

»Warum sollte er? Nina und Gianni können einander

nicht riechen, seit sie bei der *Centomiglia* aneinandergeraten sind.«

»Was denn für eine *Centomiglia*?«

»Eine Segelregatta auf dem Gardasee. Nina ist begeisterte Seglerin, ein Riesentalent. Im vorigen Jahr lag sie in Führung, aber Gianni hat ihr den Sieg versaut.«

»Gianni segelt auch?« Ich weiß nicht warum, aber ich konnte mir den knorrigen Erntehelfer beim besten Willen nicht auf einem Segelboot vorstellen. Wegen seiner arthritischen Finger oder wegen mangelndem Teamgeist. Aber Rosina schüttelte den Kopf. »Nein, Gianni war mit einem alten Fischerboot unterwegs. Er und Nina sind kollidiert; ein Unfall.« Sie dachte kurz nach. »Ein Meilenstein in den Ermittlungen!«

Ich verstand nur Bahnhof.

16. KAPITEL

Erzählt von Blattgold, Gerüsten und italienischen Wohnzimmern, von Notizbüchern, Erntemethoden und unseligen Orten. Rosina wundert sich, hat ein schlechtes Gewissen und sagt zu viel. Es geht um Mütter, Trauer und Rosen. Ich versuche zu kochen und werde abgelenkt, was fatale Folgen hat.

Aber der Reihe nach: Während ich am Bauernmarkt bei Signora Giordano im Gemüse-Kaufrausch war, seilten sich Nina und Rosina ab und holten die Vespa, die vor Marios Villa auf ihren nächsten Einsatz wartete. Nina hatte kurzerhand ihren Ape-Verkaufsstand dichtgemacht. Um keinen Ärger zu bekommen, hatte sie eine Kollegin aus der Firma angerufen und gebeten, den Marktdienst für sie zu übernehmen. Danach machten sich Nina und Rosina auf den Weg zum Ronchetti-Anwesen, um besagtes Notizbuch zu holen. Nina hatte all ihren Frust abgeladen und aus dem Nähkästchen geplaudert. Schon seit geraumer Zeit fühle sie sich nicht mehr wohl im Ronchetti-Betrieb, was mehrere Gründe hatte. Das Arbeitsklima war, gelinde gesagt, saumäßig schlecht. Die kratzbürstige Nina eckte immer wieder mit Eugenios Führungsstil an, einen Arbeitsauftrag hatte sie sogar verweigert und einen heftigen Rüffel kassiert. Seither stand sie auf Eugenios Watchlist. Der Streit zwischen ihr und Gianni war zwar privat, vergiftete aber die Atmosphäre in der Firma. Die Mehrheit der Mitarbeiter stand hinter dem Dienstältesten, dem verlängerten Arm des Chefs.

Rosina parkte ihre Vespa, wie ich vor ein paar Tagen meinen Bulli, hinter einer Zypresse. An Freitagen war vormittags nur Lucia im Haus – Eugenio und Bianca waren zu einer Geschäftseröffnung geladen, Gianni und die restlichen Mitarbeiter vom Verkauf waren auf Märkten am Gardasee unterwegs. Das Büro war freitags geschlossen. Zum ersten Mal nach Ornellas Tod betrat Rosina die Villa Ronchetti. Sie war bestimmt Tausende Male durch die hohen Räume gegangen, hatte Pinsel ausgewaschen, Leitern aufgestellt oder war auf Gerüsten herumgeklettert. Rosina kannte das Haus in- und auswendig. Da hatte sie ein Bild von Kerzenruß befreit, dort einen Bilderrahmen mit Blattgold veredelt. Sie kannte jede Ritze, jeden Winkel. Trotzdem fühlte es sich diesmal anders an, als sie die vertrauten Zimmer durchquerte, um zum Salotto zu gelangen. Leichter Weihrauchgeruch wehte aus der Hauskapelle zu ihnen. Rosina kämpfte mit den Tränen. Die schmalen Bänke waren Ornellas Lieblingsplatz gewesen. Hier hatte sie nach den Konflikten mit Eugenio Ruhe gesucht, hier hatte sie den Entschluss gefasst, ihr Leben der Kunst zu widmen. Rosina wusste, dass Ornella eine ganz Große ihrer Zunft hätte werden können, und hätte sich am liebsten auf eine der Bänke gesetzt, um Ornella zumindest im Geiste noch einmal nahe sein zu können. Aber sie wollte ihren Gefühlen nicht neben Nina freien Lauf lassen, außerdem war die Kapelle abgeschlossen, Rosina hätte erst um den Schlüssel bitten müssen. Womöglich hätte Nina dann noch mehr Ärger bekommen, als es ohnehin schon vorprogrammiert war.

»Besser, du wartest hier«, sagte sie daher vor dem Eingang zum Salotto, in dem sie noch vor ein paar Tagen an einem Deckenfresko gearbeitet hatte. Noch bevor Nina Fragen stellen konnte, betrat Rosina den riesigen Raum und schloss die Tür hinter sich. Eugenio liebte diesen Raum im hinteren Bereich des Hauses. Mit seinem intarsierten Parkett, dem gemauerten Kamin und dem Deckenfresko war er geradezu geschaffen für Repräsentationszwecke. Die riesigen Olivenhaine, die sich unmittelbar vor den Fenstern erstreckten, ließen keinen Zweifel an der sozialen Stellung des Hausherrn: Großgrundbesitzer und Firmenboss. Hierher lud Eugenio seine wichtigsten Kunden und besten Freunde. Rosina sah sich um. Hätte Bianca ihre Hochzeit hier gefeiert, wäre Ornella vielleicht noch am Leben. Für die wenigen ausgewählten Hochzeitsgäste wäre der Salotto mit der angrenzenden Terrasse groß genug gewesen.

Rosina riss sich zusammen, bevor ihre Gedanken vollends in Richtung Schwermut abdrifteten. Sie ging Richtung Gerüst, das mitten im Raum unter dem Fresko aufgebaut war. Das Parkett unter ihr knarrte. Seltsam, dass noch niemand das Gerüst abgebaut hatte. Ihr schwarzes Notizbuch lag in Hüfthöhe auf dem untersten Brett des Gerüsts. Was die Theorie untermauerte, die Rosina längst hatte: nämlich, dass die Notizbücher nicht zufällig vertauscht worden waren. Jemand hatte Ornellas Notizbuch an genau der Stelle abgelegt, wo sie, Rosina, ihr eigenes hatte liegen lassen. Sie griff nach der Kladde mit dem schwarzen Einband und öffnete es. Kein Zweifel: Dieses hier war tatsächlich ihr eigenes. Sie hatte zwar ihren Namen nicht in die dafür vorgesehenen Zeilen auf der ersten Seite eingetragen, aber die Seiten waren mit ihrer Handschrift gefüllt. Irgendjemand hatte die zwei Bücher vertauscht. Rosina sah sich um. Vor der Tür des Salotto vertrieb sich Nina die Wartezeit mit einem Spiel auf dem Smartphone; Rosina erkannte die Töne, wenn ein Wort richtig erraten wurde.

Sie strich über den Einband ihres Buches und war froh, es wieder gefunden zu haben. Sie hatte tatsächlich einige wichtige Notizen darin erstellt, die für Aufträge bei anderen Kunden von Bedeutung waren. Warum war ihr Buch mit dem von Ornella vertauscht worden? Rosina setzte sich vor einem der großen Fenster auf den Parkettboden und dachte nach. Dieser Tausch konnte nur einen Grund haben: Jemand *wollte*, dass sie Ornellas Notizen sah. Ornellas codierte Tabellen sollten geknackt werden. Rosina schloss die Augen. Fragen zuckten wie Blitze durch ihren Kopf. Sie hatte Mühe, nichts davon zu vergessen und alles zu sortieren.

Als Gianni ihre Arbeitssachen und das Notizbuch, jenes von Ornella, zusammengepackt hatte, wo war da ihr eigenes gewesen? Waren zwei Notizbücher auf dem Gerüst gelegen? Wohl kaum, denn dann hätte Gianni die beiden miteinander verglichen und ihr das richtige ausgehändigt. Ornellas Buch war erst hier im Salotto aufgetaucht, als sie bereits tot war. Oder, anders gedacht: Die Notizbücher hätten bereits lange vor Ornellas Tod vertauscht werden können, als Rosina hier gearbeitet hatte. Aber das war nicht passiert. Dass ihr genau jetzt die Arbeitsnotizen einer Verstorbenen zugespielt wurden, konnte nur einen Grund haben: Der Hinweis auf Ornellas Mörder war in diesem Buch versteckt. Und wer auch immer für den Tausch verantwortlich war, wollte, dass Rosina sich darum kümmerte und niemand sonst.

Rosina massierte den Punkt zwischen den Augenbrauen mit ihrem Zeigefinger. Nächste Frage: warum genau sie? Was qualifizierte Rosina, Ornellas codierte Tabellen zu knacken? Und warum waren die Tabellen ausgerechnet bei Ornellas Arbeitsnotizen? Wann hatte Ornella mit ihren Aufzeichnungen begonnen? Hatte sie zu diesem Zeitpunkt schon gewusst, dass ihr Großvater ein Hehler war? Nächste Frage: Wer war für den Tausch verantwortlich? Wer kam infrage? Im Prinzip jeder, der den Hauptschlüssel besaß und sich auf dem Ronchetti-Anwesen bewegte. Vor allem jemand, der wusste, dass sie bereits hier gewesen war, um ihre Sachen zu holen. Dafür kamen nur wenige Personen infrage. Rosina malte mit dem Finger die Fugen des Parkettbodens nach. An manchen Stellen waren die Fugen zwischen den einzelnen Hölzern breiter als an anderen. Die großen Fenster ließen mehr Sonnenlicht und Wärme in den Raum, als dem Boden guttat. Passend zum Broterwerb der Familie Ronchetti waren Oliven und Olivenzweige als Intarsien verarbeitet. Hier musste ein wahrer Meister am Werk gewesen sein; aus ihrem Bekanntenkreis hätte Rosina keinem einzigen Künstler so eine filigrane Holzarbeit zugetraut.

An der Tür quietschte es leise. Rosina drehte den Kopf und sah, dass sich die Klinke langsam nach unten bewegte. »Bin gleich fertig, Nina«, rief sie verhalten und stand auf. Sie zuckte zusammen als sie sah, wer in der Tür stand. »Hat Ihnen Gianni Ornellas Notizbuch gegeben?«, frage Lucia Ronchetti.

Erfolgreiches Ermitteln funktioniert ähnlich wie die Olivenernte, hat Rosina einmal gesagt. Es gibt mehrere Methoden, um an die Früchte zu gelangen, aber nicht jede Erntemethode eignet sich für jede Situation. Die Kunst ist, die Balance zwischen ertragreicher Ernte und geringstmöglichem Schaden an Früchten und Bäumen zu finden.

Für niedrige Bäume, deren Äste man bequem erreicht, eignet sich die Brucatura, die Ernte von Hand. Die Oliven werden direkt von den Ästen gepflückt. Ein riesiger Aufwand, der sich nur für kleine Flächen eignet. Bei der Bacchiatura werden die Äste mit Stöcken geschüttelt. Die herabfallenden Früchte landen in Netzen, die unter den Bäumen gespannt sind. Das ist schneller und bequemer, als jede Frucht einzeln zu pflücken. Bei empfindlichen Bäumen kann die Bacchiatura allerdings Schaden anrichten.

Oder man »schlägt« seine Olivenbäume, besser gesagt: Man lässt schlagen. Mechanische Arme wickeln sich um den Baumstamm und schütteln ihn sanft, um die Früchte zum Fallen zu bringen.

Die Brachialmethode ist die maschinelle: Große Erntemaschinen fahren durch die Olivenhaine und saugen Früchte von den Ästen, Kollateralschäden wie tote Singvögel inklusive.

Und manchmal bemerkt man einzelne Früchte im Gras,

mit denen man nicht gerechnet hat. Sie sind weder unreif noch verfault, sondern zum richtigen Zeitpunkt unbemerkt vom Baum gefallen und direkt vor den Füßen des Pflückers gelandet.

Wie Lucia Ronchetti. Sie hatte nichts mit der zusammengesunkenen Frau gemeinsam, an die sich Rosina erinnerte. Kein Rollstuhl, keine Wolldecke über den Knien, kein verlorener Blick. Lucia Ronchetti stand kerzengerade in der Tür und musterte Rosina. Zur schwarzen Palazzohose trug sie einen schwarzen ärmellosen Rollkragenpulli und weiße Sneakers. Ihre Haut war blass, aber trotz Kummerfalten und leichten Schatten unter den Augen erkannte Rosina, dass Lucia Ronchetti früher eine wahre Schönheit gewesen sein musste. Rosina versuchte, sich zu erinnern, ob sie Lucia in all den Jahren so entschlossen gesehen hatte. Entschlossen und zugleich anmutig. Sie ging, nein schwebte beinahe auf Rosina zu. Anstatt ihr die Hand zu geben, nickte sie nur kurz und öffnete dann eine der großen Glas-Flügeltüren, die zu Terrasse und Olivenhainen führte. Warme Sommerluft strömte in den Raum und wehte den Duft der Olivenhaine zu ihnen herüber. Die Terrasse war riesig, Rosina schätzte sie auf 100 Quadratmeter. Auf einer Loungegarnitur, die die halbe Fläche einnahm, hatten bestimmt 20 Leute Platz.

Lucia deutete auf das Notizbuch in Rosinas Hand. »Sie haben den Tausch bemerkt.« Ein schwaches Lächeln huschte über ihr Gesicht.

Rosina nickte. »Und Sie wussten, dass ich wiederkomme.«

Lucia trat vom Salotto auf die Terrasse und machte eine einladende Handbewegung.

»Ich denke, es ist Zeit, dass wir uns unterhalten«, sagte sie ernst.

Die vor Jahren Verstummte richtete plötzlich selbst das Wort an sie: Rosina wurde schwer ums Herz. Sie hatte schon lange ein ungutes Gefühl gehabt, was Lucia betraf. Eine Mischung aus Mitleid und schlechtem Gewissen plagte sie und kullerte durch ihr Unterbewusstsein wie ein ausgespuckter Olivenkern, der dringend entsorgt werden musste. Sie nahm Lucia gegenüber Platz und schirmte ihre Augen mit der Hand gegen die Sonne ab.

»Wo ist Nina?«

»Wieder zurück am Markt.« Ob sie Nina zurück an ihren Arbeitsplatz am Markt geschickt oder die junge Frau freiwillig die Villa verlassen hatte, verriet Lucia nicht. Auch nicht, wie Nina zurück nach Riva gekommen war. Egal.

Eine Weile war es still, nur von den Olivenbäumen war Vogelgezwitscher zu hören. Bis sie von den Maschinen eingesaugt werden, dachte Rosina, und dieser Gedanke machte sie unendlich traurig. Immer trifft es die, die nicht mit dem Tod rechnen, dachte sie. Egal ob Rotkehlchen oder Ornella: Beiden war es nicht vergönnt gewesen, alt zu werden. Niemand hatte sie auf den Tod vorbereitet, sie mussten ihr Leben von einer Sekunde auf die andere lassen. Am liebsten wäre Rosina aufgesprungen und mit der Vespa zurück nach Riva gefahren, weg von diesem unseligen Ort, aber sie wusste, dass das nicht ging. Lucia hatte um ein Gespräch gebeten. Sich jetzt davor zu drücken, kam nicht infrage.

»Sie haben Ornella geliebt wie Ihr eigenes Kind«, begann Lucia.

Und obwohl sie recht hatte, klang dieser Satz in Rosinas Ohren plötzlich fremd. Vielleicht weil Ornellas Mutter ihn gerade ausgesprochen hatte. Ja, sie war immer gern in Ornellas Nähe gewesen weil sie sich genauso eine Tochter immer gewünscht hatte. Weil sie nie erfahren würde, was aus *ihrer* Ornella geworden war, ihr eigen Fleisch und Blut. Rosina schluckte und vermied es, Lucia anzusehen. Aber dann fiel ihr ein, dass hier zwei Frauen mit demselben Schicksal saßen. Zwei Mütter, die um ihre Kinder trauerten. Sie rang sich zu einer Erzählung durch.

»Ich habe meine Tochter verloren, als sie ein paar Tage alt war«, begann Rosina. Bisher kannte niemand aus der Familie Ronchetti ihre Geschichte. Lucia hörte zu, ohne Rosina zu unterbrechen. Die ganze Zeit über saß sie regungslos und mit aufrechtem Rücken auf der Couch, die Hände auf den Knien verschränkt.

Als Rosina fertig war, atmete sie tief durch. »Es war Ornellas größtes Glück, Sie kennenzulernen.«

Mit allem Möglichen hatte Rosina gerechnet, aber nicht damit. Eine Eifersuchtsszene wäre plausibel gewesen; schließlich hatte Rosina viel Zeit mit Lucias Kind verbracht, die Bindung war eng gewesen. Oder Vorwürfe, denn ohne Rosina wäre Ornella vielleicht nie auf die Idee gekommen, Restauratorin zu werden. Ihr Weg wäre anders verlaufen, und sehr wahrscheinlich wäre sie noch am Leben. Das war zwar weit hergeholt, und Rosina schob den Gedanken gleich wieder beiseite, weil er viel zu schmerzhaft war, aber im Grunde stimmte es.

»Ich sage nicht dass es einfach war, Sie beide zusammen zu sehen«, stellte Lucia klar. Ihre Stimme war bestimmt, aber nicht unfreundlich. »Aber Sie waren Ornellas Weg zur Kunst.« Sie nickte zur Bestätigung. »Als Mutter spürt man zwar, was dem eigenen Kind wichtig ist.« Sie streckte den Arm aus und griff nach Rosinas Hand. »Aber ich hatte nicht die Kraft, Ornella auf ihrem Weg zu unterstützen. Das war Ihre Aufgabe.«

Rosina wischte sich eine Träne aus dem Augenwinkel. »Danke«, flüsterte sie, und das kam aus tiefstem Herzen.

Nach ein paar Momenten ließ Lucia Rosinas Hand wieder los und stand auf. »Ornellas Liebe zur Kunst war Eugenio ein Dorn im Auge.« Sie legte eine Hand auf die Garnitur und starrte in den Olivenhain. »Im Grunde war Ornella fürs Geschäft wesentlich besser geeignet als Bianca. Sie war ihrem Vater sehr ähnlich. Eugenio wusste das, aber er hätte Ornella niemals gebeten, seine Nachfolgerin zu werden, obwohl er sie gern an dieser Stelle gesehen hätte. Mein Schwiegervater hat nie um etwas gebeten, sondern immer bestimmt.«

»Moment«, unterbrach Rosina, »ich dachte immer, Bianca war die Favoritin?«

Lucia schüttelte den Kopf. »Bianca war Eugenios Plan C. Nach Dario und Ornella war in direkter Linie nur mehr Bianca übrig, um die Zukunft des Betriebes zu sichern.« Sie sah zu Rosina und lächelte schwach. »Nicht schön, das über die eigene Tochter zu sagen, aber so war es nun einmal.«

»Was ist damals passiert, als Dario verschwunden ist?«

Lucia schwieg und knetete ihre Hände. Erst jetzt fiel Rosina auf, dass sie ihren Ehering trug.

»Das weiß niemand so genau«, sagte Lucia leise. »Wir haben Familienurlaub gemacht, Eugenio, Dario, die Kinder und ich. Eugenio und Dario hatten ein heftigen Streit, bevor der Unfall passierte. Am Morgen darauf war mein Mann nicht mehr da. Es hieß, er sei über Bord gegangen.« Rosina durchforstete ihr Gedächtnis. Sie versuchte sich zu erinnern, ob sie Lucia Ronchetti in der Vergangenheit mit oder ohne Ring am Finger gesehen hatte. Ob ihr einfach nicht aufgefallen war, dass Lucia den Ring nie abgenommen oder ob sie ihn erst jetzt wieder an den Finger gesteckt hatte. Bei Ornellas Begräbnis hatte sie sich auf andere Dinge konzentriert.

»Wo ist Dario jetzt?« Ein Schuss ins Blaue, aber definitiv einen Versuch wert.

Lucia zuckte zusammen. »Was ist das für eine Frage?« Sie lachte hysterisch und schüttelte den Kopf. Dann wurde sie wieder ernst und funkelte Rosina über die Couch hinweg an.

»Wollen Sie mich quälen? Ich habe meine Tochter verloren, ich dachte, deshalb wären Sie hier.«

Was im Grunde stimmte, aber beim Nachdenken auf dem Fußboden des Salotto hatte sie sich daran erinnert, was Salvo in Arco zu ihr gesagt hatte: »In zwei Wochen ist es auf den Tag genau sieben Jahre her, dass Dario über Bord gegangen ist. Nach derzeitigem Stand der Dinge ist er Eugenios direkter Erbe.«

»Ich habe dafür gesorgt, dass sie Ornellas Notizbuch bekommen, Signora Gamper«, sagte Lucia, als sie sich wieder gefasst hatte. »Mehr kann ich für Sie nicht tun. Sie sollten jetzt gehen.«

Aber Rosina ließ sich nicht beeindrucken und blieb in der Spur. Lucias Nervosität war verräterisch. Zusammen mit dem Ehering vielleicht sogar der entscheidende Hinweis, dass Ornellas Tod mit der Familiengeschichte zusammenhängen könnte. Vor allem aber ein Zeichen, dass sie sich nicht von Lucias gespielter Entrüstung blenden lassen durfte. Rosina straffte sich und wiederholte ihre Frage.

»Wo ist Dario jetzt?«

Lucia blinzelte. »Sie denken, der Unfall auf See war nicht echt? Die tagelange Suche mit Booten und Tauchern, die Zeitungsberichte – alles nur Theater?«

»Genau das denke ich«, sagte Rosina ruhig.

Lucia presste Luft aus ihren Lungen, als habe jemand ihr einen Schlag auf den Rücken verpasst. Auf dem beigefarbenen Polster war ein feuchter Abdruck ihrer Hand zu sehen.

»Eine steile These, Signora Gamper, finden Sie nicht?«

Rosina legte den Kopf schief. »Aber nicht ausgeschlossen. Der Unfall ist fast auf den Tag genau sieben Jahre her. Ich habe Ihren Ehemann nicht mehr kennengelernt, aber vielleicht war es für ihn der einzige Ausweg, von der Bildfläche zu verschwinden.«

Sie beobachtete Lucia genau: schneller Atem, gerötete Ohren. Lucia wirkte fahrig und wie auf dem Sprung.

»Blödsinn«, presste sie hervor, »warum hätte er das tun sollen?«

»Weil Eugenio ein Tyrann war, der über das Schicksal seiner Familie bestimmt hat. Er hätte die Zügel niemals aus der Hand gegeben, egal wer ihm nachgefolgt wäre.«

Lucia lachte bitter. »Ich glaube, Sie verrennen sich da in etwas, Signora Gamper. Dario hätte einfach von hier fortgehen können, wenn er Eugenio nicht mehr ausgehalten hätte. Das wäre die wesentlich einfachere Variante gewesen, meinen Sie nicht?«

»Einfacher, aber nicht der Weg zum Ziel.«

»Wie bitte?« Lucia blickte, als habe sie sich verhört.

»Ich glaube, Sie wussten die ganze Zeit, dass Dario noch lebt. Mehr noch: Ich glaube sogar, dass Darios Verschwinden von langer Hand geplant war. Und dass Sie beide die ganze Zeit über in Verbindung waren. Es war für Sie beide die einzige Möglichkeit, zusammenbleiben zu können und trotzdem nicht auf die Firma verzichten zu müssen.«

Lucia schnaubte und strich sich eine Haarsträhne hinters Ohr.

»Sie haben zu viele Krimis gesehen, Signora Gamper. Außerdem«, sie ging um die Couch herum und blieb unmittelbar vor Rosina stehen, »außerdem deuten Sie mit dieser Theorie an, ich hätte meine Töchter jahrelang belogen und ihnen den Tod ihres Vaters nur vorgegaukelt.« Ihr Atem roch nach Kaffee und Pfefferminz.

Rosina wich keinen Zentimeter zurück. Sie hielt Lucias Blick stand. »Nein, Signora Ronchetti. Ich glaube, Ornella wusste Bescheid.«

Zu dieser Zeit kämpfte ich mit Fenchel, Salsiccia und einem Familienrezept. Noch stand nicht fest, ob es mir gelingen würde, ein Risotto alla Giordano zusammenzubasteln. Ich hatte Wurst und Gemüse in kleine Würfel geschnitten und war gerade dabei, den Reis glasig zu dünsten, als es an der Tür klopfte. Ausgerechnet jetzt. Sollte ich den Herd abdrehen? Schwer einzuschätzen, wie lange es danach brauchte, bis die jetzige Temperatur wieder erreicht war. So würde das Risotto nie fertig werden. »Bin gleich wieder da«, murmelte ich Richtung Reis. Ich ließ den Topf stehen und hastete zur Tür. »Sí?«

Keine Antwort. Ich drehte den Schlüssel im Schloss und riss das schwere Holztor auf.

»Wenn ich Zeit und Lust habe, hast du gesagt?«

Lukas grinste und küsste mich links und rechts auf die Wangen. Ich sog den Duft seines Aftershaves ein und musste mich kolossal zusammenreißen, ihm nicht sofort um den Hals zu fallen. Schritt für Schritt, lautete schließlich die Devise. Den Partner wie einen Freund behandeln. Das Verlangen außen vor lassen.

»Klar, war ja mein Angebot«, sagte ich so cool wie möglich und schloss das Tor hinter Lukas. Und dann, um das Freundschaftsthema möglichst glaubhaft rüberzubringen:

»Kommt Svenja auch zum Essen?«

»Nein.« Lukas zauberte eine rote Rose hinter dem Rücken hervor. »Und selbst wenn: Es wäre mir egal. Wichtig sind nur du und ich.«

Was soll ich sagen: Auch diesmal brannte der Reis im Topf an. Ich bemerkte den Geruch erst, als Signora Baldini von nebenan auf die Straße lief und panisch an mein Fenster klopfte. Rauchschwaden drangen aus der Küche zur Werkstatt, wo die Rose, Lukas und ich am Boden lagen.

Eigentlich hatte Rosina gehofft, Lucia wäre ihr beim Decodieren von Ornellas Aufzeichnungen behilflich. In dieser Hinsicht hatte sie sich selbst aus dem Rennen genommen, der Ofen zwischen Rosina und Lucia war aus. Oder, um in der Bildsprache der Olivenhaine zu bleiben: Rosina war von der Brucatura zur Maschinenernte übergegangen. Vom schonenden, aber mühsamen Pflücken der einzelnen Früchte zur wesentlich schnelleren Methode, die zwar reicheren Ertrag liefert, aber auch Schäden hinterlässt. Mit Lucias Unterstützung konnte sie nicht mehr rechnen, so viel stand fest. Andererseits: Ornellas Notizbuch lag in ihrem Wohnmobil. Niemand vermutete es dort, sie würde sofort nach ihrer Rückkehr einen weiteren Versuch starten, die Tabellen auszuwerten. Sie hätte Lucia noch gern zum toten Rotkehlchen befragt, aber diesen Punkt konnte sie von ihrer Liste streichen. Sie würde auf anderem Weg zu einer Antwort kommen.

Lucia blieb auf der Terrasse stehen, beide Hände auf die Couch gestützt, und starrte in die Olivenhaine. Ihr Gesicht hatte wieder jene ausdruckslose Starre angenommen, die Rosina so oft an ihr gesehen hatte. Ob sie den Abschiedsgruß überhörte oder absichtlich ignorierte, war nicht zu erkennen.

Rosina trat von der Terrasse wieder in den Salotto und blickte ein letztes Mal nach oben zum Deckenfresko, an dessen Rändern sie bereits mit ihrer Arbeit begonnen hatte. Ein Maler hatte sich hier vor Jahren am letzten Abendmahl versucht, lange bevor Rosina im Hause Ronchetti gearbeitet hatte. Er hätte es besser bleiben lassen sollen; die Mimik der Apostel am Tisch war starr und ausdruckslos, die Farbgebung unharmonisch. Es kam selten vor, dass Rosina die Arbeit eines Kollegen als stümperhaft bezeichnete, aber in diesem Fall fiel ihr kein anderes Wort ein. Eugenio hatte Rosina den Auftrag erteilt, das Bild »wieder zum Strahlen zu bringen.« Bei der Wahl der Mittel hatte er ihr freie Hand gelassen. Ein letztes Mal ließ sie ihren Blick über die einzelnen Gesichter der Apostel schweifen. Im Grunde war sie froh, dass Eugenio ihre Zusammenarbeit beendet hatte. Dieses verhunzte Gemälde wäre es nicht wert gewesen, wochenlang auf einem Gerüst zu liegen und sich bei der Arbeit nach oben Schultern und Nacken zu verrenken, nur um zu retten, was noch zu retten war. Besser, sie konzentrierte sich auf andere Aufträge. Wenn sie überhaupt noch welche bekam, dachte sie bitter. Eugenio ließ seine Muskeln spielen und machte von seinem Einfluss Gebrauch, das wurde immer deutlicher. Erst heute früh waren zwei unerfreuliche Mails in ihrem Postfach eingetrudelt. Sowohl die Verwaltung eines Klosters als auch der Besitzer eines Palazzos hatten von ihrem Rücktrittsrecht Gebrauch gemacht und bestehende Verträge ohne Angabe von Gründen gekündigt.

Das konnte ein Zufall sein oder auch nicht – Eugenios langer Arm reichte in viele Kreise. Die Einflussnahme auf Rosinas Geschäfte war seine Art, sie vom Ermitteln abzuhalten. Trotzdem hatte sie beschlossen, nicht das Handtuch zu werfen, sondern weiterzumachen. Auch wenn sie wirtschaftlich immer mehr unter Druck geriet: Sie würde Ornellas Tod aufklären.

L'Ultima Cena. Das letzte Abendmahl. Im Salotto der Ronchetti-Villa war tatsächlich eines der berühmtesten Motive der Malerei zu finden. Aber in dieser Version saßen die Apostel nicht wie bei Da Vincis Gemälde in Dreiergrüppchen am Tisch, sondern waren locker um den Tisch verstreut. Nur Judas saß an der Außenkante, mit dem Rücken zum Betrachter. Bereits bei der ersten Bestandsaufnahme hatte Rosina einen Verdacht gehabt. Dass dieses Abendmahl an Plautilla Nellis Version angelehnt war, nämlich das erste bekannte »weibliche« Abendmahl. Eugenio Ronchetti hatte sich eine der bedeutendsten Entdeckungen der Kunstgeschichte an die Decke malen lassen. Von einem Stümper zwar, aber immerhin. Jetzt, Wochen nach der ersten Bestandsaufnahme, die sie bei jedem Auftrag machte, sah sie das Gemälde mit ganz anderen Augen. Denn jetzt kannte Rosina Ciccios Geschichte um die gestohlenen Gemälde in Florenz und rief sich einige davon ins Gedächtnis. ORATE PRO PICTORA. Die Signatur auf Plautilla Nellis letztem Abendmahl. Das Gemälde hing zwar im Museum des Klosters Santa Maria Novella in Florenz, aber Rosina traute dem Boss der Ronchettis mittlerweile alles zu. Vielleicht hatte er eine Skizze davon entdeckt und mitgehen lassen, wer weiß. Das Deckenfresko in seinem Salotto ähnelte jedenfalls Plautilla Nellis Werk.

Jesus' Gesicht ähnelte dem von Eugenio. Das passte zwar zum aufgeblasenen Ego des Hausherrn, trotzdem blieb Rosina die Spucke weg vor so viel Geltungsdrang. Noch interessanter war allerdings das Gesicht des Judas. Es erinnerte Rosina an den Nachmittag in der Via Cappello. Der Verräter auf dem Gemälde war Ciccio Ferrari.

17. KAPITEL

Erzählt von Flammen, Streiflichtern und Madonna. Rosina telefoniert mit Mario und tut, was sie nicht soll. Es geht um Graureiher und eine Sackgasse, um Handschuhe, Müllsäcke und Todesangst. Rilke hilft weiter, das Puzzle ist komplett und jemand schuldet Rosina einen Gefallen.

Ich bemerkte keinen von Rosinas Anrufen, weil ich in jenen Stunden mit anderen Dingen beschäftigt war. Lukas und ich waren noch in der Werkstatt übereinander hergefallen, ich sage nur: Versöhnung mit allen Sinnen, bevor wir durch Signora Baldinis heftiges Geklopfe an der Fensterscheibe aufgeschreckt wurden. Wir schafften es gerade noch ins Freie. Die Küche stand bereits in Vollbrand und die Vigili del Fuoco, die Feuerwehr, in der Via Fiume. Es wäre nur eine Frage der Zeit gewesen, bis die Flammen auf die Werkstatt übergegriffen hätten. Regale voller Lacke, Farben und Flaschen mit Verdünnung – der kleine Raum war ein Pulverfass und hatte das Potenzial, das ganze Haus in die Luft zu sprengen.

Ich stand in einigem Abstand an eine Hausmauer gelehnt, eine Decke um die Schultern und zitterte. Trotz der Mittagshitze war mir unendlich kalt, wahrscheinlich vom Schock. Die Feuerwehr hatte noch kein Brand-Aus gegeben, noch immer waren Glutnester in der Wohnung. Meine Nachbarn hatten sich in der Via Fiume versammelt und blickten tadelnd zu Lukas und mir. Ein Blick auf uns beide reichte als Erklärung, warum der Brand ausgebrochen war. Lukas trug nur Boxer-Shorts und T-Shirt; die Zeit hatte nicht gereicht, um mehr anzuziehen. Unter meiner Decke war ich nur mit Unterwäsche bekleidet. Ich starrte auf die verkohlten Mauern meiner Wohnung und zog die Decke enger um die Schultern.

»Das war das letzte Mal, dass ich für dich gekocht habe«, schniefte ich und brach in Tränen aus. Lukas nahm mich in den Arm und gab mir einen Kuss auf den Scheitel. »Das hoffe ich.«

Die Vespa stand immer noch vor dem Tor des Ronchetti-Anwesens. Rosina hatte keine Ahnung, wie Nina zurück zum Markt nach Riva gekommen war – vielleicht mit dem Bus, vielleicht hatte eine Kollegin sie gefahren. Sie klappte die Sitzbank ihrer Vespa auf, verstaute ihr Notizbuch und setzte den Helm auf.

Ich weiß ein graues Schloss am See,
Drin tiefe Gänge führen.

Die Zeilen, die Rilke zur Burg Arco verfasst hatte, spukten Rosina durch den Kopf. Gleichzeitig tauchte eine Idee auf, ein gedankliches Streiflicht nur, das verglühte, noch bevor Rosina es zu fassen kriegte. Sie versuchte, den Gedanken wieder ans Tageslicht zu befördern, ihn aus dem Unterbewusstsein zu kramen und zusammen mit den anderen an ihre imaginäre Pinnwand zu tackern –

aber nichts. Rosina hasste solche Momente und den fahlen Nachgeschmack von Hilflosigkeit, den sie hinterließen. Wütend startete sie die Vespa und bog auf die Hauptstraße ein. Wie konnte sie ihrem Gedächtnis auf die Sprünge helfen? Neben ihr tauchte der Burgfelsen von Arco auf. Rosina beschloss, an den Unglücksort zurückzukehren. Die Hochzeit an Ort und Stelle gedanklich Revue passieren zu lassen und Antworten auf die wichtigsten Fragen zu finden. Sie musste es schaffen, die losen Fäden dieses Falles zu einem Muster zu verweben, um Ornellas Tod aufzuklären. Aber noch war es nicht so weit; noch fehlten ihr Antworten auf einige wichtige Fragen.

Wo noch vor ein paar Tagen Hochzeitsgäste auf die Trauung gewartet hatten, herrschte jetzt gähnende Leere. Rosina hatte ein Ticket gelöst und war zu der Rasenfläche aufgestiegen, die für Biancas Hochzeit mit Olivenbäumchen und einer Bühne bestückt worden war. Von hier aus hatte man einen fantastischen Blick auf die Altstadt von Arco, auf Riva, Torbole und den Gardasee.

Rosina setzte sich im Schneidersitz auf den Rasen und hielt ihr Gesicht in die Sonne. Sie sammelte sich und versuchte, die Geschehnisse so lückenlos wie möglich vor ihr inneres Auge zu holen. Ein paar Touristen kamen schnaufend auf die Rasenfläche und genossen den Ausblick ins Tal. Leider viel zu laut für Rosinas Geschmack, sie wurde zunehmend unruhig. Das gedankliche Streiflicht war nicht wieder aufgetaucht, und Rosina, zunehmend genervt von den Lücken in ihrer Erinnerung, erhob sich schnaufend. Mittlerweile posierten die Touristen für Selfies. Einer von ihnen hatte eine Lautsprecherbox an einem Trageriemen umgehängt. Madonnas »La Isla Bonita« dröhnte über das Areal. Unpassender konnte ein Soundtrack für eine Ruine nicht sein, dachte Rosina und machte sich aus dem Staub, bevor sie womöglich gebeten wurde, ein Gruppenfoto zu machen. Sie flüchtete zu den Steinstufen, über die sie und Mario nach oben gerannt waren, nachdem Biancas Schrei die Luft zerrissen hatte. Auf einer der Stufen ließ sie sich nieder und schloss die Augen. Im Geiste ging sie die Gästeliste durch: Den großen blonden Showmaster hatte sie sich gemerkt. Er hatte sich mit einer rothaarigen Herzogin aus dem englischen Königshaus unterhalten. Dann war da noch der geschniegelte Spross aus dem monegassischen Fürstenhaus und ... mehr fiel ihr nicht mehr ein. Die Hochzeitsgäste waren allesamt prominente Kunden der Firma; da fehlte jegliches Motiv. Rosina öffnete die Augen und fluchte. So kam sie nicht weiter, sie steckte fest. Vielleicht musste sie ihre Sichtweise ändern. Sie atmete tief durch, schloss die Augen erneut und startete den nächsten Versuch. Die losen Fäden ihrer Erkenntnisse lagen in einem Knäuel vor ihrem geistigen Auge. Rosina griff in Gedanken nach einem Faden und zog daran. Salvo. Der ehemalige Tierschützer war Eugenios erbittertster Feind. Das tote Rotkehlchen auf Ornellas leblosem Körper hatte sie sofort an *Angeli Uccelli* denken lassen. Rosina öffnete den Fotoordner auf ihrem Smartphone und sah sich das Gruppenfoto an, das Salvo ihr geschickt hatte. Von den einst gut 100 kämpferischen *Engeln der Vögel* war nur mehr ein kümmerlicher Rest übrig. Rosina musterte die Gesichter genau; keines davon hatte sie auf Biancas Hochzeit gesehen. Somit konnte sie ausschließen, dass sich Tierschützer auf das Gelände geschlichen hatten, um die Feier zu sabotieren. Außerdem hatte Ornella selbst vor Jahren der Gruppe angehört. Was für einen Grund könnte es geben, ein ehemaliges Mitglied vom Felsen zu stoßen? Wahrscheinlich gar keinen. Selbst wenn es Ungereimtheiten zwischen militanten Tierschützern und Ornella gegeben hatte; es hätte bestimmt einfachere Wege gegeben, sie aus der Welt zu schaffen als die Hochzeitsfeier ihrer Schwester. Umgekehrt hatte jemand versucht, Ornellas Tod mit *Angeli Uccelli* in Verbindung zu bringen. Rosina dachte an die Liste, die Luisa ihr ausgehändigt hatte. Die Restaurants, in denen Rotkehlchen als Delikatesse auf der Speisekarte landeten. Rosina hatte eine Theorie, wie der kleine Vogel zu Ornellas Leiche gekommen war, allerdings hatte diese Theorie einen Schönheitsfehler: In diesem Jahr hatte die Olivenernte noch nicht begonnen, es gab also noch keine »frischen« Rotkehlchen der Saison. Rosina fischte wieder ihr Handy aus der Tasche und scrollte zum Foto mit der toten Ornella. Sie zoomte das Bild größer, wobei sie es vermied, Ornellas Gesicht anzusehen. Sie konzentrierte sich auf die Stelle mit dem Vogel. Rosina hatte einen Verdacht und hoffte, dass das Bild scharf genug war, um zu erkennen, wonach sie suchte. Tatsächlich: Die Federn waren nass. Sie klebten am Körper des kleinen Tieres, was nur einen Grund haben konnte: Tauwasser. Jemand hatte das Rotkehlchen aus einem Tiefkühler geholt und zu Ornella gelegt, um eine falsche Spur zu legen. Mit einem Vogel aus der Vorjahres-Ernte. Mittlerweile waren die Touristen abgezogen, Rosina war wieder allein. Ohne lange zu überlegen wählte sie Marios Nummer und hoffte, dass sein Groll mittlerweile verraucht war.

»Rosina?«

Es tat gut, seine Stimme zu hören. Rosina holte tief Luft. »Die Nachricht von neulich ... das tut mir leid.«

Mario brummte etwas Unverständliches, sagte etwas, verstummte wieder. »Nich ...heim ...bucht ...Sorgen.«

Rosina verstand nur unzusammenhängende Wortfetzen. Sie stand auf und bewegte sich ein paar Schritte von der Mauer weg. Der Empfang auf dem Burgfelsen war schlecht. »Bist du unterwegs?«, fragte Rosina, bekam aber keine Antwort. Entnervt legte sie auf und blickte Richtung See. Wie es aussah, musste sie nur noch herausfinden, wo Eugenio die gestohlenen Kunstschätze gelagert hatte. Alle anderen Puzzleteile hatte sie bereits; sie mussten nur noch zusammengefügt werden. Sie schloss die Augen und rief sich die Zeichen in Ornellas Notizbuch ins Gedächtnis. Oliven. La Isla bonita. Und plötzlich war ihr alles klar.

Die Isola dell'Olivo ist eine von fünf Inseln im Gardasee, ungefähr 200 Meter vom Ostufer des Sees entfernt. Ein kleiner Flecken Land mitten im Wasser, auf dem keine Olivenbäume stehen, wie man vielleicht vermutet. Bei der *Centomiglia del Garda*, einer der weltweit größten Segelregatten, die meist Anfang September ausgetragen wird, spielt die Insel eine wichtige Rolle als Orientierungspunkt. Auf nur 100 Metern Länge vereint sie schroffe und glatte Felsen, Bäume, Sträucher und ein Schiffswrack vor der nördlichen Spitze. Sogar unter dem Wasserspiegel hat die Isola etwas zu bieten: eine Unterwasserhöhle in etwa

13 Metern Tiefe mit einer reichen Unterwasserflora und -fauna. Die Isola dell'Olivo ist ein winziges Komplettangebot für Sporttaucher und Badende, dazu nicht bewohnt und öffentlich zugänglich.

Rosina parkte ihre Vespa an der Piazza Guglielmo, direkt am Hafen von Malcesine. Der kleine Ort ist einer der beliebtesten am Gardasee; nur 3700 Einwohner plus historischer Ortskern. Die ideale Mischung, um Touristenmassen anzuziehen.

Es war nicht einfach gewesen, vorab ein Ruderboot zu organisieren – sämtliche Bootsverleihe hatten nur Motorboote im Angebot. Schließlich war ihr Marco eingefallen, der Onkel einer guten Freundin, einer der letzten Fischer von Malcesine. Er hatte ihr sein Boot ganz unkompliziert überlassen.

»Warum denn ein Ruderboot?«, fragte ich, als sie es mir später erzählte, und erntete Kopfschütteln.

»Wegen dem Lärm natürlich. Ich wollte ja niemanden aufschrecken, der vielleicht schon vor mir auf der Insel war in dieser Angelegenheit.«

Am frühen Abend bestieg Rosina die *Anguilara*, ein altes Ruderboot, weiß lackiert mit blauem Schriftzug, die an der Mole vertäut war. Ihren wasserfesten Rucksack legte sie unter die Sitzbank. Vorsorglich hatte sie Schere, Messer und ein paar schwarze reißfeste Müllsäcke mitgenommen. Nur für den Fall, dass sie einige von Eugenios Schätzen sofort würde retten müssen.

Außerdem Latexhandschuhe und Kopien von den wichtigsten Seiten aus Ornellas Notizbuch, um sich auf der Insel orientieren zu können und das Versteck schneller zu finden. Und eine Taschenlampe natürlich. Auf das schwache Licht ihres Smartphones wollte sie nicht angewiesen sein, falls ihr Einsatz hier länger dauern würde. Trotzdem checkte sie ein letztes Mal den Akku ihres Smartphones und stieß sich mit dem Ruder von der Mole ab. Das Boot schwankte. Anfangs wurde ihr ein wenig mulmig, aber mit jedem Ruderschlag, mit jedem zurückgelegten Meter auf dem Wasser fühlte sie sich sicherer.

Der Wind war günstig und die Insel schnell erreicht. Gemäß Marcos Anweisungen suchte Rosina die Stelle an der Ostseite der Insel, wo sich das Boot leicht an Land ziehen ließ. Schotstek oder Palstek? Vor ewigen Zeiten hatte sie Knoten geübt, als sie für den Segelschein gelernt hatte. Die beiden waren ihr in Erinnerung geblieben. Rosina machte das Boot an einem alten Baumstumpf fest, der halb aus dem Wasser ragte, nahm ihren Rucksack und kletterte an Land. Ein paar Wasserhühner und Möwen dümpelten im seichten Uferwasser.

Es war still auf der Insel. In weiser Voraussicht hatte Rosina feste Schuhe und lange Jeans angezogen; sie wollte nicht an unwegsamem Gelände scheitern oder sich die Beine an Büschen zerkratzen. Sie holte die Kopien vom Notizbuch aus dem orangefarbenen Schwimmrucksack, der zugleich Stauraum und Boje war. Ornella hatte eine Karte der Insel erstellt und sogar die Längen- und Breitengrade des Verstecks darauf eingetragen. Rosina musste sich nur noch von ihrem Smartphone leiten lassen, das erleichterte die Suche ungemein. Sie schickte ein kurzes Danke an Ornella, wo auch immer sie gerade sein mochte.

Was anfangs nach verschlüsselten Kaufpreisen für Gemälde ausgesehen hatte, waren in Wirklichkeit Koordinaten gewesen. Vielleicht war sie kurz davor gewesen, ihre Entdeckung jemandem mitzuteilen oder die Sache sogar öffentlich zu machen.

Die Insel war zwar nicht groß, aber ohne Hinweis zwischen wild wuchernden Büschen und Bäumen nach einem wasserfesten Versteck zu suchen, hätte womöglich Stunden gedauert. Am Nordufer, nahe der Stelle, wo Unterwasserfans zum Schiffswrack abtauchten, fand Rosina, wonach sie suchte. Eine kleine Öffnung in einem mannshohen Felsen, gut verdeckt von Gestrüpp und losen Steinen. Die Vorstellung, dass hier Gemälde im Wert von Tausenden und Abertausenden Euro lagerten, jagte ihr Gänsehautschauer über den Rücken. Das Loch war gerade so groß, dass ein Kind hindurchpasste. Oder ein sehr schlanker Erwachsener, der auf dem Boden kauerte.

Zur Abschreckung hatte jemand zusätzlich einen Holzpflock in den Boden gerammt, an dem ein Schild befestigt war:

»Sito di reproduzione dell' airone cenerino«, zu Deutsch: Brutstätte für Graureiher. Rosina lachte bitter auf: Stacheldraht oder Absperrband hätte neugierig gemacht, ein einfaches Blechschild wurde nicht hinterfragt. Graureiher sind eigentlich geschützte Tiere. Sie brüten häufig an Flüssen, Seen und Teichen. Dass diese Vogelart trotzdem gejagt wird, sorgte für teils heftige Auseinandersetzungen zwischen Tierschützern und illegalen Jägern, die Wogen gingen hoch. Und jetzt entdeckte Rosina, dass ausgerechnet der größte Vogelmörder der Region den Graureiher benutzte, um Fremde vom Diebesgut fernzuhalten! Was für eine himmelschreiende Ironie!

Das Gestrüpp vor dem Loch war niedergetrampelt, also war erst kürzlich jemand hier gewesen, vielleicht sogar Ornella selbst. Rosina kniete sich vor die Öffnung und leuchtete mit der Taschenlampe hinein. Loses Geröll und abgebrochene Zweige versperrten ihr die Sicht. Nichts, was sich nicht entfernen ließe. Sie fragte sich, wie weit wohl der Gang in den Felsen hineinreichte. Und was dort alles lagerte. War es überhaupt notwendig, dass sie sich in das Loch zwängte? Oder lagerte das Diebesgut nahe der Öffnung und ließ sich mit einem langen Stab oder Haken hervorholen? Rosina stemmte sich wieder hoch sah sich um. Sie brauchte einen langen, möglichst geraden Ast, fand aber keinen. Sie beschloss, eines der Ruder vom Boot zu holen. Damit konnte man die enge Höhle abtasten und ersparte sich vielleicht die Suche auf allen vieren. Ein wenig übellaunig stapfte Rosina zurück zum Ufer. Sie würde wohl doch länger auf der Insel sein als geplant. Wenigstens hatte sie an Reserve-Batterien für die Taschenlampe gedacht. Mit einem Ruck blieb sie stehen und starrte auf das Wasser. Vom Boot war weit und breit keine Spur, die weiß-blaue *Anguilara* war weg. Für Sekundenbruchteile überlegte sie, ob sie das Boot zu hastig vertäut und sich der Knoten am Tau gelöst hatte. Dann trieb es jetzt womöglich irgendwo am See, und sie saß auf der Insel fest. Eigentlich unmöglich: Rosina war die ungekrönte Königin des Palstek; ihre Knoten lösten sich nicht von selber auf, da musste man schon nachhelfen. Und dafür kam nur einer infrage.

»Ich habe viel früher mit Ihnen gerechnet, Signora Gamper!« Eugenio Ronchetti erhob sich vom Baumstumpf, an dem zuvor das Tau befestigt gewesen war. Er trug Jeans, weißes T-Shirt und darüber ein dunkelblaues Polo. Der Kragen war aufgestellt; das klassische Zeichen für Männer im zweiten oder dritten Frühling.

»Tut mir leid, dass ich Sie enttäuscht habe«, ätzte Rosina.

»Das haben Sie.« Eugenio nickte bedauernd. »Allerdings in einer ganz anderen Angelegenheit.«

»Nämlich?«

»Diese Liaison mit dem Priester.« Eugenio verzog verächtlich den Mund. »Das wirft kein gutes Licht auf Sie, Rosina. Affären mit Geistlichen wirken zunächst aufregend und exotisch, letzten Endes sind sie nur billig. Ich hätte Ihnen mehr Stil zugetraut.«

»Warum haben Sie uns dann zur Hochzeit eingeladen? Wollten Sie Ihre Gäste nicht mit genau dieser Prise Exotik beeindrucken?«

Eugenio winkte matt ab. »Das war Biancas Idee, nicht meine.«

Rosina verschränkte die Arme vor der Brust. »Sie sind sicher nicht hergekommen, um über mein Liebesleben zu plaudern, oder?«

»Nein.« Eugenio straffte sich. »Ich möchte Sie bitten, mir Ornellas Notizbuch zu geben.«

»Vergessen Sie's.« Rosina verzog keine Miene.

Eugenio hob bedauernd die Arme. »Dann werde ich Ihnen auf die Sprünge helfen müssen.«

»So wie Sie es bei Ornella getan haben?«

Es hätte ein Schlag in die Magengrube sein sollen. Ein

Wendepunkt, an dem Eugenio reumütig zusammenbrechen und ein Geständnis ablegen würde. Nur leider bog die Handlung zwar scharf ab, aber in eine komplett falsche Richtung. Um nicht zu sagen: Sackgasse.

Hinter Eugenio tauchte Gianni auf. Weiß der Himmel, wo sich der knorrige Erntehelfer während der letzten Minuten versteckt hatte, Rosina hatte ihn jedenfalls nicht bemerkt. Sie fluchte leise. Eigentlich logisch: Eugenio hatte bisher alles in seinem Leben nur mit Giannis Hilfe gemeistert. Wie ein Bodyguard stand der Erntehelfer breitbeinig in den Boden gepflanzt, die Hände gekreuzt, schräg hinter seinem Chef. Auf Abruf bereit, sozusagen. Er trug eine schwarze ärmellose Jacke und schwarze Jeans. Ohne Gartenhandschuhe und die grüne Schürze wirkte Gianni längst nicht mehr so harmlos, wie Rosina ihn in Erinnerung hatte. Sie hatte sich blenden lassen; von seinem hohen Alter und seiner zurückhaltenden Art. Ein Fehler.

»Sie können froh sein, jemanden wie Gianni an Ihrer Seite zu haben.« Rosina deutete mit dem Kinn auf den Erntehelfer.

Ein Anflug von Ärger zog über Eugenios Gesicht, aber er hatte sich schnell wieder im Griff. »Wie darf ich das verstehen?«

»Gianni macht die Drecksarbeit. Er klaubt tote Vögel aus den Oliven …«

»Ich wusste gar nicht, dass Sie sich für das Tierwohl engagieren?«

»… und verkauft sie an Restaurants. Steuerschonend, natürlich.«

Gianni feixte, Eugenio lächelte geschmeichelt. »Wir Ronchettis waren schon immer gute Händler.«

Rosina schloss die Augen. Es war nicht zu fassen. Eugenio brüstete sich mit seinen Talenten, nur Tage nachdem seine Enkeltochter verstorben war. Wut kroch in ihr hoch, wallte vom Bauch in die Brust und erhitzte Gesicht und Ohren.

»Gianni ist immer zur Stelle, egal was passiert«, presste sie hervor. »Sogar wenn sein Chef die Enkeltochter in den Tod stößt.«

Schlagartig fror Eugenios Lächeln ein. »Ornella ist gestürzt. Es war ein Unfall.«

»War es nicht!«, rief Rosina. Giannis Miene war steinern. »Sie haben sie kaltblütig vom Felsen gedrängt!« Sie holte tief Luft. »Vor Biancas Augen!«, legte sie nach und dachte an das Rilke-Gedicht über die Burg Arco. *Drin tiefe Gänge führen.*

»Sie waren nicht die ganze Zeit beim Altar.« Rosina sah Eugenio fest in die Augen. »Alle Gäste sind über die Außenstiegen nach oben gerannt, als Bianca geschrien hat. Niemand hat daran gedacht, dass man auch innen vom Turnierplatz zum höchsten Punkt der Ruine kommt. Es sind verwitterte Stufen, die eigentlich nicht mehr betreten werden dürfen. Aber wer sich in Arco gut auskennt weiß sich eben zu helfen.«

»Das hätten Sie nicht sagen sollen, Signora Gamper.« Eugenio nickte Gianni zu, ohne Rosina dabei aus den Augen zu lassen. Der Erntehelfer holte Handschuhe aus den Taschen seiner Jacke und streifte sie über. Kein gutes Zeichen. Rosina redete trotzdem weiter. »Gianni lässt alles liegen und stehen und eilt seinem Chef zu Hilfe. Er stellt keine Fragen, schweigt wie ein Grab und tut alles, um seinen Arbeitgeber zu schützen. Er legt sogar eine falsche Fährte.«

»Sie sind drauf reingefallen, Signora Gamper!« Eugenio lächelte stolz. »Das mit dem Rotkehlchen war meine Idee.«

Rosina lachte bitter. »Dann wundert's mich nicht. Ein gefrorenes Rotkehlchen Ende August!« Sie schüttelte den Kopf. »Nehmen Sie es mir nicht übel, Signor Ronchetti, aber da hätte ich *Ihnen* mehr Stil zugetraut.« Sie grinste.

Eugenio verdrehte die Augen. »Sie langweilen mich, Signora Gamper. Kommen wir zum geschäftlichen Teil.«

Rosina wurde flau. Sie bezweifelte, dass Eugenios Angebot ihr gefallen würde. Das Dumme war nur: Sie stand mit dem Rücken zum Wasser. Keine Fluchtmöglichkeit.

»Warum die Eile?«, japste sie. Gianni strich sich die Handschuhe glatt und kam langsam auf sie zu.

»Ornella wusste Bescheid. Über Florenz, über Ihre Geschäfte mit den Clans und …«

»Ach, was wissen Sie schon von den Clans«, fuhr Eugenio sie an und bedeutete Gianni, stehen zu bleiben. »Sie haben keine Ahnung wie es ist, wenn hart arbeitende Leute wie wir von der Mafia erpresst werden. Wenn das Lebenswerk auf der Kippe steht und man fieberhaft nach einer Lösung sucht, um nicht alles zu verlieren!«

»Mir kommen die Tränen«, ätzte Rosina. »Da hat es wunderbar gepasst, dass Sie Jahre zuvor ein paar Bilder aus einem Museumskeller abgezwackt haben. Gemälde statt Schutzgeld; keine schlechte Idee. Aber eines würde mich interessieren: Mussten Sie den Boss erst zu diesem

Deal überreden oder hatten Sie einfach das Glück, an einen Clan mit Sinn für Kunst zu geraten?«

»Wie schon gesagt: Wir Ronchettis waren immer schon gut im ...«

»Ich muss gleich kotzen«, unterbrach ihn Rosina. »Und wahrscheinlich ist es Dario ähnlich gegangen. Ein Vater, der einem die Luft zum Atmen nimmt; im Grunde hat ihm der Bootsunfall das Leben gerettet.«

Eugenio wurde blass. »Seien Sie still«, zischte er und gab Gianni ein Zeichen. Mit drei großen Schritten war der Erntehelfer bei Rosina und presste ihr die Arme an den Oberkörper. Rosina schnappte nach Luft. Nie im Leben hätte sie Gianni solche Kräfte zugetraut. Es sah nicht gut aus für sie; niemand wusste, wo sie war. Es wurde langsam dunkel, und außer ihnen war niemand auf der Insel. Was hatte Gianni vor? Sie traute ihm mittlerweile alles zu. Er war nicht zimperlich; würde er sie ertränken? Erwürgen? Die schwarzen Müllsäcke fielen ihr ein, die sie in ihren Schwimmrucksack gepackt hatte. Extra reißfest. Luftdicht. Sie drängte den Gedanken beiseite und holte Luft, so gut es ging. Noch würde sie sich nicht geschlagen geben.

»Wie viel hat Fontanelli von dem Kuchen abbekommen?«, fragte Rosina und atmete flach. »Hat er Sie erpresst?«

Gianni hielt sie weiter fest umklammert. Ein menschlicher Schraubstock.

»Fontanelli?« Eugenio lachte auf. »Der war gar nicht in der Position, Forderungen zu stellen, Signora Gamper! Er mag ein guter Psychologe sein, aber von Geschäften versteht er nichts.«

Rosina dachte an die Gutachten; wie tief stand Fontanelli in Eugenios Schuld, dass er sich zu zwei Gutachten hinreißen hatte lassen? Sie biss sich auf die Lippen. Besser, sie sagte nichts mehr.

»Mit seiner Praxis in Florenz musste er Konkurs anmelden. Ich habe ihn in Rom kennengelernt, wo er sich gerade von den Schulden freistrampelte.« Eugenio richtete sich den Kragen. »Die Stelle in Arco geht auf mein Konto.«

»Überraschung«, ätzte Rosina. »Die Chance konnten Sie sich ja wohl kaum entgehen lassen: Einen Polizeiarzt an der kurzen Leine bekommt man nicht alle Tage vom Leben serviert. Da muss man zuschlagen.«

»Das reicht!« Eugenio fuhr sich mit der Hand waagrecht an den Hals und nickte Gianni zu. Jetzt war es also so weit. Rosina verfluchte sich, nicht schon früher auf die Insel gekommen zu sein. Sie hätte noch gern herausgefunden, was alles in der Höhle gelagert war.

Eugenio kam auf sie zu und nahm ihr den Schwimmrucksack ab, der immer noch mit dem Gurt an ihrer Taille befestigt war.

»Unsere Wege werden sich jetzt trennen, Signora Gamper. Ich möchte Ihnen noch sagen, wie ...«

Ein hässliches Knacken. Gianni hinter ihr sackte zu Boden und riss sie mit, hielt sie im Fallen immer noch fest umklammert. Rosina konnte sich nicht abstützen und landete hart mit der Schulter auf dem felsigen Boden. Wieder dieses Knacken! Waren das ihre eigenen Knochen, die gerade zersplitterten? Rosina versuchte, sich aus Giannis Klammergriff zu befreien, und schrie vor Schmerz auf. Sie konnte sich nicht bewegen – die Schulter war gebrochen. Sie spürte Tropfen auf ihrer Haut, kalte Tropfen. Eine nasse Hand griff nach ihrem Unterarm und riss sie unsanft in die Höhe. Im Halbdunkel konnte Rosina nicht erkennen, zu wem die Hand gehörte. Sie hörte nur ein Schnaufen und dann Marios Stimme: »Beeil dich, die bleiben nicht lange liegen.«

Er zerrte sie an Eugenio und Gianni vorbei in das Dickicht der Insel. »Lauf!« Mit der anderen Hand umklammerte er einen länglichen Gegenstand – ein Ruder!

»Wohin denn?« Rosinas Stimme kippte. Sie hatte die Orientierung verloren. Wie war Mario auf die Insel gekommen? Woher wusste er überhaupt, dass sie da war? Und vor allem: Wie kamen sie wieder an Land? Mario schleifte sie durch den Wald zum See. Rosina spürte, wie Wasser in ihre Schuhe drang. Da! Das Boot! Mario schubste sie unsanft zur *Anguilara*, Rosina stolperte, fing sich gerade noch und landete unsanft auf der Sitzbank. Mario stieß das Boot mit dem Ruder ab und stieg ebenfalls ein.

Rosina presste sich auf den Boden des Bootes und wagte nicht, über den Rand zur Insel zu schauen. Die Nacht hatte das kleine Stück Land beinahe verschluckt. Mario ruderte um sein Leben. Erst kurz bevor sie Malcesine erreichten, wagte sich Rosina aus ihrer Deckung.

»Du bist nicht in London?«

»Sieht so aus«, ächzte Mario und holte die Ruder ein. Er atmete schwer. Rosina beugte sich zu ihm und umarmte ihn. Der Schmerz in der Schulter nahm ihr fast den Atem. Erst jetzt realisierte sie, dass Mario klitschnass war. Daher also die Tropfen vorhin.

»Ist dein Schiff auf dem Weg zur Insel gesunken?«

Mario lachte kurz auf. »Ich bin geschwommen.«

Rosina musste grinsen. »Angeber«, sagte sie und lehnte sich erschöpft zurück.

Ein paar Tage später wurde Rosina aus dem Krankenhaus in Arco entlassen. Der Aufprall auf dem felsigen Boden der Isola dell'Olivo hatte ihrer Schulter nicht gutgetan: Trümmerbruch.

Wir saßen in Marios Garten und stießen auf ihre Heimkehr an. Auf dem Tisch stand ein riesiger Blumenstrauß.

»Von Mario?«, wisperte ich, als er kurz außer Hörweite war. Dass er seine Vatersuche vorerst auf Eis gelegt hatte war schon ein großer Liebesbeweis, fand ich. Der exotische Strauß aus orangefarbenen Strelitzien und weißen Rosen passte nicht so recht zum bodenständigen Mario, fand ich. Außer …

»Als Entschuldigung für seinen Ausraster beim Begräbnis?«

Rosina grinste. »Würde passen.« Sie senkte die Stimme und beugte sich zu mir. »Mario und Fontanelli sind tatsächlich einmal aneinander geraten, als Fontanelli in Rom gearbeitet hat. Und es ging um eine Frau.« Sie atmete tief ein und lehnte sich zurück.

»Aber der hier ist von Ispettore Tomasi.« Sie strich mit dem Finger über eine der Blüten. »Er hat mir den Strauß ins Krankenhaus liefern lassen und mich angerufen.«

»Hat er sich bei dir bedankt?«

»Nicht direkt. Er hat mir gute Besserung gewünscht. Der Ispettore ist kein Mann, der gern sein Gesicht verliert. Aber ich habe ihm Eugenio auf dem Silbertablett serviert und die

Augen geöffnet, was Fontanelli betrifft. Der Diebstahl war ein Fake, wenn du so willst. Fontanelli hat das Bild selbst rechtzeitig verschwinden lassen, bevor der Zusammenhang zwischen ihm und Eugenio hergestellt werden konnte. Das Gemälde stammte tatsächlich aus dem Fundus der Uffizien und fehlt seit dem Hochwasser. Wahrscheinlich hat Eugenio Dottore Fontanelli damit angefüttert, man hätte also eine direkte Verbindung zwischen den beiden herstellen können. Fontanelli musste es loswerden. Es wurde im Keller des Polizeipostens von Arco gefunden.«

Ein gestohlenes Gemälde im Gebäude der Polizei. Ich wusste nicht, was ich davon halten sollte. Rosina ächzte und griff nach ihrer verletzten Schulter. »Ich glaube, ich habe etwas gut bei Tomasi.«

»Diese Frau kann man einfach nicht allein lassen. Für's Erste ist Schluss mit Ermitteln, Rosina.« Mario gab Rosina einen Kuss. Der erste offizielle, zumindest der erste, den ich zu sehen bekam. Ich wendete mich diskret ab.

Lukas hatte sich geweigert zu grillen. Vom Feuer hatte er fürs Erste genug. Stattdessen hatte Mario ein Risotto mit Muscheln aus dem Gardasee gezaubert. Es duftete nach Knoblauch und Rosmarin. Lukas reichte einen Korb mit frischer Ciabatta herum.

»Hat jemand etwas von Marta gehört?« Auf die Julia-Sekretärin hatte ich in der Aufregung ganz vergessen.

Rosina nickte. »Ihr geht's gut. Sie hat sich bei Ciccio gemeldet; ist für ein paar Tage zu ihrer Großmutter nach Florenz abgehauen.«

»Aus Angst vor Eugenio?«

»Schon möglich«, warf Mario ein. »Ich glaube, Eugenios Kontakte reichen noch viel weiter, als wir uns alle vorstellen können.«

»Woher hast du gewusst, dass ich auf der Insel bin?«, fragte Rosina und verzog das Gesicht. Wahrscheinlich ließ die Wirkung der Schmerzmittel nach. Ihr linker Arm war in einer Schlinge. Einige Auftraggeber würde sie vertrösten müssen, momentan war sie nicht arbeitsfähig. Mario trug eine Salatschüssel zum Tisch und deutete auf mich. »Bedank dich bei Cara!« Er zwinkerte mir zu. »Sag's ihr!«

»Mir ist eingefallen, was du über den Streit zwischen Gianni und Nina gesagt hast, als die beiden mit ihren Booten zusammengestoßen sind«, erklärte ich und wurde rot. »Die Regatta. Ich habe in der Firma angerufen und nach Nina gefragt. Sie ist mit Gianni kollidiert, als er mit dem Ruderboot von der Insel abgefahren ist.«

»Aber das war im vorigen Jahr!«, rief Rosina überrascht.

»Richtig, aber die *Centomiglia* findet jedes Jahr Ende August oder Anfang September am Gardasee statt.« Ich räusperte mich verlegen. »Und Eugenio musste jedes Jahr zu diesem Zeitpunkt Schutzgeld an den Clan zahlen. Deshalb der Unfall: Gianni hatte den Auftrag, Nachschub aus dem Versteck zu holen. Die Übergabe für dieses Jahr ist geplatzt, kannst du dir schon denken.«

Rosina nickte anerkennend. Während ihrer Zeit im Krankenhaus hatten wir die Puzzleteile zusammengesetzt, die sie zusammengetragen und uns verraten hatte.

»Das wissen wir von Fontanelli.« Lukas grinste. »Der Herr Polizeiarzt sitzt in Untersuchungshaft und singt wie ein Vogel, um seine Haut zu retten. Könnte ganz schön eng für ihn werden. Die Staatsanwaltschaft ermittelt bereits.«

»Was ist mit Eugenio und Gianni?« Rosina wandte sich an Mario. »Du hast ihnen mit dem Ruder fast den Schädel zertrümmert.«

»Nur ein Schädel-Hirn-Trauma«, winkte Mario ab. »Offiziell sind die beiden beim Spazierengehen auf der Insel gestolpert. Sie sitzen ebenfalls in U-Haft.« Er grinste.

Rosina atmete tief durch. »Und Bianca?«

Ich zuckte die Schultern. Darüber wusste ich nichts.

»Die hat wohl genug vom Heiraten«, murmelte Lukas, »an diesem Tag ist ihre Familie zerbrochen.«

Eine Weile schwiegen wir nur und aßen. Auf einem der Teller türmten sich bereits leere Muschelschalen.

»Wo wirst du eigentlich in Zukunft deine Taschen entwerfen?«, fragte Mario, an mich gerichtet.

Gute Frage. Meine Werkstatt war beinahe abgebrannt, die Wohnung durch Löschwasser und Rauch eine Ruine. Ich hatte keine Ahnung, wie es weitergehen sollte. Die letzten Tage hatte ich bei Lukas im Zelt übernachtet. Ohne Svenja.

»Vorschlag«, sagte Rosina zu mir und Lukas, »ihr zieht fürs Erste in mein Wohnmobil, bis ihr etwas anderes gefunden habt!«

Lukas wollte protestieren, aber ich legte ihm eine Hand auf den Oberschenkel und sah Rosina an. »Und was ist mir dir?«

Sie grinste. Mario schenkte uns allen noch Wein ein.

»Ich habe Mario die Suche nach seinem Vater vermasselt«, sagte Rosina, »also ist es nur fair, wenn er eine zweite

Chance bekommt.« Sie strahlte ihn an. Mario griff nach ihrer Hand.

»Mein Englisch ist saumiserabel, ich brauche unbedingt eine Dolmetscherin.«

ENDE

DANK

Während der Recherchen zu Oliva del Garda durfte ich wieder tief in die Kunstgeschichte eintauchen. Ein herzliches Danke an alle, die mich dabei unterstützt haben:

Das Team vom Dorotheum Salzburg
Den Österreichischen Restauratorenverband

Außerdem danke ich Dr. Lalla-Fiocchi-Bähr für Einblicke in die italienische Küche. Ich verspreche hiermit hoch und heilig, Carbonara nie wieder mit Rahm zu kochen!

Danke an meine Familie; ohne eure Unterstützung wäre auch dieses Manuskript nicht rechtzeitig fertig geworden!

Ohne TestleserInnen geht es nicht. Diesmal waren dabei: Corinna Perchtold-Stefan, Sandra Åslund, Barbara Karlich, Selma Tahirovic. Danke für eure Zeit!

Meiner Lektorin Claudia Senghaas danke ich für die Extra-Meter Geduldsfaden, die sie für mich ausgerollt hat! Und allen, die sich mit Rosina & Co wieder an den Gardasee begeben haben, danke ich auch.

Ich hoffe, ich kann auch beim nächsten Mord wieder auf Sie zählen!

Alle Bücher von Katharina Eigner:

Arzthelferin Rosemarie Dorn ermittelt:

1. Fall: Salzburger Rippenstich
ISBN 978-3-8392-0074-2

2. Fall: Salzburger Dirndlstich
ISBN 978-3-8392-0297-5

3. Fall: Salzburger Saitenstich
ISBN 978-3-8392-0442-9

Restauratorin Rosina Gamper ermittelt:

1. Fall: Diva del Garda
ISBN 978-3-8392-0348-4

2. Fall: Oliva del Garda
ISBN 978-3-8392-0634-8

GMEINER SPANNUNG

WWW.GMEINER-VERLAG.DE
Wir machen's spannend

Stephan R. Meier
Riviera Express –
Dynamit in der Villa Nobel
Kriminalroman
448 Seiten, 13,5 x 21 cm,
Klappenbroschur
ISBN 978-3-8392-0638-6

Dolce Vita und Mord am Mittelmeer! Die Blumen-
Riviera mit ihren palmengesäumten Stränden, dem
tiefblauen Meer und der farbenprächtigen Architek-
tur wird von einem spektakulären Mord erschüttert:
Im Garten der Villa Nobel wird der leblose Körper
eines stadtbekannten Rechtsanwalts gefunden – mit
einer Stange Dynamit im Mund. Der neue Chef
der Kripo, Commissario Tomas Gallo, nimmt die
Ermittlungen auf. Schnell wird ihm klar, dass sich
zwischen den malerischen Hügeln im Hinterland und
den vibrierenden Küstenorten der Riviera ein Fall
ungeahnten Ausmaßes entspinnt.

GMEINER SPANNUNG

WWW.GMEINER-VERLAG.DE
Wir machen's spannend